TOUJOURS LE NORD

Titre original : *Always North*

Ouvrage publié sous la direction d'Olivier Bérenval

2, rue Nicolas Chervin | 69620 Saint-Laurent d'Oingt
ISBN : 978-2-38267-192-4

WWW.MNEMOS.COM

Vicki JARRETT

TOUJOURS LE NORD

Traduit de l'anglais par Olivier Bérenval

MNÉMOS

Pour Heather et Andrew

Tout d'abord, il y a un moment d'immobilité où l'on retient son souffle, comme celui qui précède le grondement du tonnerre. Une certitude vous noue alors l'estomac : vous savez que, quoi qu'il arrive, rien ne pourra l'arrêter et que l'instant présent sera le dernier avant qu'une chose inéluctable ne se produise.

C'est comme une sensation physique : une boule au fond de votre gorge, une lourdeur derrière les globes oculaires, une pression autour du cœur, un déséquilibre dans l'oreille interne, l'impression que vos os ne sont plus ajustés.

Seulement alors, on perçoit le son. Il provient du nord, enfle et monte en puissance, séparant ce moment de tout ce qui l'a précédé, ouvrant des océans infinis entre une seconde écoulée et la suivante, se rapprochant de nous.

PREMIÈRE PARTIE

78,1323° N, 15,3736° E
1ER JUIN 2025

« Vous avez une arme ? » nous demande le propriétaire, sans détour. Grant et moi échangeons un regard. Pendant le vol depuis Tromsø, nous avons feuilleté les brochures touristiques qui comportaient de nombreuses consignes sur le port d'armes à feu à usage défensif, en supposant qu'elles ne nous concernaient pas : nous n'avons pas l'intention de partir en pique-nique.

« Vous devez avoir une arme. À cause des ours. » L'homme soupire et nous dévisage comme si nous étions des gamins. « Vous ne pouvez pas vous déplacer à l'extérieur en étant désarmés. Un ours peut surgir n'importe où, n'importe quand, et ils sont rapides. Vous devez être capables de vous défendre. » Il ajuste la courroie du fusil de chasse qu'il porte négligemment en bandoulière.

Je jette un coup d'œil autour de moi, scrutant les espaces entre les cabanes. Une rangée de celles-ci, recouvertes d'un bardage de bois clair, noirci et déformé aux angles, est orientée plein nord, de l'autre côté du fjord. Sur la rive opposée, les montagnes se massent à l'horizon.

Le propriétaire fouille dans la poche de son anorak, en sort un trousseau de clés argentées et détache deux d'entre elles. « Vous avez les numéros 5 et 6, tout au bout. Le chauffage est déjà allumé et vous aurez de l'eau chaude d'ici une heure en appuyant sur l'interrupteur du chauffe-eau situé à côté de l'évier. »

Je prends les clés et dis : « Nous ne restons qu'une nuit. »

Il secoue la tête d'un air désapprobateur et détache du trousseau deux autres petites clés. « Elles ouvrent les boîtes de fusées éclairantes de chaque cabane. Un seul coup de feu suffit à effrayer la plupart des ours. Mais si ce n'est pas le cas, eh bien… » Il nous adresse un sourire sans chaleur. « Mieux vaut ne pas sortir à moins d'y être vraiment obligé. D'accord ? »

Nous regardons son pick-up quitter la cour en vrombissant sur ses énormes pneus neige. Il se dirige ensuite vers les maisons en rondins de bois de la bourgade de Longyearbyen, laissant planer dans l'air un épais nuage de diesel. Je tape du pied pour me réchauffer, mets mes mains en coupe et souffle dessus. Derrière la ville, d'autres montagnes s'élèvent avec un air austère, leurs flancs sombres marbrés de neige. Plus je les contemple, plus elles semblent receler quelque chose d'inquiétant, une vérité dérangeante qui se révèle avec lenteur. C'est comme contempler la beauté d'un visage humain avant de se rendre compte que la délicate structure osseuse est sur le point de percer la peau.

« Tu peux me donner un coup de main ? » demande Grant qui soulève déjà l'équipement vers les cabanes.

J'attrape quelques cartons et lui emboîte le pas, en tentant d'oublier la sensation rampante de malaise. Nous transportons tout notre barda à l'intérieur aussi vite que possible. Je choisis la cabane n° 5, Grant et le matériel prennent la direction de la n° 6.

› • ‹

Ma cabane est étriquée et recouverte du plancher au plafond de panneaux de pin, ce qui lui donne l'aspect – sinon la température – d'un sauna. Elle est meublée chichement d'une table pliante, de deux chaises et d'un lit bas avec des draps mauves froissés. Ma peau me paraît parcheminée et crasseuse. J'actionne l'interrupteur pour obtenir de l'eau chaude et m'allonge sur le lit en attendant.

Nous voyageons depuis les premières heures du jour : d'abord le vol d'Édimbourg à Tromsø, puis un vieux 737 jusqu'à l'archipel du Svalbard, dont l'unique piste d'atterrissage s'étend sur la berge déchiquetée d'un fjord. En fin de matinée, nous avons effectué un bref dernier vol, vers le nord, jusqu'à Ny-Ålesund, où le *Polar Horizon* est amarré.

Quand je me sens enfin assez propre pour sortir de la douche, des gouttes de condensation roulent sur les murs de la minuscule salle de bains. Un petit miroir sans cadre est vissé au mur, une fissure le traverse en diagonale de haut en bas. La ligne noire est si nette, sa forme si semblable à un éclair, que je passe ma main sur la surface du miroir, me demandant si c'est un dessin. Ce n'est pas le cas : une tête d'épingle de sang rouge vif se forme au bout de mon doigt. Je suce l'index, un goût de fer sur ma langue. Pourquoi dois-je toujours apprendre ainsi de mes erreurs ? Dans la partie transparente du miroir, ma mère, sourcils froncés, me renvoie une grimace.

Je commence à m'y habituer. Les cheveux auburn, les traits anguleux, la peau pâle et les yeux d'un vert brun sombre sont les siens, notre ressemblance est plus évidente aujourd'hui que jamais, mais des différences perdurent. Tout d'abord, ma mère paraissait toujours épuisée, avec de grands cernes bleu foncé sous les yeux. Rien d'étonnant à cela avec quatre enfants et un travail à plein temps. Personne n'a même soupçonné qu'il pouvait s'agir d'un problème de santé, jusqu'à ce qu'il soit trop tard. Désormais, elle ne me manque plus. Enfin, pas vraiment. Elle nous a quittés depuis si longtemps. C'est juste un souvenir, une vieille cicatrice qui ne me gêne que rarement. De toute façon, je suis d'avis que plus une personne passe de temps à se regarder dans un miroir, moins elle a de chances d'y découvrir quelque chose d'utile.

Il me faut à peine cinq minutes pour me sécher et m'habiller. Je coince le pistolet lance-fusées dans la ceinture de mon jean, à l'arrière, dans un style hollywoodien. Je jette ensuite un coup d'œil par la petite fenêtre unique de la pièce, vérifiant du mieux possible s'il n'y a pas d'ours, avant d'ouvrir la porte et de sortir.

› • ‹

Grant lève les yeux. Je n'ai pas frappé à la porte avant d'entrer.

« C'est à cause des ours, dis-je en m'excusant. Je ne voulais pas m'attarder dehors.

— Vraiment ? »

Il se dresse d'un bond et se précipite vers la fenêtre.

« En fait, non. Je n'en ai pas vu. Mais il pourrait y en avoir. Tu as entendu ce que ce gars a dit.

— Oui, c'est vrai. »

Il me lance un regard et retourne s'asseoir. Il a installé son ordinateur portable et fait dérouler notre plan d'exploration.

Une grille lumineuse de lignes et de coordonnées défile sur l'écran. Grant effectue un zoom arrière, me montrant le périmètre de la zone maritime vers laquelle nous nous dirigeons, un parallélogramme vert étiré, centré sur le 87e parallèle et pointant vers le nord. La forme est entrecoupée de tracés rouges indiquant la route que suivra le *Polar Horizon*, allant et venant comme une navette sur un métier à tisser, brodant notre modèle de données.

Il s'agit de la première mission privée réalisée aussi loin au nord depuis que l'accord de protection de l'Arctique de 2020 a interdit tout forage et exploration à l'intérieur du cercle polaire arctique. Des années plus tôt, la zone avait été cartographiée par les Russes, mais les conflits territoriaux entre les cinq nations arctiques perduraient encore lorsque la catastrophe des Tchouktches mit fin à tout cela. Fin du débat. Enfin, malgré le désordre qui règne en Alaska, le Grand Capital a fini par trouver son chemin. Comme il l'a toujours fait et le fera toujours.

« Je ne peux pas faire grand-chose de plus tant que nous ne serons pas à bord du navire, dit Grant, la lumière de son ordinateur portable se reflétant dans ses yeux, les faisant briller. Les détails de notre mission peuvent changer jusqu'à ce moment-là. » Il évoque ensuite les conditions locales, des marées et de la vitesse de dérive de la calotte glaciaire. Rien de tout cela n'est une nouveauté pour moi. J'ai participé à la conception du programme qui effectue les calculs pour nous maintenir sur la bonne route, mais Grant aime expliquer les choses et, de temps en temps, je le laisse faire. Il semble apprécier cela.

Sa cabane est identique à la mienne, mais elle possède quelque chose en plus. Derrière le lit est accrochée au mur une peau d'ours polaire, avec sa tête et ses griffes. Ça ne peut pas être une vraie ? Je la touche : les poils de surface sont drus, mais en dessous se trouve une fourrure dense, d'une douceur remarquable. Si c'est une fausse, c'est une bonne imitation. Bon sang ! Les adeptes de la protection de l'environnement en chieraient des chatons tout mignons s'ils voyaient ça. La tête de l'ours est posée à plat au mur, surplombant le lit, les babines noires retroussées révélant des gencives roses et des crocs de tueur. Les yeux sont en verre foncé.

Grant est toujours en train de disserter. « Nous avons deux jours de mer avant d'arriver sur place. Cela devrait suffire pour tout finir de régler, à condition de ne pas être trop regardant sur notre temps de sommeil. »

Un instant de silence. Tous deux, nous savons que nous pensons la même chose, nous rappelant ces moments au lit ensemble, quand nous ne nous souciions guère de dormir. Une sensation de chaleur grandit dans ma poitrine, se diffuse dans mon estomac, se déplace plus bas.

« Arrête de me fixer comme ça, dit-il en reportant son attention sur l'écran et en redressant les épaules. Il n'est pas question que ça arrive de nouveau lors de ce voyage. »

Il continue à s'acharner sur le clavier. Je détaille du regard les lignes familières de son corps, caché sous une polaire et un jean, et remarque un orteil qui dépasse d'un trou dans sa chaussette. Qu'est-ce qui lui arrive ? Est-ce qu'il a entamé une relation avec quelqu'un ? Ce serait dommage. Il n'y a jamais eu de lien émotionnel entre nous, juste du sexe sain et récréatif quand l'occasion se présentait. Un arrangement amical qui fonctionnait pour nous deux. Ou du moins, cela avait toujours été le cas jusqu'à présent.

La sensation de chaleur persiste. Je m'assieds sur la table à côté de lui, mais il fait semblant de ne pas le remarquer et garde les yeux rivés sur l'écran. Je rabats l'ordinateur portable, manquant de lui coincer les doigts.

« Tu ne dis pas ça sérieusement.

— C'est pourtant le cas. (Il garde son regard fixé sur ses mains.) Absolument.

— Tu ne le penses pas vraiment. Allez, réfléchis un peu. Nous serons bloqués là-bas pendant cinq semaines. Cinq semaines entières. »

Grant tente de soulever à moitié l'écran de l'ordinateur portable, mais je le maintiens fermé. « De toute façon, nous nous croiserons à peine, ajoute-t-il, nous travaillerons en horaire décalé.

— C'est inhumain.

— Je sais. Mais cette mission est cruciale. (Il fait beaucoup d'efforts pour conserver son expression sévère.) Nous ne pouvons pas nous permettre le moindre relâchement, car nous serons en danger chaque fois que ce sera le cas.

— J'imagine que tu as raison. »

Notre entreprise joue gros avec cette mission d'exploration : de l'argent, sa réputation, la possibilité de s'approprier la plus grande réserve de pétrole inexploitée de la planète. C'est vrai, c'est un contrat majeur. Mais cinq semaines sans aucun loisir ?

« Bon sang, Izzy, ce que je veux dire, c'est que toute l'industrie pétrolière, le gouvernement, les médias, bref, tout le monde va se ruer sur nos données quand nous reviendrons.

— Oui, oui, calme-toi. J'ai compris.

— Nous devons la jouer réglo, sans la moindre ambiguïté.

— Je suis tout à fait d'accord avec ça, dis-je, glissant une main autour de sa nuque, puis enfonçant mes doigts dans ses épaisses boucles noires, mais nous avons le temps pour ça, maintenant.

— Je ne pense pas que ce soit la meilleure façon de… »

Il s'interrompt et un sourire se dessine lentement sur son visage. Je tire légèrement sa tête en arrière et me penche assez près pour embrasser ses lèvres.

« Izzy », gémit-il de plaisir. Ses bonnes résolutions s'envolent, elles appartiennent déjà au passé. Il tend la main vers moi. Je passe une jambe par-dessus ses genoux, l'enfourchant sur la chaise : son sexe est déjà dur.

› • ‹

Le couvre-lit est tombé sur le sol et le drap n'est plus qu'un enchevêtrement de nœuds détrempés sous nos corps. Grant est sur le dos, il respire avec peine en s'accrochant à mes hanches. Je remarque sur son visage le regard impuissant et légèrement paniqué qu'il arbore lorsqu'il est sur le point de jouir. « Pas encore », dis-je, posant une main sur sa poitrine et ralentissant mes mouvements. Si c'est la dernière fois que nous baisons avant des semaines, je veux en profiter au maximum. La peau d'ours sur le mur me sourit, la lumière de la lampe se reflétant sur ses dents et ses yeux. Lorsque je jouis enfin, Grant est en train de se tortiller sous moi ; je m'accroche à lui, enfouissant mon visage dans son cou, m'agrippant à ses épaules.

« Ah, putain ! Izzy ! » Il me pousse de côté, je tombe sur le sol et atterris avec un bruit sourd. Je lève les yeux vers Grant qui s'est agenouillé sur le lit, sa queue comme un pont-levis qui s'abaisse. Un petit rire s'échappe de ma bouche avant que je ne puisse l'arrêter. Grant me jette un regard noir. « Bon sang ! Tu es folle ? » Il porte une main à son cou et la retire rouge de sang. Il me fixe avec incrédulité. « C'est quoi, ce bordel ? »

INSTALLATION

NY-ÅLESUND
78,9250° N, 11,9222° E
2 JUIN 2025

« Appelez-moi Isobel », dis-je en tendant la main.

Le capitaine ignore mon geste et me fixe avec intensité. Peder Bjornsen incarne si bien la fonction de capitaine qu'il n'a pas besoin de se présenter à son tour. Il mesure plus d'un mètre quatre-vingt-dix et est large comme une embrasure de porte. Ses cheveux sont de couleur sable ; il porte un manteau de pêcheur boutonné sur un pull en mailles d'Aran. Son visage ressemble à une bernacle arrachée aux rochers d'un rivage perdu. Une cicatrice verticale part de la racine des cheveux, coupe son sourcil en deux, reprend sous l'œil et se poursuit jusqu'au bord de la mâchoire, creusant un canal miroitant dans la barbe gris blond. Il est difficile de lui donner un âge, mais je dirais qu'il a une cinquantaine d'années. Ses yeux bleu pâle semblent avoir contemplé la fin du monde et paraissent bien plus vieux que le reste de sa personne.

Il expire par le nez avec un grognement qui pourrait être de l'amusement ou du dédain, difficile à dire. Peut-être les deux. Il se détourne et agite un bras vers l'arrière du pont supérieur. « Installez-vous là. Nous appareillons d'ici quatre heures. »

Alors qu'il s'éloigne, je m'imagine entendre le grincement et le gémissement lointains des mâts et des boiseries, le claquement du vent dans la toile huilée. Le capitaine Bjornsen traîne dans son sillage des siècles d'histoire maritime incrustée de sel.

Grant pose tout son attirail sur l'un des deux bureaux dans le coin, écarte une chaise d'un coup de pied et se faufile en dessous à la recherche de prises électriques. Il m'en veut encore pour la nuit dernière, mais il est aussi contrarié par la configuration du navire. Habituellement, la salle des équipements se situe à un ou deux niveaux sous la passerelle, dans un espace dédié, mais la rénovation du *Polar Horizon* est incomplète : nous sommes tous agglutinés les uns sur les autres et allons devoir improviser. Les conditions sont loin d'être idéales.

Je peux voir deux griffures parallèles le long du cou de Grant alors qu'il se débat à quatre pattes avec les câbles. Je ne comprends pas comment j'aurais pu lui faire ces marques avec les dents. En plus, je n'ai aucune aversion à l'ail ou à la lumière du soleil… Je mords la chair de mon pouce, testant le tranchant d'une canine. Puis je laisse tomber : j'ai d'autres chats à fouetter que de me soucier de Grant.

› • ‹

Je ne sais pas trop ce que je ressens à l'idée d'être ici, dans le cadre de cette mission d'exploration. Je n'ai jamais considéré l'ingénierie sismique comme une carrière à long terme, mais seulement comme un moyen de gagner de l'argent pendant deux ou trois ans au maximum. Mais j'ai dépassé cette limite que je m'étais imposée il y a quelques années. Il y a toujours une bonne raison pour ne pas démissionner. Le salaire est correct et je n'ai pas trouvé d'autres débouchés à mon diplôme de mathématiques qui n'impliqueraient pas la routine d'une journée de bureau. Je tente de justifier mes choix, bien sûr. Nous avons tous besoin de gagner notre vie, de survivre dans le milieu où nous sommes nés. Si je ne faisais pas ce travail, quelqu'un d'autre s'en occuperait. Je m'arrêterai avant la trentaine, cela me laisse encore quelques années pour trouver une porte de sortie.

Les navires d'exploration sur lesquels nous travaillons cherchent du pétrole et nous les aidons à en trouver. La conclusion évidente est donc que nous faisons partie du problème : nous sommes complices, ou du moins nous facilitons le pillage des ressources naturelles de la planète. Toutefois, ce n'est pas ainsi que je vois les choses. Nous sommes simplement des explorateurs, qui cartographient les fonds marins et tirent des informations des profondeurs. Nous ne préconisons en aucun cas la façon dont les gens doivent utiliser ces informations, nous ne faisons que les fournir.

Ce mensonge est plus facile à supporter lorsqu'on se trouve sous les tropiques : au large du Mexique ou du Mozambique, là où la nature semble abondante, inépuisable. Là-bas, il est plus facile de se croire insignifiant.

Mais ici, je peux sentir le monde à l'œuvre, la machinerie brute qui le fait fonctionner. Je ne peux m'empêcher de penser que toute cette région glacée constitue une pièce essentielle du moteur qui fait tourner le monde, le vilebrequin de la Terre. Si nous foirons sur ce coup, nous sommes tous foutus.

Il n'y a pas si longtemps, la nature ici était vierge, seules quelques rares personnes y venaient. Aujourd'hui, des brise-glaces de croisière naviguent vers le pôle en été et les touristes se massent dessus en prenant des selfies. J'ai même entendu dire que les voyagistes découpaient des zones de glace de la taille d'une piscine pour permettre aux vacanciers de se baigner, à l'endroit exact du pôle géographique, où tous les fuseaux horaires et latitudes convergent et où la seule direction possible n'est que vers le sud. De la neige doit être acheminée par avion pour retarder le moment où toute la région ressemblera à une étendue détrempée, couverte de boue piétinée. Il n'y a pas grand-chose à faire pour y remédier.

Je dois me concentrer sur mon travail. Mais cette peau d'ours, tout de même… Ses griffes semblent avoir attrapé un souvenir et l'ont fait remonter à la surface, à la recherche d'une correspondance.

Cela se passait au début de l'année. J'étais en train de scruter l'heure, alors qu'une autre journée claustrophobique s'écoulait au bureau, lorsque j'ai aperçu une fourrure blanche qui se déplaçait dans le couloir. Elle était d'une blancheur choquante. Son aspect semblait d'origine synthétique et je pouvais presque sentir l'électricité statique qui crépitait autour d'elle. Puis j'ai remarqué ce qui ressemblait à des oreilles, petites et écartées, sur ce qui était incontestablement une tête : un large visage avec des billes noires en guise d'yeux, un museau assorti de babines et d'une truffe tout aussi sombres.

L'ours s'est arrêté et m'a regardée par-dessus la cloison.

« Tout va bien ? » m'a-t-il demandé.

Personne d'autre n'avait remarqué sa présence. Les têtes restaient penchées sur les claviers, des voix chuchotaient dans les écouteurs sans discontinuer. La climatisation poussait l'un de ses râles sporadiques et une notification assourdie a résonné depuis mon PC, m'indiquant qu'un autre courriel avait atterri dans ma boîte de réception. À côté de ça, un ours présentait une perspective bien plus prometteuse.

« Oui, ai-je répondu en souriant. Merci. Pas de problème, ça roule. »

L'ours a hoché la tête et, bien que son expression faciale soit restée figée, je suis sûre qu'il m'a souri à son tour.

« Vous cherchez quelqu'un en particulier ? ai-je demandé.

— Votre patron est là ? »

J'ai trouvé sa voix agréable : profonde et sonore, d'une désinvolture désarmante. Un soupçon d'accent, pas assez pour arriver à situer son pays d'origine, mais suffisamment pour indiquer que l'anglais n'était pas sa langue maternelle, même s'il le maîtrisait parfaitement. Une voix qui en disait long sur l'intelligence qui se cachait derrière. Une bonne voix pour un ours. Je me suis demandé si cela faisait partie de son déguisement ou s'il parlait toujours de cette manière.

« Je crois qu'il se trouve dans les bureaux de l'administration, à l'étage du bas. Je peux aller le chercher si vous voulez. »

L'ours a levé ses pattes, ses coussinets noirs face à moi, ses griffes se recourbant vers l'intérieur. « Pas la peine. C'est son bureau là-bas ? » De la tête, il a indiqué la grande salle vitrée de l'autre côté du couloir.

« Oui, c'est celui-là. Si vous attendez ici, je vais...

— Non, merci, m'a-t-il dit en se détournant tandis que je me levais. Nous irons l'attendre là-bas.

— *Nous* ? »

Il a fait un geste en direction de la cage d'escalier. Une demi-douzaine d'ours sont entrés calmement dans le bureau et se sont assis autour de la table de conférence. J'ai suivi le dernier.

« Nous allons devoir fermer cette porte », a-t-il indiqué. Il était difficile de les distinguer, ils semblaient tous avoir acheté leurs costumes au même endroit et affichaient d'identiques expressions impénétrables. Mais j'ai reconnu sa voix quand il a dit : « Vous pouvez attendre ici avec nous si vous voulez. » Il a tiré une chaise et me l'a proposée.

J'ai hésité. La compagnie d'ours, même de faux ours, m'attirait plus que la perspective de passer un autre long après-midi à corriger des bogues et à répondre à des demandes d'assistance d'utilisateurs.

« Je crois que je ferais mieux d'attendre dehors. Mais merci quand même. » Fréquenter des ours bizarres dans le bureau de mon patron ne m'aiderait pas à obtenir une augmentation. « Avant de partir, puis-je vous demander ce que vous faites ici ?

— Nous protestons contre le rôle de votre entreprise dans la destruction de l'environnement arctique.

— Vraiment ?

— Oui, vraiment.

— Je pense que vous vous êtes trompés de bâtiment. »

Il y avait certainement de meilleures cibles que nous pour manifester en faveur de l'environnement. À l'époque, notre implication en Arctique était tout au plus anecdotique. Certes, nous étions en train de travailler sur un nouveau module complémentaire de notre programme Proteus afin d'améliorer la précision des relevés effectués dans la banquise. Nous savions tous que cela signifiait probablement qu'il serait utilisé dans l'Arctique, mais nous nous concentrions sur la cartographie de la dérive de la banquise et la profondeur idéale des capteurs, ainsi que sur la façon dont les conditions physiques affecteraient la collecte des données, sans oublier les implications pour la navigation et l'analyse. Nos préoccupations pouvaient être transformées, avec une certaine rationalité, en une série de défis mathématiques délicats. Toutefois, à ce stade, les ours n'entraient pas en ligne de compte.

Les ours assis autour de la table se sont mis à échanger des regards inquiets. « Ce sont bien les bureaux de Seismic Systems ?

— C'est exact.

— Et vous concevez des logiciels et du matériel de navigation pour des navires qui, en ce moment même, s'apprêtent à retourner l'Arctique comme s'il s'agissait de champs agricoles ? En facilitant ainsi les forages inévitables, en privant les ours polaires et d'autres espèces arctiques de leur foyer et en les conduisant au bord de l'extinction ?

— Eh bien (j'ai laissé échapper un soupir sceptique), je dirais que c'est un peu exagéré. »

L'ours a penché la tête de côté.

« Comment cela ?

— Il est vrai que nous élaborons des outils de navigation, mais nous pouvons difficilement être tenus pour responsables de la destruction de l'Arctique. »

J'aurais aimé que ma voix ne soit pas autant sur la défensive. L'ours a fait quelques pas vers l'endroit où je me tenais dans l'embrasure de la porte.

« Si vous n'étiez pas si occupés à tirer profit de nouvelles techniques permettant aux navires d'aller sur place et de trouver le pétrole que les plates-formes iront pomper, peut-être que rien de tout cela ne se produirait.

— Eh bien…

— Ne me dites pas que vous ne faites qu'obéir aux ordres ? (Il a marqué une pause et a laissé le sous-entendu s'installer.) Chaque maillon de la chaîne est responsable. Certains plus que d'autres. Nous sommes venus ici pour demander à votre entreprise de reconnaître l'importance de son rôle.

— En vous déguisant en ours polaire ? »

Ça commençait à devenir une sorte de dispute. Lui, debout dans son costume ridicule, s'en prenant à moi, insinuant que j'étais une sorte de putain de nazie en train de bousiller l'environnement.

« Nous ferons tout ce qui est nécessaire. » Il a croisé les bras et s'est assis de nouveau.

« Très bien. » Il commençait à m'énerver. J'avais déjà entendu tout cela auparavant, la plupart du temps susurré par une petite voix dans ma propre tête, et je l'avais étiqueté « Ce n'est pas mon problème ».

« Faites comme vous voulez. Mettez-vous à l'aise, je vais voir si je peux trouver quelqu'un pour vous aider. »

J'ai quitté le bureau en reculant et l'un des ours a calé une chaise sous la poignée de la porte pour la bloquer. J'aurais probablement dû prendre la chose plus au sérieux, mais il était difficile de ne pas trouver tout cela drôle. Un spectacle absolument ridicule.

› • ‹

Niall Cameron, notre chef-pas-si-respecté-que-ça, est arrivé en trombe dans les escaliers. J'espérais que personne ne lui avait dit que j'avais fait entrer les ours dans son bureau et discuté avec eux en toute décontraction.

« Qu'est-ce qui se passe ici, bordel de merde ? » a hurlé Niall en forçant sur la poignée de son bureau. Les ours se sont retournés à l'unisson et lui ont adressé un jovial salut de la main. Un grand panier avait été placé au milieu de la table et les ours distribuaient des assiettes en carton, des sandwichs coupés en triangle et des petits gâteaux. L'un d'eux versait ce qui ressemblait à du soda Ribena[1] dans une théière à pois. Tout cela était très convivial.

Le visage de Niall a ensuite pris une teinte violette inquiétante ; il s'est mis à lever et baisser les bras comme si quelqu'un lui avait ordonné de

1. Marque de soda au cassis, très populaire au Royaume-Uni.
(Toutes les notes sont du traducteur.)

se mettre à voler. Sa frustration devant l'impossibilité évidente de la chose ne l'exonérait pas de l'obligation d'essayer. Il inspirait et expirait bruyamment, bredouillant des phrases à moitié construites. « Du travail à faire… Mon putain de bureau… Des bâtards poilus avec de la merde dans la cervelle. »

Il a appuyé son épaule sur la porte et a poussé, mais cela n'a eu aucun effet.

« Eh bien, ne restez pas là à bayer aux corneilles ! Que quelqu'un appelle la police ! »

J'ai pensé à suggérer plutôt une ambulance, car Niall avait l'air sur le point de faire une crise cardiaque.

La police a pris son temps et la presse est arrivée avant elle. Les activistes déguisés en ours avaient dû les prévenir. Quel serait l'intérêt d'un tel coup d'éclat s'il n'y avait aucune publicité ? Il fallait des photos ou, mieux encore, une équipe de journalistes en direct. En l'occurrence, ils n'ont eu droit qu'à un seul drone envoyé par le journal local. Mais c'était suffisant. L'engin a bourdonné autour du parking avant de repérer les ours qui s'agitaient à la fenêtre du bureau de Niall, puis il s'est approché et est resté en vol stationnaire. La caméra télécommandée enregistrait tout ce qui se passait pendant que les ours polaires écrivaient des slogans avec des marqueurs rouges et verts, d'abord sur le tableau blanc de Niall, puis sur des pancartes qu'ils brandissaient joyeusement et autour desquelles ils prenaient la pose.

Halte à la destruction des pôles
Sauvez les ours sans-abri
Aidez-nous

› • ‹

C'est lors d'une réunion mensuelle de planification, quelques semaines après l'occupation par les activistes, que Grant et moi avons découvert que nous allions être plus directement impliqués dans le projet qu'en compilant des chiffres au bureau.

Nous étions dix dans la salle de réunion : Niall, deux gars du support technique, l'incontournable cadre moyen à-quoi-sert-ce-type et une demi-douzaine d'ingénieurs de terrain. Les postes pour les six mois à venir ont été attribués. Stewart et Angus ont obtenu le golfe du Mexique, Erik et Alan l'océan Indien, au large de la côte orientale de l'Afrique.

« Grant, Izzy ? Vous allez prendre part à la mission d'exploration en Arctique.

— Je ne savais pas qu'il y en avait une, a dit Grant en se redressant sur son siège.

— Vous êtes tous les deux dans l'équipe de développement du brise-glace, n'est-ce pas ? »

Niall a fait mine de consulter ses notes. Il a lancé un regard à Grant, qui s'est mis à rougir, car toute la salle le regardait à présent, se demandant combien de temps Niall allait le passer sur le grill et jusqu'à quelle température.

« Je veux dire, je ne savais pas que nous avions un contrat.

— Je suis vraiment désolé, Grant, a lancé Niall d'un ton sarcastique. En tant qu'ingénieur de terrain, il est évident que vous devriez être tenu au courant de toutes les décisions prises par notre conseil d'administration. Toutes mes excuses. Je ne manquerai pas de vous mettre dans la boucle à l'avenir.

— Le logiciel n'a pas encore été testé », ai-je dit.

C'était la vérité. Le module additionnel était encore en cours de développement et il restait beaucoup de chemin à parcourir avant de pouvoir l'intégrer au reste du système Proteus. Grant m'a lancé un regard reconnaissant tandis que Niall reportait son attention sur moi.

« Veillez à ce que les tests soient finalisés d'ici mai. Il s'agit d'un travail de cinq semaines minimum, qui doit commencer au début de l'été. Vous recevrez les primes habituelles pour une mission offshore, bien sûr, et il y aura un petit bonus supplémentaire si vous pouvez la mener à bien et que notre client est satisfait. »

Les autres ingénieurs nous ont scrutés avec insistance, leurs destinations ensoleillées leur paraissaient soudain moins radieuses.

« C'est une mission délicate, a repris Niall. Les conditions d'intervention seront difficiles et ils veulent que la qualité des données respecte des paramètres très stricts. De plus, il y a des clauses spéciales qui s'y rattachent.

— Lesquelles ?

— Nous discuterons de tout ça plus tard. Pour l'instant, assurez-vous que le logiciel est prêt à temps. »

› • ‹

Quelques jours plus tard, Niall nous a pris tous les deux à part et nous a expliqué en quoi consistaient ces clauses spéciales. Il avait une mine affreuse, comme s'il avait vieilli de plusieurs années depuis la réunion. Sa peau était grise, sa chemise froissée. J'ai décelé une légère odeur aigre de cuite au whisky.

Le contrat prévoyait que nous ne devions parler à personne en dehors de l'entreprise de la date exacte ou du lieu de notre mission. Cela incluait les amis et la famille. Nous n'avions pas le droit d'emporter à bord des appareils mobiles connectés à Internet. Le représentant de la compagnie pétrolière devait maintenir en permanence une liaison avec son siège, et l'utilisation du réseau de Proteus devait se limiter exclusivement à l'envoi de notre position-satellite et aux données sur les marées.

Grant et moi avons échangé des regards étonnés. Il n'y avait aucune chance qu'ils puissent faire appliquer des mesures de ce type. Quelqu'un les contournerait forcément. Qu'allaient-ils faire ? Nous fouiller ? Avec une fouille au corps ?

« Tout manquement à ces clauses entraînera non seulement la perte de la prime, mais aussi le licenciement par Seismic Systems. » Niall avait l'air de lire un texte rédigé à l'avance.

« C'est un peu extrême, non ? ai-je dit, même si j'avais déjà décidé qu'il était inutile de tenter de déjouer ces interdictions.

— Ce sont les conditions. Si vous ne voulez pas de cette mission, je suis sûr que je peux trouver quelqu'un d'autre.

— Pourquoi tous ces mystères ? »

Niall a poussé un soupir. « Ces foutus écolos. Bla-bla, il faut planter des haricots mungos partout, ce genre de conneries. Ce n'est pas un problème. Il n'y a rien que nous n'ayons déjà ignoré à maintes reprises. Mais cette fois-ci, notre client craint qu'une bande d'extrémistes ne prépare quelque chose.

— Quel genre de chose ?

— Dieu seul le sait. Qu'ils s'enchaînent à un manchot, par exemple. On s'en fout, non ?

— C'est en Antarctique, a murmuré Grant.

— Quoi ? »

Niall lui a lancé un regard noir.

« Les manchots. Ils ne vivent qu'au pôle Sud…

— On s'en fout, Grant ! Nous n'avons pas besoin de mauvaise publicité ou de problèmes à gérer. (Niall s'est mis à se masser les tempes.) Mais nous avons besoin de ce contrat, donc tout ce que notre client exige, il l'obtiendra. C'est compris ? »

› • ‹

À bord du *Polar Horizon*, je reste concentrée sur mon travail, je branche des câbles, je teste des connexions. Les autres membres d'équipage me regardent de travers. Les hommes à bord sont déstabilisés par la présence d'une femme ingénieure ou navigatrice. Tous les marins du monde sont encore hantés par de vieilles superstitions. Il n'y a pas que les femmes, il existe de multiples façons absurdes pour le mauvais sort de monter à bord : les personnes avec des pieds plats, les cheveux roux, naviguer le vendredi, les albatros, prononcer le mot « noyé », les bananes… J'enfonce davantage mon bonnet de laine sur les oreilles. En partie parce qu'il fait un froid de canard, mais surtout parce que je pense qu'il vaut mieux retarder au maximum toute révélation sur ma chevelure rousse.

Nous avons tout branché, installé le logiciel et commencé à effectuer des tests système. Bjornsen vient nous observer pendant un moment.

Au bout d'une heure environ, la pièce se réchauffe avec tous les corps en mouvement et les machines qui tournent. Mon bonnet me démange. Je l'enlève et passe mes doigts dans les boucles libérées pour me gratter le cuir chevelu. L'un des jeunes membres de l'équipage inspire bruyamment et je le vois jeter un coup d'œil inquiet à son capitaine.

Bjornsen me fixe avec ses yeux de fin du monde, secoue la tête, puis me tourne le dos. Le plus jeune des membres de l'équipage détourne le regard et je me demande s'il résiste à l'envie de faire un signe de croix pour se protéger. À moins de me raser le crâne ou de porter une perruque, je ne peux pas faire grand-chose pour ma crinière flamboyante. Nous sommes tous coincés avec ça. Ce n'est pas comme si j'avais délibérément embarqué une caisse de bananes et un albatros de compagnie. Cependant, je n'ai pas envie qu'on me balance par-dessus bord.

Au Moyen Âge, si un navire était pris dans une tempête, les passagères étaient jetées à la mer pour apaiser les flots. Les choses sont peut-être différentes aujourd'hui, mais peut-être que non. Je ne vais pas baisser ma garde.

J'essaie d'apparaître comme asexuée pendant le travail, surtout lorsque je me trouve à l'étranger. C'est certainement plus facile sous ces latitudes, car, la plupart du temps, nous sommes tous enveloppés dans des tricots et des manteaux. Les règles non écrites dans un secteur dominé par les hommes sont les suivantes : votre sexe constitue un malheureux handicap que vous devez surmonter de votre mieux. Si l'on vous lance sur le sujet, surpassez – sans le moindre scrupule – votre adversaire avec des bordées d'injures.

Donc, non, je n'ai pas emporté de putains de bananes.

CONFIGURATION

78,9250° N, 11,9222° E
3 JUIN 2025

Le second capitaine est un beau gosse. Jules Guérin est bronzé et svelte, avec des yeux couleur chocolat au lait fondant. Il est difficile de résister à l'envie de caresser ses cheveux doux comme du miel. Il est absolument délicieux et, comme un animal domestique choyé, ses mouvements élégants sont à l'unisson.

Il discute en norvégien avec le capitaine Bjornsen, et tous deux jettent un coup d'œil vers l'endroit où nous travaillons. Merde, cela me déconcentre… Sa seule présence impressionne tout l'équipage, on dirait que l'éclairage est plus lumineux après qu'il a lancé ses dernières instructions. Ma foi, si la solitude nocturne vient à me peser et que Grant respecte son refus d'activités extrascolaires en ma compagnie, alors peut-être que Jules et moi… Mais j'oublie quelque chose : il n'y a pas de nuit ici à cette époque de l'année, pas à cette latitude. L'archipel du Svalbard est situé au 78ᵉ degré nord et la zone d'étude se trouve quelque part au-delà du 87ᵉ parallèle, sur le toit du monde. Bientôt, des centaines de kilomètres d'océan nous sépareront de la nuit.

Un petit groupe de curieux s'est rassemblé sur le quai, ils nous observent transférer à bord les unités de navigation et les déclencheurs des équipements sismiques. Ny-Ålesund, l'endroit habité le plus au nord de la planète, accueille plusieurs stations de recherche environnementale appartenant à différents pays. J'imagine qu'il pourrait y avoir parmi ces badauds quelques éco-activistes comme ceux que redoute Niall. Dans le coin, ils ne pourront pas trouver d'arbres à étreindre : ils devront se contenter de caresser du lichen.

Je me demande si tout l'équipage a juré de garder le secret sur notre mission. Ou s'ils ont été payés pour la boucler. La raison de notre présence semble pourtant assez évidente. Le *Polar Horizon* était à l'origine un navire de prospection sismique, mais il a été vendu il y a plus de dix ans à une agence environnementale et réaménagé pour la recherche scientifique. Depuis lors, le navire a passé la majeure partie de son temps à parcourir les mers, avec à son bord des scientifiques et des universitaires voulant vérifier des théories sur la couleur des algues, les préférences musicales de la morue arctique ou d'autres idées du même acabit. Peut-être même que certains des scientifiques renfrognés présents sur le quai ont un jour embarqué à son bord. Après sa revente à un armateur, son réaménagement pour sa fonction initiale devait être achevé, mais ce n'est visiblement pas le cas. Des pans entiers à l'intérieur du navire ont été vidés, des panneaux muraux sont béants et des fils traînent là où les équipements ont été retirés. Mais maintenant que nous sommes sur place, la mission d'exploration doit se dérouler coûte que coûte et nous n'avons pas d'autre choix que de nous y atteler.

› • ‹

Le navire comporte huit niveaux, numérotés de la quille vers le pont : le premier est un endroit où personne ne va, un espace où il n'y a que des entrailles de métal et une coque intérieure ; le deuxième renferme les moteurs ; le troisième contient la salle de sport, la buanderie, les quartiers des stewards et des mécaniciens ; les niveaux quatre à huit comprennent la superstructure au-dessus du pont, la salle des équipements, la cuisine, la salle de séjour et les quartiers de l'équipage, ainsi que ceux des officiers. Le pont supérieur se trouve au niveau du pont 8, au sommet de la chaîne alimentaire.

À bord, nous retrouvons le mélange habituel de nationalités, hormis quelques surprises comme Jules. À part Ralf, le troisième lieutenant australien, et Hannes, un Suédois massif chargé de l'équipement sismique, les officiers sont pour la plupart norvégiens ou danois, l'aristocratie autoproclamée des marins. Ils sont bourrus, imposants, avec une légère pointe de tristesse par nostalgie pour l'époque glorieuse des Vikings. L'équipage est essentiellement composé de Russes, qui sont de bons travailleurs et d'excellents mécaniciens. Ils se tiennent à l'écart, ne font pas confiance aux Vikings, et encore moins à nous.

Notre nationalité n'intéresse personne – le plus souvent, le fait d'être écossais ne suscite pas plus de commentaires que quelques blagues sur le haggis et le whisky. C'est notre rôle de navigateur qui nous isole à la fois des officiers et de l'équipage. Ils ont besoin de nous, mais ne nous apprécient guère. C'est nous qui prenons les décisions et tout le monde à bord doit s'en remettre à notre jugement dans l'intérêt de la mission. Nous dictons les caps et les routes à suivre, décidons aussi quand arrêter et démarrer les canons à air comprimé et les systèmes d'enregistrement.

Notre priorité est de quadriller minutieusement la zone de prospection, en ne faisant taire les canons qu'au moment où nous virons de bord. Nous naviguons vingt-quatre heures sur vingt-quatre, aussi longtemps qu'il le faut pour recueillir les données. Deux navigateurs se relaient en permanence. Avec un coût par minute s'élevant à plusieurs milliers d'euros, tout le monde veut éviter le moindre temps d'arrêt, ce qui implique son lot de passe-droits pour certains, de coups de pied au cul et de brimades pour d'autres.

La seule personne à bord encore plus isolée que nous est le représentant de la compagnie pétrolière, le grand argentier. Son travail consiste à comptabiliser le coût de chaque fait et geste à bord. En cas de désaccord, ses décisions peuvent l'emporter sur les nôtres. Je n'ai jamais vécu cette situation sur un navire et ne souhaite pas la vivre un jour. Les délégués des compagnies pétrolières sont généralement des gens discrets qui se cantonnent à leurs feuilles de calcul. Nous n'avons pas encore rencontré celui désigné pour cette exploration, car il n'est pas sorti de sa cabine, mais il paraît que c'est un Kiwi[2].

Nous sommes les représentants des Nations désunies, voguant sur l'océan. Nos différentes nationalités composent une sorte de *layer cake*, peu appétissant, en train de flotter.

› • ‹

Faisant grincer le plancher, Bjornsen s'approche de Grant et moi, qui sommes assis au poste de contrôle ; son ombre gigantesque nous recouvre. « Départ dans trois heures, bougonne-t-il. Nous atteindrons la zone de prospection d'ici soixante heures environ. Tout sera prêt ? »

---

2. Un Néo-Zélandais.

La très légère inflexion de sa voix dans les aigus n'est destinée qu'à la ponctuation verbale, car dans son esprit ce n'est pas une véritable question.

« Bien sûr, répond Grant. Une fois que nous aurons déployé les flûtes sismiques et effectué quelques tests, si tout semble en ordre, alors nous serons prêts à effectuer les tirs d'air comprimé pour les baleines. »

Le visage de Bjornsen se plisse comme un vieux ballon de football en cuir en train de se dégonfler. Il pose lourdement son poing sur le bureau, le faisant gémir sous son poids, et se penche avec méfiance sur les chiffres et les graphiques qui défilent sur l'écran.

« Qu'est-ce que c'est, des tirs de baleine ?

— Un nouvel ajout à notre logiciel. »

La voix de Grant a grimpé d'une demi-octave. Nous savions tous les deux que cette fonctionnalité n'allait pas plaire à des personnes comme Bjornsen.

« Il y a eu de la mauvaise presse dans notre pays, reprend Grant. Les écologistes font pression sur le parlement, ils lancent des pétitions en ligne. Apparemment, le bruit provenant de notre équipement acoustique interfère avec le sonar des baleines, même à grande distance. Cela affecte leur capacité à s'orienter et à communiquer, et elles sont donc *baisées* pour leur accouplement. (Grant laisse échapper un petit rire aigu.) Sans mauvais jeu de mots. »

Bjornsen fixe Grant, le réduisant au silence. Nous attendons qu'il digère l'information, son expression demeurant indéchiffrable.

Grant, pressé d'en finir, termine rapidement son exposé : « Donc, l'idée est de tirer une série de coups de canon à air en approchant de la zone de prospection, afin d'avertir les baleines qui se trouvent dans les parages. Avec un peu de chance, elles comprendront et s'éloigneront en toute sécurité. »

Grant a parfaitement décrit le concept. Le fait qu'il s'agisse d'une idée incroyablement stupide n'est pas vraiment de sa faute. Nous savons tous que c'est de la foutaise. Si les désordres acoustiques provoqués par la prospection perturbent la vie sexuelle des baleines, elles n'en seront pas moins troublées si l'on commence plus tôt à les déranger. Sans oublier le fait que les baleines s'accouplent dans des eaux plus chaudes et ne viennent dans cette zone que pour se nourrir. Il s'agit là d'un geste pour amadouer les écologistes, d'une tentative pour présenter l'entreprise comme respectueuse de la faune marine locale. Pas besoin d'être ce connard de David Attenborough pour s'apercevoir que c'est un exercice vain, destiné à n'apaiser que ceux voulant rester dans l'ignorance.

Bjornsen fixe Grant avec incrédulité, alors que ce dernier fait semblant de ne pas le remarquer et parcourt les graphiques à l'écran d'une manière qui, je le sais, est strictement inutile d'un point de vue technique. Grant essaie ainsi de paraître absorbé par son travail, sans être le moins du monde intimidé par les cent kilos de Norvégien en colère qui le dominent. Pauvre gars. Il se fait toujours avoir en parlant aux officiers, parce que la plupart d'entre eux ne pensent pas à m'approcher la première. Grant est devenu légèrement rose. Lorsqu'il tourne la tête pour faire semblant de consulter ses notes, je vois les égratignures sur son cou, moins profondes maintenant, mais plus sombres ; elles commencent à cicatriser. Je me demande combien de temps il va rester en colère contre moi.

« Regardez ceci, dit Grant en faisant un signe de tête vers l'un des graphiques, tout en jetant un coup d'œil à Bjornsen. Les marqueurs bleus sont ici, indique-t-il avec la pointe d'un stylo à bille bien mâché, ils signalent les endroits où nous tirerons pour avertir les baleines avant de pénétrer dans la zone de prospection. »

Bjornsen concentre son regard comme une visée laser et examine attentivement l'écran.

Je pense aux pauvres baleines en manque de sexe. Ça ne doit pas être facile pour elles, tout ce jeu d'accouplement. Même sans notre présence et notre tapage, la logistique doit être un cauchemar. Il ne s'agit pas seulement de se saisir du corps chaud et consentant le plus proche. Oh, non. Il faut d'abord nager et hululer sur des kilomètres et des kilomètres dans l'océan à la recherche d'une autre baleine qui leur plaise, et même lorsqu'elles parviennent à cette rencontre improbable, l'acte lui-même est d'une complexité presque comique.

Je me souviens d'avoir vu une émission à ce sujet sur la chaîne Nature. Elle était peut-être même commentée par ce putain de David Attenborough. Ces deux baleines devaient tout d'abord nager à des kilomètres de distance, puis tout droit l'une vers l'autre, à une vitesse ridiculement élevée, comme dans un gigantesque duel sous-marin. Enfin, au dernier moment, elles jaillissaient de l'eau et se jetaient l'une contre l'autre, réalisant la pénétration et l'éjaculation dans un crescendo fougueux de chairs propulsées et d'explosion aquatique, avant de se séparer pour retourner dans l'océan. Tout était alors accompli. C'est époustouflant. Elles doivent avoir une sacrée libido pour se donner la peine de surmonter tout ça.

Bjornsen se redresse et secoue la tête. « *Stupide*, dit-il, et il laisse le mot en suspens, lourd et définitif.

— C'est probablement le cas, soupire Grant. Mais c'est la politique de l'entreprise maintenant. C'est une procédure que nous devons suivre à chaque voyage. Cela ne change rien au déroulement de notre exploration.

— Cela ne changerait rien même si vous leur jouiez une polka. C'est une idée débile. À quelle distance de la zone de prospection devez-vous faire cela ?

— Juste quelques kilomètres. Je vous tiendrai au courant.

— *Ja*, occupez-vous-en », souffle Bjornsen avant de marmonner quelque chose en norvégien, puis de s'éloigner.

Les épaules de Grant se détendent un peu et il me regarde. C'est la première fois qu'il reconnaît mon existence depuis cette nuit à Longyearbyen. Il doit s'en apercevoir lui aussi, car il détourne rapidement le regard. Rien n'est encore pardonné, donc.

Bjornsen parle au second capitaine des tirs de baleine. Le Français nous dévisage et sourit. On nous a dit qu'il était notre observateur de mammifères marins en titre, ce qui n'est pas très orthodoxe, mais pourrait le rendre encore plus sympathique. Chaque prospection en mer doit disposer d'un OMM. En général, c'est leur seule fonction à bord, mais, comme nous commençons à nous en rendre compte, le *Polar Horizon*, en plus d'être mal réaménagé, ne dispose que d'un équipage incomplet. Pourtant, je n'arrive pas à me concentrer sur ces préoccupations en observant Jules. Oh, mais il est vraiment canon à regarder… Je me demande si les baleines femelles ont des orgasmes. Et si elles pensent que tous ces efforts en valent la peine.

› • ‹

Alors que nous sommes toujours à quai, le pont fait une violente embardée à tribord et je suis soudainement déséquilibrée. Je suis projetée d'un côté, puis de l'autre, tandis que le navire se met à tanguer, et je trébuche sur Grant, qui s'est déjà étalé par terre. Le temps que nous nous relevions, l'attention de tous les autres marins est désormais fixée à bâbord. Nous les rejoignons à la grande fenêtre de la salle principale, nos pas vacillant légèrement à mesure que le pont incliné revient à l'horizontale. Nous résistons tous les deux à l'envie de nous agripper l'un à l'autre pour garder l'équilibre.

« Putain, c'est un sacré monstre. » Grant émet un sifflement grave. Il pose une question à Jules, qui se tient entre nous : « Il doit bien faire dans les cent mètres, peut-être cent vingt, non ? »

Jules hausse les épaules avec une nonchalance française caricaturale. « Oui, au moins. Peut-être même plus. » Le léger tremblement dans sa voix, combiné à la désinvolture étudiée, m'indique qu'il est aussi abasourdi que la plupart d'entre nous. Et qu'il est également crucial pour lui que nous ne le remarquions pas.

Le brise-glace qui vogue devant nous est une véritable bête de foire. Il s'agit d'un vieux navire, avec plusieurs années de service derrière lui, pas d'un de ces bateaux modernes, élégants et proprets. Sa coque massive au nez retroussé est d'un noir mat, la superstructure est un bloc rouge sang posé sur le pont. Des traces de rouille donnent l'impression que le navire se dissout peu à peu, qu'il se décongèle comme un énorme morceau de viande. Nous le regardons tourner et passer de nouveau devant nous, suffisamment près pour faire osciller le *Polar Horizon* amarré, nous obligeant à nous agripper à tout ce que nous pouvons pour rester debout. Il nous domine et nous recouvre de son ombre. Des mâchoires sont peintes sur sa proue, blanches et dentelées, prêtes à mordre. Certaines dents sont ébréchées et corrodées, ce qui ne fait qu'ajouter à l'impression de menace extrême. Les mots АРКТИКА КОЧ sont peints en majuscules blanches, de plusieurs mètres de haut, sur la coque, suivis de la faucille et du marteau, avec ARKTIKA *Koch inscrit* en plus petits caractères en dessous.

« Dites à ces salopards d'arrêter de déconner. Je veux qu'ils s'éloignent au moins de cinq cents mètres », crie Bjornsen à l'un de ses officiers, un garçon au visage rond et aux oreilles décollées, qui hurle à son tour dans un combiné radio pour tenter de joindre quelqu'un sur le brise-glace. Soit la radio est défectueuse, soit ils nous ignorent délibérément. Je penche plutôt pour la seconde hypothèse.

Bjornsen, bien qu'énervé par le comportement du *Koch*, hoche la tête en signe d'admiration. « Un brise-glace à double coque, avec une propulsion nucléaire. Je n'en avais pas vu depuis longtemps. Je pensais qu'ils avaient tous été transformés en pièces de musée.

— Eh bien, pas celui-là, apparemment », dis-je.

Il laisse échapper un grognement. Je suis sûre que c'est un rire, et presque certaine que c'est un petit sourire qui l'accompagne. Il acquiesce : « *Ja*. Apparemment, comme vous dites. »

Comme en réponse, le *Koch* émet un puissant coup de klaxon. Le son se propage dans mon squelette avant de se planter tel un lourd harpon sonique dans ma poitrine. Je mets une main sur mon sternum et me penche en avant, comme une idiote. Bien sûr, il n'y a rien, aucune lésion physique à cet endroit. Je baisse ma main et jette un coup d'œil autour de moi pour vérifier que personne n'a remarqué ma réaction.

Jules croise mon regard et sourit. « Je sais, dit-il, je l'ai senti, moi aussi. (Il tapote le centre de sa poitrine de ses doigts fins et bronzés.) Juste à cet endroit. »

Je sens mon visage rougir et me détourne de lui. Le *Koch* tourne et s'éloigne jusqu'à une distance de sécurité, renvoyant une vague d'étrave qui vient frapper paresseusement notre flanc.

« Vous avez dit : *nucléaire*? lance Grant.

— *Ja*. Tous ces grands brise-glaces sont à propulsion nucléaire. Ils ont deux réacteurs à bord. L'un pour l'alimentation, l'autre pour les circuits de secours. »

La bouche de Grant s'ouvre, puis se referme aussi vite, ses dents claquant les unes contre les autres. Il ferme les yeux et se presse les tempes avec les deux mains, comme s'il essayait d'évacuer une réalité désagréable de sa tête. « Vous dites ça comme si c'était parfaitement normal de naviguer sur l'océan Arctique avec un grand réacteur nucléaire, pardon, deux grands réacteurs nucléaires à bord. »

Bjornsen lui jette un regard méprisant.

« Pour des navires de cette taille, dit-il, ils constituent une alternative bien meilleure que les moteurs diesel. Plus rapides, plus propres. Ils sont en activité par ici depuis bien avant que votre mère ne vous ponde, alors vous feriez mieux de vous calmer, vous et vos petites culottes avec des baleines imprimées dessus. »

Grant se tait, mais il a l'air atterré. Je ne sais pas s'il est plus soucieux à cause du *Koch* ou parce que Bjornsen semble le considérer comme une sorte de fée Clochette écolo.

› • ‹

Tout l'équipage finit par se disperser, reprenant ses activités d'avant l'arrivée du brise-glace, nous laissant seuls tous les deux près de la fenêtre. Grant est toujours en ébullition, son agitation semblant empoisonner l'air autour de lui. « Pourquoi ne nous a-t-on pas prévenus ? Je n'aurais pas accepté de travailler sur cette mission d'exploration si j'avais su que nous naviguerions derrière un putain de cauchemar flottant.

— Moi non plus, je ne peux pas dire que je sois enchantée. »

Je n'ai pas envie d'en dire davantage. Je ne vais pas l'avouer à Grant, mais l'idée de rester dans le sillage de ces deux moteurs nucléaires a fait naître une crainte sourde au creux de mon estomac. Je tente de la repousser : heureusement, je suis rompue aux techniques d'autopersuasion. C'est une question de survie dans un monde en crise. Nous compartimentons nos pensées pour qu'elles correspondent à ce dont nous avons besoin ainsi qu'à la façon dont nous devons nous comporter pour l'obtenir. Nous agissons tous ainsi. J'essaie juste de rester honnête avec moi-même à ce sujet.

Grant, par contre, réagit parfois comme un enfant. J'essaie, sans succès, de ne pas laisser transparaître l'impatience dans ma voix.

« Maintenant, nous nous trouvons ici. Il n'y a rien d'autre que nous puissions faire. Et nous avons besoin d'un navire costaud pour cette mission. (Nous observons le brise-glace qui rétrécit à l'horizon.) On dirait bien qu'on l'a trouvé.

— Ouais, c'est comme dans le dicton : il faut faire attention à ce que l'on souhaite, pas vrai ? » marmonne Grant. Il retourne à son poste de travail et s'enfonce dans son nid de câbles.

Le *Koch* disparaît au loin. Sa forme floue s'assombrit à mesure qu'elle se réduit, un trou noir aspirant chaque parcelle d'obscurité fugitive autour de lui, engloutissant toutes les ombres et les écrasant.

DÉPLOIEMENT

87,2234° N, 29,5693° E
6 JUIN 2025

Tout notre équipement est désormais connecté : l'unité de navigation en temps réel, les déclencheurs, les processeurs, les six écrans d'affichage. Nous testons Proteus avec d'anciennes données provenant d'une précédente prospection et tout semble fonctionnel. Nous sommes parés pour le départ.

Les moteurs du *Polar Horizon* se mettent en marche et, alors que la structure du navire commence à bourdonner sous l'effet des vibrations, l'équipage passe à la vitesse supérieure. Tout le monde se déplace d'un pas rapide et volontaire, tournant et pivotant les uns autour des autres pour s'acquitter des tâches qui leur sont assignées. Tout est vérifié et contre-vérifié. Cependant, derrière cette efficacité toute professionnelle, je peux détecter un soupçon d'excitation enfantine. C'est toujours le cas au début d'une mission d'exploration. Personne n'ose le reconnaître, et même si je n'en ai jamais discuté avec quelqu'un, j'aime à penser que c'est un sentiment partagé.

Nous partons à l'aventure, dans une escapade en mer. Nous naviguerons de jour comme de nuit, durant des semaines.

Sauf que cette fois-ci, il n'y aura pas de nuit.

› • ‹

Bjornsen donne un ordre et le brise-glace s'éloigne. L'océan est libre de glace dans l'archipel du Svalbard, mais nous aurons bientôt besoin de sa coque renforcée. Lorsque nous atteindrons la banquise, le brise-glace prendra le relais, ouvrant un chenal sûr que nous pourrons suivre.

J'attends que nous appareillions, en suivant le brise-glace, en direction du nord. Il reste au moins quarante-huit heures avant de déployer les flûtes sismiques.

Je demande à Grant : « Tu peux rester ici un moment ?

— Oui, bien sûr, comme tu veux », répond-il sans tourner la tête.

J'aime regarder la terre s'éloigner et disparaître. L'idée que je ne la reverrai jamais, que je laisse derrière moi tout ce que j'ai connu crée une sorte d'excitation addictive. C'est peut-être l'idée de repartir à zéro, de n'avoir que des ardoises vierges et des pages blanches. Le vertige d'un changement soudain et brutal. C'est comme une danse au bord d'une falaise. Je ne sais pas pourquoi j'ai besoin de ressentir cela. Mais je reviendrai, bien sûr, comme toujours.

La lumière sur le pont a une qualité nacrée, le soleil est haut et voilé par de longs écheveaux de nuages. La mer est placide, avec une écume laiteuse à la proue. De temps en temps, des blocs de glace déchiquetés passent au loin, ressemblant à de petits châteaux de glace à la dérive depuis les côtes d'une lointaine civilisation lilliputienne. Je regarde les montagnes sombres du Svalbard rétrécir jusqu'à ce qu'elles ne soient plus qu'un sourcil levé à l'horizon, avant de disparaître. Je me retourne et dresse le menton face au vent qui se lève.

› • ‹

Notre hébergement est sommaire. Ma cabine est meublée dans une gamme de gris : du lino d'un ton ardoise sur le sol, des murs de cendres s'élevant vers un plafond de fine fumée. Il y a une petite fenêtre carrée, avec des coins émoussés en plastique. On a l'impression d'être à l'intérieur d'un parpaing. Des lits superposés sont installés, dont le cadre est peint en bronze militaire, avec un matelas enveloppé d'une couverture râpeuse de couleur ciment.

Le bon côté, c'est que pour une fois j'ai une cabine pour moi toute seule. J'ai déjà participé à des missions où tout le monde, à l'exception des officiers, devait partager sa couchette et dormait à tour de rôle. Cela implique que, lorsque vous allez vous coucher, le lit est encore chaud, imprégné des pets de l'occupant précédent qui se nichent dans les draps froissés, et dont l'haleine aigre s'étale sur l'oreiller.

Mon sac à dos se trouve là où je l'ai laissé, dans un coin, pas encore déballé, même si cette tâche ne prendra guère de temps. Nous voyageons léger lors des prospections. L'équipement est prioritaire, et comme il est regroupé et chargé dans les aéroports, les restrictions sont strictes sur ce que nous pouvons transporter pour notre usage personnel. Deux vêtements de rechange au maximum, une brosse à dents et pas grand-chose d'autre. Les articles de toilette de base sont généralement fournis à bord. Je sors mes maigres affaires du sac et les range dans le minuscule casier.

Je suis toujours furieuse d'avoir oublié d'emporter un carnet de notes neuf. C'est un peu vieux jeu, mais après de longues heures passées devant des écrans, j'aime cette sensation de lenteur et d'effort. La résistance du stylo qui glisse sur le grain du papier, laissant sa trace d'encre dans des boucles. Même si ces notes ne peuvent être aisément sauvegardées sur des serveurs distants, elles me semblent plus permanentes, plus réelles en quelque sorte, et elles sont personnelles, bien à moi. À défaut, je dois me contenter d'écrire sur les côtés vierges du manuel des opérations. L'essentiel de la documentation est sous format électronique, mais nous emportons toujours une copie papier du manuel de base, au cas où la version électronique ne serait pas accessible, pour une raison ou une autre.

Au fur et à mesure que j'écris, les têtes de chapitre en capitales d'imprimerie apparaissent à l'envers en haut de la page. En dessous, j'écris sur le dos sombre des paragraphes, enregistrant ma réalité sur l'envers de la version officielle.

Personne ne lit jamais les manuels. D'où l'acronyme. LLPDM : Lis Le Putain De Manuel. Il ne s'agit pas d'un conseil sérieux, mais plutôt d'une façon détournée de traiter quelqu'un d'idiot. Lire ce putain de manuel serait considéré comme un aveu de faiblesse, de la même manière que demander son chemin révèle que l'on est perdu.

Personne ne lira non plus ce côté du papier. Je n'écris pas à l'intention de quelqu'un d'autre, je n'ai pas de lecteurs en tête. Je jetterai probablement les pages remplies dans la benne de recyclage à la fin du voyage, comme je le fais d'habitude. Ou qui sait? Peut-être que cette fois-ci je les conserverai, que je relirai ces mots dans le futur, quand je serai âgée et que je m'ennuierai. Dans ce cas, hé, ma vieille, tu devrais peut-être songer à sortir davantage pour t'éclater? L'idée d'offenser mon futur moi m'amuse au plus haut point. Mais plus je pense à ce futur fantôme acariâtre, moins il me paraît drôle et plus il devient inquiétant. C'est comme s'il me regardait dans le rétroviseur et qu'il se faisait sa propre opinion. Le sourire s'efface de mes lèvres et je le laisse disparaître.

Ma couchette est étroite et le matelas semble mince, mais j'ai connu pire. J'envisage de demander des oreillers supplémentaires, mais j'y renonce rapidement. Ce serait interprété comme de la faiblesse, comme de quémander un traitement de faveur. Je songe néanmoins à demander quelque chose pour couvrir la fenêtre, pour mieux bloquer la lumière que ce store fragile. Même lorsqu'il est baissé, la lumière envahit la cabine. Les quelques tentatives pour dormir depuis mon arrivée à bord ont été déplorables ; elles m'ont laissée raide comme une planche au réveil, et irritable plutôt que reposée.

› • ‹

« Et voilà. (Grant pivote sur sa chaise.) Je te laisse profiter du spectacle. Je vais aller chercher quelque chose à manger. »

Je vois bien à la façon dont il passe sans même jeter un coup d'œil vers moi qu'il ne cherche pas à ce que nous redevenions amants. C'est bien dommage. J'étouffe un bâillement. Les cinq semaines vont s'avérer longues, s'il persiste dans son idée.

Alors que Grant quitte le pont, Jules arrive. « *Ma belle Isobel*[3] », dit-il. Sa voix chantante est taquine, avec une pointe d'autodérision qui l'empêche d'être agaçante. « Vous êtes déjà épuisée ?

— Non, non. C'est juste que… je suppose que vous ne savez pas où je pourrais trouver quelque chose pour occulter la lumière de la fenêtre de ma cabine, afin que je puisse dormir ?

— Ah, la lumière. Bien sûr. Un instant. »

Je le regarde partir, j'admire son corps svelte, je laisse mes yeux glisser un instant sur son derrière – il faut bien le dire – absolument parfait. Suffisamment de rembourrage sur le muscle pour créer une forme arrondie, avec ce magnifique creux et cette cambrure qui partent du bas du dos. C'est beau à voir, vraiment très beau.

Sur l'écran, le *Polar Horizon* apparaît comme un rectangle vert clignotant, pointant vers la proue. Le brise-glace, malgré sa taille beaucoup plus importante, possède une signature radar identique. Les deux formes se dirigent avec constance vers le nord en direction de la banquise, le brise-glace s'enfonçant à présent dans ses bords déchiquetés. Je consulte les écrans de données. Cette partie de mon travail consiste à observer et à attendre, avant que le vrai boulot ne commence.

3. En français dans le texte.

Mon regard se promène et s'arrête sur un panneau fixé à la porte du pont extérieur. Il y a écrit « AVERTISSEMENT » et, en dessous, il y a la silhouette d'un ours polaire qui semble se promener, vaquant tranquillement à ses affaires. Le panneau serait peut-être plus percutant si on le montrait rugissant, tous crocs et griffes dehors, en train de charger. Sous l'ours, il est indiqué :

DANGER – OURS POLAIRE
NE PAS SUPPOSER
QUE LA VOIE EST LIBRE
UN OURS POLAIRE PEUT SE TROUVER
DERRIÈRE CETTE PORTE

Soudain, le froid me saisit et je rabats les manches de ma polaire sur mes articulations. Pourquoi suis-je en train de songer à une empreinte de patte dans le givre épais ? J'en ai une image claire dans ma tête, un gros coussinet central entouré de cinq orteils, chacun d'entre eux portant une marque de griffe dessinée devant. Je suis troublée par cette vision, une sorte de rêve, mais qui me semble plus tangible, plus proche d'un souvenir, puis je me rends compte que Bjornsen se tient à côté de moi. Je sursaute sur mon siège et tente de dissimuler ma réaction en faisant mine d'attraper quelque chose sous le bureau. Je ne pense pas qu'il ait été dupe une seule seconde.

« Les ours ne peuvent pas vraiment monter à bord, n'est-ce pas ? » Avant même d'avoir fini de poser la question, je me rends compte que, bien sûr, ils le peuvent et qu'ils ont même dû le faire par le passé, sinon le panonceau d'avertissement ne serait pas là. Les marins n'ont pas pour habitude de placer des écriteaux juste pour le plaisir.

« Ils sont curieux comme des chats et aussi intelligents qu'eux, me répond-il. Ils sont attirés par les odeurs. La nourriture, les ordures, ce genre de choses. »

Je pense aux conteneurs sur le pont. Les lois sur la protection de l'environnement interdisent le déversement de déchets dans le cercle polaire, si bien qu'ils sont stockés dans des cuves dédiées. Même si elles ne contiennent que quelques jours de déchets, l'odeur rance se remarque tout de suite si l'on se place sous le vent.

« En avez-vous déjà vu un ? »

Bjornsen me fixe un long moment, avec une expression glaciale. Il s'apprête à me répondre lorsque Jules revient et me tend une toile cirée pliée et un rouleau de ruban adhésif.

« Du tissu occultant, dit-il. Coupez-le à la bonne taille, doublez-le pour faire bonne mesure et fixez-le avec le ruban autour du cadre de la fenêtre.

— Merci. (Je m'empare du matériel.) Vous êtes peut-être tous habitués, mais moi, je n'arrive pas à dormir avec cette lumière.

— Certains d'entre nous n'ont pas besoin de sommeil, répond Jules en regardant Bjornsen, mais nous autres, les humains ordinaires, nous avons besoin de ça.

— Nous allons bientôt aborder la banquise, annonce Bjornsen. Il vaut mieux s'assurer que l'on est prêts.

— Prévenez-moi si vous avez besoin d'aide », dit Jules en me serrant l'épaule avant de suivre Bjornsen. En le regardant s'éloigner, je songe que le geste était un peu trop familier, mais pas franchement désagréable.

Je me retrouve seule devant notre programme Proteus. Je me demande si j'ai dit quelque chose qui a offensé Bjornsen ou si la question de l'ours polaire l'a simplement ennuyé. Son attitude me rend curieuse. Que cherche-t-il à dissimuler ?

Mes pensées sont interrompues par l'arrivée de Max, le représentant de Pilgrim, la compagnie pétrolière qui nous a missionnés. Personne d'autre à bord que lui n'est employé directement par eux. Seismic Systems, les Norvégiens et les Russes, nous préférons nous tenir à l'écart des bilans financiers, même si nous savons que nous sommes à leur botte. Nous travaillons tous, de façon plus ou moins contournée, pour Pilgrim, qui à son tour œuvre pour notre belle société de consommation : la bête doit être nourrie. C'est ce que nous faisons tous ici, en fin de compte : assurer la prochaine pitance pour toute l'économie mondiale.

Max n'est pas populaire au sein de l'équipage. Il n'y a pas d'insultes explicites, pas d'agressivité ouverte, juste une froideur, une manière de l'exclure des bavardages qui maintiennent une ambiance décontractée à bord. Cet état de fait m'amène à adoucir mon attitude à son égard : je ne supporte pas que quelqu'un soit mis à l'écart. Mais pour être honnête, il est difficile d'apprécier un type comme lui.

Ses omoplates ressortent de son dos voûté et il soulève ses longues jambes pour marcher, bougeant la tête d'un côté à l'autre, observant tout ce qui peut attirer son attention. On a l'impression qu'il s'agit d'une sorte d'échassier. Je ne serais pas surprise de le surprendre à plonger son visage et remonter avec un ver entre les lèvres.

Il se tient trop près de moi. Parce qu'il peut se le permettre. Je ne peux pas quitter mon poste de travail et lui demander de s'écarter impliquerait que je ressens une gêne, ce qui me retomberait dessus, inévitablement. Je ne vais pas lui accorder cette satisfaction. Mais s'il s'approche encore, il est fort possible que je lui donne accidentellement un coup de coude dans les parties.

« Vous travaillerez à tour de rôle lorsque la prospection débutera, ah, les oies ! »

C'est un Kiwi et il a l'habitude de terminer ses phrases par « ah, je vois », ce qui, avec son accent, sonne plutôt comme « ah, les oies ». On ne peut pas reprocher à quelqu'un son accent, mais la façon dont il glisse « les oies » à la fin de chaque phrase provoque un malaise sourd, comme s'il insinuait quelque chose. Venant de sa part, ce serait tout aussi irritant avec n'importe quel accent ou dans n'importe quelle langue. Je me contente d'attendre qu'il répète ses expressions étranges.

› • ‹

Une bande de goélands nous a suivis depuis Nÿ-Ålesund, nous confondant sans doute avec un bateau de pêche ou espérant profiter de nos déchets mal triés. Ce ne sont pas les jolis goélands couleur ivoire, ou bien ceux gris et blanc, aux teintes subtiles, que j'ai vus au Svalbard. Ceux qui nous suivent sont d'énormes monstres, avec des yeux de lézard et des becs vicieux.

« Des goélands marins, me dit Jules. Les plus grands de leur espèce. Aussi teigneux qu'ils en ont l'air. Ils mangent n'importe quoi. Des déchets, des charognes, d'autres oiseaux. »

Nous les observons en train de crier dans l'épais nuage derrière nous. Ils se posent à tour de rôle sur le pont, en nuées bruyantes d'une douzaine de volatiles à la fois. « J'imagine que ça ne vous aide pas pour vous endormir, pas vrai ? » demande Jules.

Je secoue la tête. « Ils n'arrêtent jamais. »

C'est alors que Ralf, le troisième lieutenant, un Australien, fait irruption sur le pont, les cheveux dépassant encore plus de ses oreilles décollées. Il a été réveillé par une querelle de goélands juste à côté de la fenêtre de sa cabine.

« C'est bien vrai ! C'est exactement ça, putain. Il est temps de lâcher les chiens. »

Jules me sourit. « Oh, vous allez aimer ça.

— Un instant », dit Ralf, affairé à l'un des postes de contrôle. Je me penche par-dessus son épaule. Il est en train de charger un fichier audio dans le système de klaxon du bateau et de régler le volume au maximum. « Vous l'avez bien cherché, satanés poulets-dinosaures ! »

Il appuie sur un bouton. Une meute de chiens sauvages jaillit des haut-parleurs, aboyant, grognant et claquant des dents, comme une barrière de furie canine enragée.

Les goélands s'égaillent dans le ciel avec des battements effrénés d'ailes. Ralf éteint le klaxon et, dans le silence qui suit, des plumes blanches tombent doucement sur le pont et le recouvrent comme de la neige.

› • ‹

C'est de la neige véritable qui nous accueille lorsque nous nous engageons dans la banquise, ou plutôt dans le chenal d'eau libre que le brise-glace a dégagé pour nous. La température se met à baisser et un vent puissant rabat des tourbillons de flocons. Les bords du chenal se dessinent plus nettement à mesure que la quantité de glace déplacée augmente. Au début, nous avons l'impression d'être conduits dans un labyrinthe avec des ouvertures de même largeur de part et d'autre, mais peu à peu celles-ci se rétrécissent et deviennent de plus en plus clairsemées, jusqu'à ce que le seul chemin possible soit celui qui a été dégagé pour notre navire. Il s'étend devant nous à la surface du champ de glace mouvant, large comme une autoroute à six voies. Dans toutes les autres directions, des plaques de banquise irrégulières sont éparpillées sur l'océan, comme un puzzle impossible, abandonné par ceux qui l'ont commencé.

Il est temps de déployer les flûtes sismiques. Ce ne sont pas les instruments délicatement ouvragés que leur nom suggère. Ce n'est pas le genre d'objets utilisés par de gracieux ménestrels ou des concertistes. Il s'agit de câbles aussi épais que le biceps d'un docker, enroulés sur des bobines de la hauteur d'un homme et montés sur de solides cadres métalliques installés sur le pont arrière. L'ensemble de l'appareillage est hérissé de boulons et d'attaches. Les câbles, longs d'un kilomètre, sont constitués de tubes en fibre de carbone transparente ; ils sont très résistants, mais flexibles dans l'eau. Sur ces tentacules sont attachées et fixées, par différents moyens, toutes les technologies nécessaires pour écouter et voir : une combinaison censée nous offrir la connaissance de tout ce qui se passe dans les fonds marins.

Il y a des capteurs de profondeur, des vélocimètres, des récepteurs acoustiques, des dispositifs de positionnement GPS fixes et différentiels, des boussoles, des systèmes de géolocalisation par laser, des jauges de salinité. Des dispositifs ressemblant à des nageoires permettent d'entraîner les flûtes sismiques d'un bord du navire à l'autre, ou de haut en bas, afin d'ajuster leur position par rapport aux lignes de sondages ou entre elles. Ce sont nos yeux et nos oreilles dans l'eau, nos antennes. Sans elles, nous sommes sourds et aveugles, sans repères.

Grant se rend sur le pont arrière pour superviser le déroulement des câbles, tandis que je reste derrière mon écran à scruter le programme Proteus, observant la multitude de boussoles et de capteurs qui se mettent en marche, commençant à transmettre leurs données. Au début, les signaux sont chaotiques, les flûtes sismiques se balançant d'un bord à l'autre comme la queue d'un chat en colère, mais au fur et à mesure qu'elles prennent du champ, leur poids les redresse. J'utilise les ailerons pour les aider à avancer et finalement, après une heure ou deux de travail, les flûtes sismiques jumelles traînent parallèlement dans notre sillage. Tout semble en ordre, Proteus grignotant joyeusement le flot régulier de données.

› • ‹

C'est maintenant que débute notre très longue journée de plusieurs semaines. J'ai perdu le fil des jours passés à bord. Est-ce trois ou quatre ? Nous persistons à regrouper les heures en unités compréhensibles, en les appelant jour et nuit. Cette pratique paraît de plus en plus illusoire à chaque heure lumineuse qui passe, mais quelle alternative ? Si nous ne mesurons pas le temps, ne le divisons et ne le comptabilisons pas, que devient-il pour nous ? Et que sommes-nous pour lui ?

DÉMARRAGE

87,5331° N, 26,4434° E
10 JUIN 2025

Nous parvenons à effectuer les tirs prévus d'air comprimé pour éloigner les baleines, sans autres perturbations que les allusions grivoises répétées de l'équipage concernant leurs parades nuptiales. Je ne peux m'empêcher de plaindre les baleines dont le rendez-vous galant a été foutu en l'air : le mâle désorienté qui dévie de sa route, son énorme trique se balançant inutilement dans le courant ; la femelle qui se sent déçue, persuadée que son compagnon est juste un connard qui n'a même pas pris la peine de se présenter à l'heure et à l'endroit convenus. Espérons qu'ils auront plus tard l'occasion d'éclaircir ce malentendu, dans un coin plus tranquille de l'océan.

› • ‹

Au moment où nous nous approchons de la première ligne de sondages, alors que nous avons activé les enregistrements en direct, tous les écrans s'éteignent. Nous pensons d'abord à un problème d'alimentation électrique, mais les serveurs fonctionnent toujours, les ventilateurs vrombissent, les lumières clignotent. Tout l'équipement de la passerelle paraît opérationnel. Grant et moi restons bouche bée lorsque les écrans passent du vide à un brouillard d'électricité statique qui tourbillonne, puis semble se presser contre les bords des moniteurs, comme s'il essayait de s'échapper. J'ai l'impression – et je sais que cela peut paraître fou – qu'il y a quelque chose de vivant à l'intérieur, plus que vivant même, doté d'intelligence. Cela ne dure que quelques secondes, même si cela paraît plus long, puis les écrans clignotent et, aussi soudainement qu'ils se sont éteints, tout le système revient à la normale.

« C'était quoi, ce bordel ? s'exclame Grant.

— Aucune idée. (Je suis déjà en train de vérifier la configuration, mais ne décèle aucun dysfonctionnement évident.) Je vais lancer des diagnostics pour obtenir un rapport de débogage complet. Mais, en attendant (je hausse les épaules), je propose qu'on oublie ce qui vient de se passer. »

Personne d'autre n'a remarqué l'anomalie à l'écran. Max, fort heureusement, est assis à l'autre bout de la pièce, les yeux rivés sur son ordinateur portable. Grant et moi savons qu'il ne voudra pas différer la prospection avant même qu'elle n'ait commencé, c'est une certitude que nous ne pouvons pas expliquer. Grant se frotte le menton. « Ah, les oies », fait-il dans une mauvaise imitation de Max.

Je souris, toujours mal à l'aise, mais au moins ce secret partagé relâche la tension qui s'est installée entre nous depuis notre départ du Svalbard.

› • ‹

Maintenant que nous sommes en route, le travail devient une sorte de routine. Grant et moi nous croisons à peine, sauf lors de la relève, qui s'effectue de manière assez cordiale. Le reste de l'équipage semble s'être détendu, et même Bjornsen se laisse aller à quelques plaisanteries.

Pourtant, il y a quelque chose que je n'arrive pas à saisir précisément. C'est comme si j'observais trop fixement une image où une erreur s'est nichée et que je ne parvenais pas, malgré toute mon attention, à déceler cette satanée anomalie. Ce pressentiment m'empêche de me concentrer, c'est comme une démangeaison que je ne peux pas gratter. À cela s'ajoute la sensation persistante d'être observée, comme si quelqu'un se tenait derrière moi, regardant par-dessus mon épaule pendant que je travaille. Parfois, ce sentiment est justifié et je découvre que cet enfoiré de Max se trouve juste là, à me scruter comme un animal en cage dans un zoo. Mais la plupart du temps, il n'y a personne aux alentours.

Je me dis que je me fais des idées, probablement dû au manque de sommeil. La lumière implacable de ce jour sans fin est tellement épuisante. Le soleil se déplace dans le ciel, il nous encercle lentement comme un prédateur qui prend son temps.

Je m'éloigne des moniteurs, j'étire mes bras au-dessus de ma tête, puis marche pour soulager la raideur de mes jambes. C'est le milieu de l'après-midi du huitième jour, comme si cela signifiait quelque chose ici. Je m'arrête près de la fenêtre et j'essaie d'exercer mes yeux en me concentrant sur les objets au loin. L'absence totale de points de repère et le manque de contrastes sur l'étendue de glace, de mer et de ciel autour de moi rendent la tâche difficile.

Sans point de référence, les yeux ne perçoivent pas la distance et la proximité de manière habituelle, l'esprit s'embrouille avec des données incomplètes. Ainsi, lorsque j'aperçois soudain quelque chose, je crois au début que mon cerveau tente seulement de se rendre utile en fournissant un stimulus conforme. Il ne s'agit pas tant d'une hallucination que d'une sorte d'ancrage visuel. Je contemple l'apparition pendant un certain temps, sans me préoccuper de savoir si elle est réelle ou non. Mais progressivement, alors que je réalise que l'hallucination – ou quoi que ce soit d'autre – ne disparaît toujours pas, je me mets à observer vraiment ce que je vois.

Grant me rejoint à la fenêtre. Très vite, il demeure à son tour immobile, son attention fixée dans la même direction que moi. Quelques membres de l'équipage s'approchent, attirés par une curiosité contagieuse. Je suis soulagée de savoir que je ne suis pas la seule à voir cela. Ce n'est pas seulement dans ma tête, c'est réel.

Au loin, une tache d'un blanc cassé, d'une teinte différente de celle de la glace et de la neige, se déplace d'un morceau de banquise à l'autre, s'effaçant par moments pour réapparaître, se rapprochant sans cesse. Jusqu'à ce qu'elle soit assez proche pour que nous puissions l'examiner de près.

« Putain de merde, dit Grant, est-ce vraiment ce que je pense que c'est ? »

L'ours s'arrête et nous fixe, son long cou allongé, la tête basse au niveau de ses épaules massives, les pattes bien plantées, les griffes l'arrimant à la glace. Nous nous rassemblons dans un attroupement hésitant devant la fenêtre et nous le regardons nous scruter. Il ne fait aucun doute qu'il réfléchit, qu'il raisonne, qu'il évalue notre taille et notre vitesse, qu'il envisage nos intentions.

« Un ours polaire, ah, les oies », dit Max.

Il est déconcertant d'en apercevoir un aussi proche, en pleine nature. Il en reste si peu en vie de par le monde. Ce devrait être un privilège, mais ce n'est pas ce que je ressens. Je détends les mains, réalisant que j'ai serré les poings. Je respire trop vite et la sueur me picote les bras. Je regarde les pattes avant de l'ours, larges comme de grandes assiettes. Sa gueule est légèrement ouverte et je peux apercevoir la ligne noire de sa babine inférieure et, derrière, ses dents. L'ours affiche une blancheur terrifiante.

Il se retourne et se met à marcher à nos côtés. Nous naviguons sûrement plus vite que la vitesse de marche d'un ours polaire. La façon dont il avance sur la banquise avec un but précis et une certitude absolue, le roulement de ses épaules musculeuses et le balancement de ses pattes arrière paraissent indiquer que c'est lui qui mène désormais la danse. Tout lui obéit : la vitesse, la distance, le temps; ils lui appartiennent, plus qu'à nous, et il en disposera selon son bon vouloir. La façon dont il pose chaque patte sur la glace affirme sa primauté. À moi, à moi, à moi semblent proclamer ses pas. Cet endroit m'appartient, il se confond avec moi et vous y pénétrez.

Je doute qu'il nous pardonne notre intrusion, ce grand dieu blanc du Nord.

› • ‹

Le visage de Bjornsen s'est figé, son regard fixé sur la silhouette en mouvement. Je me mets à l'écoute des mauvaises ondes que le Norvégien pourrait émettre. Je ne prétends pas le connaître ou le comprendre, j'imagine que peu de gens le pourraient, mais je peux quand même décoder son allure, sa façon de se tenir. À présent, la sensation qui se dégage de lui ressemble à un orage menaçant : ses muscles sont tendus et chantent comme des fils à haute tension, porteurs d'un message de… est-ce une sorte de reconnaissance ?

« Est-ce un mâle ou une femelle ? Le savez-vous ? » demande Grant, sa voix dépassant à peine le niveau d'un murmure, comme si l'ours pouvait nous entendre.

Sous la lumière crue, la cicatrice qui court sur le visage de Bjornsen semble se tordre et pulser comme une artère sous sa peau burinée. « Un mâle », dit-il, prononçant ces seuls mots comme le tintement d'une cloche que l'on aurait soudain réduite au silence.

Moi aussi, j'avais supposé que l'ours était un mâle en raison de sa taille. Il est difficile d'être précis sur les dimensions lorsqu'on se trouve à distance, mais il semble mesurer au moins un mètre quatre-vingt-dix à quatre pattes et peut-être deux fois plus, du museau jusqu'au bout de la queue.

Nous fixons tous Bjornsen, ressentant quelque chose derrière la tension du Norvégien, mais aucun d'entre nous n'est assez téméraire pour lui poser directement la question. Le silence s'est fait lourd, nous laissant dans l'expectative. Je m'attends presque à ce que Bjornsen tourne les talons et nous laisse en plan. Mais il semble un peu se détendre, dodelinant de la tête.

« Je connais cet ours, dit-il en touchant du bout des doigts la ligne de sa cicatrice. Je ne sais pas quel était son âge quand il m'a infligé ceci, mais il était adulte, ce n'était plus un ourson. À l'époque, j'avais l'impression que c'était le plus grand ours que j'aie jamais vu. Regardez-le bien. Ce Nanuuk[4] n'est pas devenu une vieille carcasse maigrichonne. (Bjornsen secoue la tête.) Mais c'est impossible : les ours ne vivent que vingt, vingt-cinq ans, tout au plus. »

Dehors, l'animal fait les cent pas, ceux-ci sont rythmés, il marque la cadence. La voix de Bjornsen devient éraillée.

« Pourtant, il est bien là. »

Nous observons tous l'ours, qui s'est de nouveau arrêté et regarde dans notre direction, non seulement vers le navire, mais aussi à travers la vitre et vers le pont où nous nous trouvons. Il ne peut certainement pas nous voir ? Et comment Bjornsen peut-il penser qu'il s'agit du même animal ? Pourtant, le regard de l'ours possède une intensité à faire douter quelqu'un de toutes les hypothèses qu'il pourrait avoir en tête. Je suis heureuse que mon attention soit détournée par Bjornsen qui poursuit son histoire :

« Cela s'est passé il y a de nombreuses années. J'étais accompagné de mon frère. Nous venions ici en été, lorsque la glace fondait, pour pêcher au filet. C'était dangereux et illégal, certes, mais cela rapportait assez d'argent pour que le risque en vaille la peine. Nous avions des familles à nourrir. Nous faisions ce que nous avions à faire. Comme tout le monde.

« Tout se passait bien jusqu'à ce que ce monstre ait les yeux rivés sur nous. Il nous a repérés, comme il le fait en ce moment. Mais il n'a montré aucune inquiétude que nous l'ayons remarqué aussi. Il y a un dicton qui dit : *L'ours que tu peux apercevoir n'est pas celui qui te tuera.* C'est en grande partie vrai. Il ne s'est pas approché et, au bout d'un moment, il a disparu. Pas la moindre trace. Ce n'était pas bon signe, nous étions sur les nerfs. Désormais, il était devenu l'ours que nous ne pouvions plus voir. Mais nous pouvions encore le sentir, avec sa présence, en train de nous

4. Dieu-ours, dans la mythologie inuite, invoqué pour les rituels de chasse.

traquer. Nous voulions tout laisser tomber et regagner la côte, pour avoir à nouveau de la terre sous nos pieds et un toit au-dessus de nos têtes. Et nous avons failli réussir. C'était la dernière prise de pêche.

« Notre petit bateau était rempli et reposait au ras de l'eau, abrité par une falaise élevée et entouré des trois autres côtés par des plaques de banquise brisées, d'un seul tenant, longues et effilées. Nous étions en train de remonter les filets lorsque l'océan a explosé. C'est la seule façon dont je peux le raconter. C'était comme si une charge sous-marine avait explosé, et cet ours… »

Bjornsen s'interrompt et porte à nouveau son regard vers l'animal au-dehors. Celui-ci suit en rythme notre navire, tournant de temps à autre la tête et nous observant, comme s'il faisait partie de l'auditoire.

« … Cet ours, désormais bien en évidence, se trouvait en équilibre comme une putain de ballerine sur une tranche de glace si fine qu'elle n'aurait pas dû supporter son poids. Je peux jurer qu'il nous a souri, il aurait même lancé un "bouh" s'il avait eu une voix. Nous avons laissé échapper nos filets et sommes tombés en arrière. Mon frère, Eyolf… »

Le nom jaillit comme une manifestation subite de douleur et Bjornsen se tait un instant, sa mâchoire se serrant et se relâchant plusieurs fois avant de poursuivre :

« Cela n'a duré qu'une fraction de seconde, mais j'ai vécu ce moment tant de fois. Maintenant, j'ai l'impression que ça continue pendant des heures. Des jours même. Je n'ai jamais vu Eyolf aussi blanc. Comme s'il s'était figé, attendant que le temps reprenne son cours. Quand cela s'est produit, c'est allé trop vite pour que je puisse comprendre. Eyolf a été projeté hors du pont comme une fusée, droit dans les airs, et le sang s'est mis à pleuvoir de son corps, tombant tout autour sur la neige, dans la mer, sur le bateau, sur moi et sur l'ours aussi. J'ai pris le fusil et j'ai visé. Le corps d'Eyolf a atterri sur la glace. L'ours m'a chargé et j'ai tiré. J'ai cru l'avoir touché, en pleine tête. Mais le tir ne devait pas être cadré. Cela ne l'a pas arrêté. Il m'a ouvert le visage comme une boîte de pâté de viande. J'ai dû m'évanouir. Quand je me suis réveillé, j'étais seul. L'ours avait disparu, tout comme mon frère. Il n'y avait plus qu'une trace rouge sur la glace à l'endroit où se trouvait son corps.

« J'étais à moitié aveugle et mon visage n'était qu'une plaie douloureuse. Je ne savais pas combien de temps j'étais demeuré inconscient. J'ai quand même réussi à faire redémarrer le moteur. Le plancher du bateau était couvert de sang : le mien, celui d'Eyolf et, je pense, celui de l'ours. Les ours peuvent sentir le sang, surtout le sang frais, à plus d'un kilomètre de distance. Je ne sais pas comment je suis rentré vivant au Svalbard.

« Je voulais croire qu'il était mort. Je veux dire, l'ours. Que je l'avais tué. Mais je n'ai jamais pu m'en persuader totalement. Maintenant, je sais pourquoi. »

Max rompt le silence qui s'est installé :

« Comment pouvez-vous être sûr qu'il s'agit du même ours ? Ils se ressemblent tous, pas vrai ? Une fourrure blanche, de grandes dents, de mauvaises manières ? »

Il pousse un petit rire, qui cesse brusquement sous le regard de Bjornsen.

« C'est lui. Je le sais. »

Nous restons debout et observons l'ours, qui s'est rapproché et tourne sa gueule dans notre direction.

« Mon Dieu, souffle Grant. Il peut nous voir. »

Ses prunelles sont deux taches sombres. Je fronce les sourcils et plisse les yeux, désireuse que ma vision soit assez perçante pour en distinguer tous les détails. J'ai l'impression d'avoir mis un pied dans de l'eau glacée. Les orbites de l'ours semblent renfermer une obscurité à la fois profonde et froide ; celle-ci scintille d'une lumière qui a été réfléchie des millions de fois à travers des kilomètres de glace et, tout en dessous, il y a une noirceur de néant, une nuit absolue, qui nous contemple en retour.

› • ‹

Une fois ma journée de travail finie, j'espère me fatiguer assez pour pouvoir m'endormir facilement : je vais donc à la salle de sport. Soit les scientifiques qui nous ont précédés sur le navire étaient extrêmement en forme, soit ils voulaient s'en persuader. La salle de sport est impeccable, elle est située dans une longue pièce sans fenêtres sous le pont, bien équipée avec des tapis de course, des rameurs, des appareils de musculation, des poids et haltères, etc. Je ne suis pas une adepte de la gym quand je suis chez moi, mais cela permet de passer le temps en mer et c'est une façon de transpirer un bon coup, de faire le plein d'endomorphines. Je fais le tour de la salle, utilisant tous les équipements, alternant les exercices cardio et ceux d'endurance, mais c'est sur le tapis de course que je passe le plus de temps.

Le navire dispose d'un équipement très performant. Les tapis de course sont dotés d'écrans géants affichant une piste virtuelle, qui accélère et ralentit en fonction de votre rythme et de vos options. Vous avez le choix entre une piste d'athlétisme, un parcours urbain, une plage et une forêt. J'opte pour la forêt et me retrouve sur un sentier bordé d'herbe à travers de grands pins, avec de temps en temps un cerf qui passe dans l'ombre ou des oiseaux qui chantent sur les branches.

C'est hypnotique, j'entre dans une sorte de transe, mes baskets martelant le tapis. Je me rends compte que je cours depuis près d'une heure lorsque je passe la barre des dix kilomètres, mais je ne m'arrête pas. J'ai l'impression que je pourrais continuer dix kilomètres de plus sans me fatiguer. Vers quinze heures, je sens une odeur de brûlé et me demande si la machine ne surchauffe pas, mais l'odeur est celle du bois flambé, pas celle du métal et du plastique. J'examine le tapis qui tourne sous mes pieds et ne remarque pas de fumée, mais quand je regarde à nouveau l'écran, le paysage de la forêt s'est assombri, le chemin s'est resserré. Une lumière rougeâtre rayonne entre les arbres et l'odeur devient intense. J'appuie sur le bouton rouge et m'arrête en titubant, me tenant aux barres d'appui, alors que le tapis roulant s'immobilise. Dès qu'il est à l'arrêt, l'écran s'éteint. Rien à signaler. L'odeur se dissipe également, comme si elle n'avait jamais existé.

Le sang bat à tout rompre dans ma tête et je respire avec difficulté. Pourquoi quelqu'un programmerait-il une simulation de ce type ? Je relance le programme, mais en gardant une allure de marche, cette fois. La piste forestière réapparaît, verte et paisible comme avant. Je marche lentement pour reprendre mon souffle, puis je descends du tapis.

J'avale plusieurs gobelets de la fontaine à eau et décolle le devant de mon T-shirt trempé de sueur. Donc maintenant, j'ai des hallucinations ? Ce doit être un autre effet secondaire du manque de sommeil. Il grignote des parties de mon cerveau et fait des trous dans les murs séparant mon imagination de la réalité. Oui, c'est sûrement ça. Je ne suis pas en train de perdre la boule. Ce serait une coïncidence trop improbable, je n'y crois pas.

Alors que j'essuie l'eau sur mon menton, deux Norvégiens musclés entrent dans la salle de sport. Je jette un regard vers eux. J'ai le cerveau congelé d'avoir avalé trop d'eau froide trop vite. Ils sont blonds tous les deux, avec des cheveux coupés ras, et portent des vêtements en lycra. Ils s'installent dans la salle de musculation et s'assistent l'un l'autre lors des exercices, tout en s'étirant et en grognant.

Je les ignore et effectue quelques étirements rapides. Mon dos est tendu, car j'ai passé trop de temps penchée sur mon clavier. Après m'être échauffée, je m'assieds sur mes talons et contemple la trace de sueur de mes mains sur le tapis d'exercice bleu. La forme carrée des paumes s'atténue et se déforme, les doigts s'affinent jusqu'à devenir des griffes tandis que les empreintes sur le tapis rétrécissent et s'effacent lentement.

› • ‹

Après ma douche, je fais un tour à la cuisine, espérant manger un sandwich avant de tenter à nouveau de dormir. J'aperçois Bjornsen assis tout seul, en train de boire une tasse de chocolat chaud. Qui aurait cru qu'il aurait un penchant pour les sucreries ? Il grommelle lorsque je m'assieds en face de lui. En dehors de son récit avec l'ours, je ne l'ai pas entendu parler autant depuis que nous sommes à bord.

Je lui demande : « Vous allez bien ? (Il semble abattu.) C'était une sacrée histoire.

— Ce n'était pas une histoire, grogne Bjornsen, s'adossant à sa chaise et croisant les bras.

— Non, en effet, désolée. Je me suis mal exprimée. (Je m'en veux soudainement.) Ce n'est pas ce que je crois. (J'avale une gorgée de café brûlant.) Alors, que s'est-il passé après votre retour à terre ? »

Bjornsen me fixe du regard. Au bout de quelques instants, il décroise les bras.

« Ils m'ont emmené en avion à l'hôpital de Tromsø. Ils m'ont d'abord dit que je perdrais mon œil (il touche l'orbite de son œil gauche) et que je risquais d'avoir un empoisonnement du sang. Ils ont prévenu Gretel, ma femme, de ne pas avoir trop d'espoir. Mais elle est restée à mon chevet, elle a dormi avec nos enfants, qui n'étaient alors que des bébés, dans un petit lit à côté du mien. Les médecins ont essayé de la faire déguerpir, mais elle n'a pas voulu. Elle m'a redonné la vie, elle et les enfants. Ma vie et aussi ma vue.

— Pourquoi avez-vous accepté de retravailler en pleine mer ?

— Ah ! Vous parlez comme ma Gretel maintenant.

— Je n'étais pas en train de vous critiquer. Tout ce que je veux dire, c'est que je ne pense pas que j'en aurais eu le courage après une histoire comme ça. »

Bjornsen contemple la table où il empile des grains de sucre pour bâtir de minuscules pyramides.

« Pendant longtemps, je me suis tenu à l'écart de l'océan. J'ai trouvé des boulots comme réparateur de machines d'une usine de conserves ou conducteur de motoneiges pour des scientifiques de passage. Mais ces emplois étaient irréguliers et mal payés. La mer me manquait. Eyolf me manquait encore plus, mais il était mort. Alors… » Il lève les paumes de ses énormes mains, dont les extrémités sont légèrement recouvertes de sucre. « Rester à l'écart de l'océan n'allait pas le ramener à la vie. » Il acquiesce doucement, puis secoue la tête, une discussion privée qu'il a manifestement déjà eue avec lui-même un nombre incalculable de fois, avant de soupirer. « Je n'ai jamais pu dire à mon frère que j'étais désolé. » Il appuie sur une pyramide de sucre miniature et réduit les grains en poussière.

« Ce n'était pas de votre faute. L'ours…

— Nous nous sommes disputés juste avant. Avant l'ours. J'étais tellement en colère contre Eyolf, mais je ne me souviens même plus de quoi il s'agissait. Probablement d'argent. Il ne payait pas sa part, il n'assumait pas ses responsabilités. Nous nous sommes beaucoup querellés à ce sujet, même si j'en ai oublié les détails. Tout ce dont je me souviens, c'est de mon sentiment de colère et de l'ours, et parfois, en y repensant, c'est comme s'il s'agissait de la même chose, vous comprenez ? »

Je n'ai pas de réponse à lui offrir. J'aimerais en avoir une, mais je n'arrive pas à trouver une réponse qui ne soit pas désinvolte ou tout bonnement inadéquate. Dans le silence qui s'étire, il fait tomber le sucre en poudre sur le sol et s'époussette les mains l'une contre l'autre.

« Cet ours n'a rien à voir avec celui que j'ai vu au zoo quand j'étais enfant », dis-je.

Bjornsen souffle sur son chocolat chaud.

« Je devais avoir sept ou huit ans. Il était beaucoup plus petit, c'était une femelle, elle avait apparemment été sauvée par le zoo pour éviter les dangers en liberté et probablement d'être abattue par des chasseurs. » Je continue à parler, rapidement, désireuse de dissiper la gêne persistante. « Elle traînait dans un village du Groenland, fouillant les poubelles et rendant la vie impossible aux habitants. Le zoo l'a appelée Mercedes, et je me souviens que j'avais trouvé ce nom vraiment stupide. Elle ne ressemblait pas du tout à une voiture. Mon père m'a dit que cela venait du nom espagnol de la Vierge Marie. Maria de las Mercedes – Sainte Marie de la Miséricorde. Cela provient du mot latin *merces*, qui signifie salaire ou récompense, ce qui, en latin populaire, désignait une faveur ou la pitié.

— Votre père est une sorte de professeur ?

— Papa était beaucoup de choses, dis-je en souriant, mais il n'a jamais fait ce genre de boulot.

— Ah. Je suis désolé. »

Bjornsen avait relevé la tournure au passé.

« Non, non, il est toujours vivant. C'est juste qu'il ne travaille plus.

— À la retraite ?

— En quelque sorte. »

Pourquoi ne pas dire qu'il est mort ? Ce serait plus simple. Plus proche de la vérité, également.

« Il n'a jamais effectué le genre de travail où l'on prend sa retraite, mais il étudiait toujours quelque chose. L'essentiel du temps en autodidacte. Il connaissait toutes sortes de choses ignorées, dont la plupart n'étaient utiles à personne. D'un point de vue pratique. »

Bjornsen fronce les sourcils et je détourne le regard. Je sais que mes concordances de temps sont incorrectes. Je n'y peux rien. C'est ce qui se produit chaque fois que je pense à mon père. Lui et ses yeux vides, sa bouche tombante. La manière dont son corps continue de respirer. L'homme que j'ai connu n'existe plus que dans le passé. Il a été égoïste, exaspérant, peu en prise avec le réel, inapte à ressentir des émotions, mais aussi très intelligent et surtout puissamment et étonnamment vivant. Tout ce qui reste de sa personne dans le présent, c'est… je ne sais pas. Pas lui, en tout cas.

Je pose ma tasse et le café m'éclabousse la main. Je l'essuie sur mon jean.

« Peut-être que le zoo pensait rendre service à cette ourse en la mettant en captivité, continué-je. Mais à l'époque, ça ne m'a pas semblé être le cas. Son pelage était d'un jaune sale. Elle était pratiquement catatonique, allongée sur un tas de pierres poisseuses. Personne ne restait très longtemps pour la regarder. C'était trop triste. »

Bjornsen acquiesce lentement et se gratte le menton en émettant un son sec et rauque. « Vous êtes d'avis qu'ils auraient dû la laisser se faire tirer dessus ? »

Je hausse les épaules.

« J'ai entendu dire qu'ils l'avaient finalement transférée dans le nord, dans le parc animalier des Highlands. Pour avoir plus de place pour bouger. La première fois qu'il a neigé, elle s'est cachée à l'intérieur d'un abri et a refusé d'en sortir. Elle ne savait pas comment réagir, elle avait oublié ce qu'était la neige. Au bout de quelques jours, elle s'est enfin lancée dehors, glissant sur les pentes, se roulant par terre et batifolant, projetant des gerbes blanches partout. Les journaux ont publié des photos de Mercedes enfin heureuse. Elle est morte peu de temps après. On a dit que c'était à cause de son âge. Le temps avait fini par la rattraper.

— Peut-être que c'était sa mémoire, dit Bjornsen, avec ses yeux de fin du monde, d'une limpidité bleu arctique.

— Comment cela ?

— Elle avait dû enfin comprendre tout ce qu'elle ne pourrait jamais récupérer. »

MISE EN SERVICE

88,1594° N, 27,1418° E
15 JUIN 2025

À peine deux semaines depuis notre départ et déjà des tensions apparaissent, ce qui n'est pas de bon augure. Il faut un certain tempérament, comme celui d'un astronaute, pour demeurer confiné dans un habitacle pendant des périodes prolongées, avec ses équipiers pour seule compagnie. Nous regardons des films dans la salle principale. Le programme dépend de qui arrive en premier lors des rotations d'équipe. La plupart du temps, il s'agit de vieux films d'action des années 1980 et 1990. Nous avons trouvé une énorme réserve de DVD dans l'une des armoires, probablement laissés par l'une des anciennes équipes scientifiques du *Polar Horizon*. Désormais, notre équipage rivalise d'imagination pour sélectionner les films les plus ringards du genre. J'ai développé une forte répugnance pour tous ceux avec Steven Seagal, et les cuisses de Jean-Claude Van Damme me perturbent. Je grimace et reste sur la défensive à la vue de tous ces muscles qui donnent des coups.

Si Hannes, notre ingénieur sismique suédois, prend l'initiative, il s'agit de films encore plus anciens, des épopées britanniques comme *Le Docteur Jivago*, *Zoulou*, *Lawrence d'Arabie*. Ils me rappellent l'époque juste avant mon départ de la maison pour l'université. Mon père aimait regarder précisément les mêmes films, les rideaux tirés, assis dans le noir avec une bouteille et un verre pour compagnie. Lorsque ces films ont été réalisés, il était âgé d'une vingtaine d'années, et Maman n'était pas encore née. Peut-être qu'en renouant avec une époque où elle n'avait pas encore vu le jour, il lui était plus facile de supporter un monde sans elle. En fait, je n'en sais rien, nous n'en avons jamais parlé.

« Regardez tout ce sable. Si chaud. Si sec », soupire Hannes, étirant ses jambes vers l'écran et en écartant les pieds comme pour les réchauffer devant un feu de cheminée.

Peter O'Toole, campé sur sa selle, fait galoper son cheval dans un paysage désertique, au milieu de dunes qui rétrécissent jusqu'à ce qu'il disparaisse avec son destrier, englouti par le sable doré. La caméra continue de fixer le désert vide, ondulant dans la brume de chaleur. Une autre sorte d'océan. Il y a tellement de façons de se noyer.

› • ‹

Pour passer le temps, je dispose de jeux de cartes, du backgammon, de la lecture ou de l'écriture de ce journal. Ou encore de longues séances de gym qui me laissent en sueur. Il n'y a pratiquement pas de place pour le sommeil. L'horizon est souvent obscurci par un brouillard changeant, avec des tourbillons de neige et de grésil qui sifflent et font trembler les fenêtres. Les jours se mélangent les uns aux autres et finissent par se confondre.

Bien que nous soyons envahis d'instruments de mesure du temps – horloges atomiques, données satellitaires, toutes sortes de moyens de le déterminer à des fractions de seconde infimes –, en l'absence d'alternance du jour et de la nuit, un besoin primitif de notre corps n'est pas satisfait, et nous commençons tous à divaguer un peu. Je me surprends à douter de nos instruments, à effectuer plus de tests que nécessaire. Grant fait de même, et je ne le questionne pas à ce sujet. Mais je décèle dans ses yeux les mêmes doutes qui m'empêchent en permanence de dormir. Quelque chose ne tourne vraiment pas rond. Le soleil ne se couche jamais.

Cette inquiétude se reflète aussi chez les autres. Les esprits commencent à s'échauffer. Seul Bjornsen demeure immuable, solide comme un promontoire rocheux. Il nous regarde de ses yeux lointains comme si nous l'amusions, mais d'une manière tragique, comme s'il avait déjà contemplé tout cela et savait comment l'histoire se termine. Décidément, cet homme ne mourra jamais, il se contentera de s'éroder au fil des siècles.

› • ‹

Le parfaitement délicieux Jules constitue une distraction bienvenue. Chaque jour qui passe, il semble de plus en plus à croquer. Sa barbe fauve appelle les caresses. Je laisse mes pensées s'égarer en observant les données de Proteus s'accumuler, j'imagine la sensation de sa barbe au bout de mes doigts, douce, mais résistante, agréablement rugueuse. Le frottement qu'elle provoque sur mon visage, mon cou, ma poitrine, mes jambes, ainsi que son souffle chaud contre mon…

« Vous pouvez me donner les statistiques de qualité du dernier sondage ? Allô Houston ? » Le geignement de la voix nasale de Max interrompt mes rêveries.

« Quoi ? Bien sûr. Je vais vous envoyer les fichiers. »

Il se frotte les narines avec un mouchoir en tissu et réplique : « Vous ne pouvez pas me les commenter tout simplement ? »

À son intention, je fais apparaître à l'écran des graphiques et des comparaisons. Il existe une infinité de combinaisons de données, une infinité de paramètres pouvant être comparés à d'autres. On peut faire dire aux chiffres à peu près n'importe quoi, selon les ensembles de données que l'on compare et les paramètres retenus. Je montre à Max quelque chose d'insipide et de rassurant. Je lui parle d'un ton monocorde qui, je l'espère, le confortera dans l'idée que sa présence n'a aucune utilité et qu'il peut aller se faire foutre.

« C'est déjà un résultat satisfaisant, pas vrai ? *Ah, les oies…*

— Oui, ah, *les oies*, dis-je, et il me regarde d'un air méfiant. À ce stade, tout est absolument conforme à nos seuils de qualité, tout fonctionne selon les spécifications. »

Il penche la tête et retourne à son propre terminal pour pianoter avec ses doigts longs et fins sur le clavier.

J'essaie de moins le détester. Je me dis qu'il a probablement été souvent molesté à l'école. J'ai besoin d'une pause. Je m'emmitoufle dans mon épais manteau et enfonce mon bonnet sur les oreilles.

« Je vais prendre un peu l'air. »

› • ‹

Nous sommes arrivés presque aussi au nord que possible, le ciel se courbe ainsi directement vers nous depuis l'horizon, qui est bas et sans relief. Le ciel et l'océan se pressent l'un contre l'autre comme deux énormes rouleaux, et notre navire se dirige vers leur intersection, attiré vers ce point de fuite. Je me demande si nous serons écrasés ou bien transformés, une fois de l'autre côté, et ce qui peut se trouver au-delà de l'océan et du ciel.

Le soleil ne se couche pas, mais la qualité de la lumière change. Alors que nous approchons du solstice d'été, le soleil ne monte et ne descend que d'un seul degré sur l'ensemble de son cycle. En quête de variations, d'une atténuation par rapport à la lumière permanente, je dévore les moindres changements du soleil comme une femme affamée, en rongeant et suçant avidement chaque miette.

Lorsqu'il n'y a pas de nuages, la lumière blanche et tranchante brille comme le rayonnement qui constitue sa vraie nature. Elle blanchit la peau exposée de mes mains et de mon visage. Les contours de mon corps deviennent translucides, mes os brillent d'un bleu argenté. Je deviens une radiographie animée de moi-même. À d'autres moments, lorsque le soleil est caché et qu'il baisse d'un degré, l'eau passe de l'outremer au bleu marine, la glace du blanc à l'azur. Les crevasses dans la banquise sont bordées d'ombres indigo déchiquetées, prenant toutes les couleurs d'un océan peint.

Ces changements me remplissent, mais me laissent insatisfaite. J'ai commencé à avoir envie d'obscurité, comme un besoin physique. Il y a un malaise profond, un resserrement dans ma poitrine, une faim qui me tenaille au fond de la gorge. Je regrette la paix consolatrice et enveloppante de la nuit.

Dans le monde en dehors des pôles, quoi qu'il arrive, la nuit s'accompagne toujours du don matinal d'une toile de tableau redevenue vierge. Mais ici et maintenant, avec un long jour perpétuel qui s'étend devant nous, il n'y a pas de vrais lendemains et il ne peut y avoir de pardon. La lumière éclatante du jour expose toutes nos erreurs à une visibilité permanente. Il n'y a nulle part où se cacher.

› • ‹

Nous avons quitté la haute mer pour nous enfoncer dans la banquise. La mer bouge et roule toujours, mais est désormais recouverte d'un patchwork de glace ; elle semble faussement solide, donnant l'impression que nous glissons dans une campagne gelée, les champs couverts de neige s'éloignant de chaque côté. Tout est irréel, comme dans un rêve. C'est l'océan, mais il est différent ; c'est aussi le ciel, mais il a changé ; c'est notre monde, mais il n'y a rien qui ressemble à ce que nous connaissons.

Devant nous, le brise-glace avance, toujours plus au nord, écartant les petits morceaux de banquise, pulvérisant les plus gros. Le bruit de cisaillement et de raclement du métal sur la glace est porté par le vent, ce qui fait grincer mes dents.

› • ‹

Encore du putain de poisson mariné. Les Norvégiens ne semblent pas s'en lasser. Comme ils sont à la tête du navire, le chef cuisinier leur obéit, ce sont eux qui choisissent la nourriture.

Le déjeuner est disposé comme un buffet continental, posé sur une table à gauche du passe-plat donnant sur la cuisine. J'entends Rune qui s'y agite, il hurle sur son marmiton, puis fredonne avec satisfaction la seconde suivante. Peut-être crie-t-il des encouragements, mais ça n'y ressemble pas. Son commis de cuisine, qui est en fait un minuscule vieil homme, s'agite autour des casseroles fumantes pour aller les chercher, les emporter, tout en esquivant les grandes mains de Rune.

Je regarde le poisson. Du rollmops de hareng, je crois. Des petits fagots de poisson blanc enroulé avec des morceaux de cornichon qui dépassent du milieu. La chair blanche est nacrée. Je suis sûre que ce truc doit être bon pour la santé, plein de vitamines, d'oligoéléments et d'autres nutriments du même genre, mais son goût est répugnant. C'est probablement une saveur avec laquelle il faut avoir été élevé, accoutumé. Surtout au petit déjeuner. Quel genre de personne se réveille le matin et pense sérieusement que la première chose qu'elle veut manger est du poisson froid et vinaigré ?

Cela ne me dérangerait pas tant que cela, mais les Russes ont encore piqué toutes les pâtisseries. Ils n'arrivent pas à se faire à l'idée que ce luxe est tout à fait normal et qu'il se reproduira régulièrement. Chaque jour, ils se remplissent les poches de tout ce qu'elles peuvent contenir et le stockent dans leurs cabines, comme s'ils faisaient des réserves pour un long hiver. Ils n'éprouvent aucune honte, se bousculant les uns les autres pour s'emparer de la nourriture, entassant croissants et pâtisseries danoises dans leurs poches. Je ne peux m'empêcher de me demander ce qu'ils mangent dans leur pays. La plupart d'entre eux sont grands et musclés. Qu'est-ce qui a permis leur croissance ?

Leur odeur est celle des entrailles du navire : métal chaud, huile et graisse. Ils restent entre eux et marmonnent en russe d'un air sombre, discutant rarement avec les autres membres de l'équipage. Ils se servent parfois de l'anglais, qu'ils utilisent avec les Norvégiens pour des phrases courtes et abruptes, rien de plus que le nécessaire pour accomplir le travail. L'anglais fonctionne encore comme une lingua franca pour la plupart des équipages internationaux, s'accrochant à sa prédominance en tant que langue des marins.

L'océan possède son propre langage, mais nous ne le comprenons pas, nous ne l'écoutons même pas. Nous voguons sur la crête d'une panne de communication majeure entre le monde et nous. Et le soleil ne quitte toujours pas le ciel.

Je me sers un café noir, saisis un morceau de pain brun foncé et m'assieds à une table dans le coin. Un groupe de Russes est rassemblé autour d'une autre table et ne me prête pas attention. Le café, au moins, est bon. J'en bois par petites gorgées, inhalant les vapeurs piquantes et terreuses, surfant sur la vague de la caféine. Le pain est dense et dur. J'en découpe de petits morceaux que je trempe dans mon café pour en faire des boulettes douces et amères. Je n'ai pas bien dormi, une fois de plus. Je n'ai pas trouvé le sommeil depuis le début de ce voyage et je commence à douter de pouvoir le faire avant la fin.

Ma vie à terre, avec sa progression ordonnée des jours et des nuits, semble inimaginable maintenant. Je me concentre, essayant de me rappeler la pleine lune, brillante dans le ciel noir. Est-ce que je me souviens des étoiles ? Éparpillées dans l'obscurité ? Ou même d'une ville la nuit, avec le macadam mouillé et strié par l'éclairage public orange, les phares des voitures lançant des faisceaux de lumière sur les vitres sombres des bureaux endormis.

Tout cela semble désormais inaccessible, comme une histoire racontée par un étranger au sujet d'un lieu où je ne suis jamais allée. Mais j'y aspire à présent avec une sorte de mal du pays. C'est un sentiment qui ne m'est pourtant pas familier. L'une des principales raisons pour lesquelles j'ai accepté ce travail était la possibilité de voyager, la liberté de n'être liée ni à un lieu spécifique ni à ses obligations et complications. La liberté est une chose importante. Mais peut-être que mon refus d'être attachée à un endroit en particulier me rend plus dépendante du moment présent. Tout le monde a besoin d'un ancrage.

› • ‹

« Perdue dans vos pensées ? »

Je suis surprise de constater que Jules se tient à côté de moi.

« Désolée, oui, j'étais…

— À des kilomètres de là ?

— J'aimerais bien. À quelques centaines de kilomètres. Dans un endroit chaud, au coucher du soleil, avec un verre à la main. »

Jules rit doucement.

« Vous n'arrivez toujours pas à dormir ?

— Est-ce si évident ?

— C'est normal. En fait, vous devriez vous inquiéter si vous ne trouviez pas cela difficile. Nous ne sommes pas adaptés à ces conditions. (Il fait une pause et regarde par-dessus son épaule avant de poursuivre.) Cet endroit n'est pas conçu pour nous. Les humains n'ont pas leur place ici. J'en suis convaincu. Vous n'êtes pas du même avis ? »

Oui, c'est exactement ce que je ressens. Un sentiment de transgression. D'inadaptation. Mais ça ne sert à rien d'en parler. Même si j'adore regarder Jules, je n'ai pas envie de poursuivre cette conversation. Dès le début de la journée, je suis déjà fatiguée et de mauvaise humeur, je n'ai pas besoin d'une dose de culpabilité environnementale de surcroît. J'avale le reste de mon café et me lève.

« Je ferais mieux de m'y remettre. »

Il touche mon bras.

« Je suis désolé. Je me suis mal exprimé. C'est juste que… (Il reprend son souffle.) Je n'ai pas beaucoup dormi non plus, ce qui rend ma conversation limitée. (Il ramasse ma tasse vide.) Encore un peu de café ? »

Je décide de lui accorder une autre chance. S'il recommence à me faire le coup du « nous-n'avons-rien-à-faire-ici », je pourrai toujours m'en aller.

Pendant qu'il prépare le café, je roule les épaules pour relâcher la tension qui s'est installée dans mes muscles. Grant me parle toujours à peine, le reste de l'équipage est de plus en plus tendu et soucieux. Un peu de contact humain, avec quelqu'un prêt à faire au moins un effort en ce sens, pourrait m'être bénéfique. Il revient avec deux tasses fumantes. Je le remercie en souriant.

« Alors, dites-moi, reprend-il en s'installant sur le siège d'en face, qu'est-ce que vous cherchez à fuir ?

— Je vous demande pardon ?

— C'est l'une de mes théories. Tous les travailleurs en pleine mer à qui j'ai parlé ont quelque chose à fuir dans leur pays. Je n'ai jamais rencontré d'exception. Tout le monde veut éviter quelque chose. Alors, quel est votre problème ? Malchanceuse en amour ? Des dettes accumulées ? Des problèmes familiaux ?

— Vous êtes toujours aussi curieux ?

— Toujours. »

Il me fixe du regard, l'air sérieux.

« D'accord, vous m'avez percée à jour. (Je lève les mains.) Toute la liste qui précède. J'ai le cœur brisé, je suis ruinée et donc je me suis enfuie en mer. (Je fais mine d'adopter un regard lointain, puis me passe une main sur le front et soupire dramatiquement.) Pour tout oublier. »

Il rit d'un air satisfait.

« Vous finirez par me révéler la vraie raison.

— Ne vous bercez pas d'illusions. Il n'y a pas grand-chose à dire, vraiment. Et vous ? Pourquoi êtes-vous là ?

— Pour moi, c'est simple. L'ennui. Je ne peux pas le supporter. J'ai l'esprit agité.

— Une âme torturée ?

— Cela aussi.

— Parfait. Les romantiques ténébreux sont souvent de bonne compagnie. »

Pendant un moment, nous nous échauffons doucement de cette façon, tous deux appréciant notre danse autour du ring. Je détourne ses coups avec mes parades, il riposte avec une facilité procurée par l'intimité. Nous parlons de notre foyer. Ou de ce qui en tient lieu pour chacun d'entre nous. Tout comme moi, Jules passe beaucoup de temps en mer, si bien que nos vies sur la terre ferme sont tout aussi sommaires, avec des attaches sentimentales en friche qui sont plus difficiles à raviver à chaque fois.

« J'aime être en mer, dit-il, mais ce mode de vie a un coût. »

Une accalmie se produit dans la conversation pendant que nous contemplons tous les deux nos bilans personnels, ces colonnes instables de coûts et de bénéfices. L'ambiance mollit et un froid mélancolique commence à s'installer entre nous.

« J'ai de plus en plus l'impression, surtout au cours de ce voyage, que cela ne peut pas durer éternellement. (Sa voix est plus basse, moins sûre d'elle.) J'ai l'impression que le temps est compté.

— Pour vous personnellement ? Ou en général ? »

Il pose les mains à plat sur la table, son expression change. L'humour est de retour, mais avec une tonalité différente.

« Et si le temps était un complément du cerveau humain ? Comme un système d'exploitation ?

— Hum…

— Disons que le corps, le cerveau, tous les nerfs et les neurones constituent le matériel informatique.

— D'accord, admettons. »

Je ne sais pas du tout où il veut en venir, mais une lueur est revenue dans ses yeux.

« Des choses comme la perception spatiale, le langage, la créativité, la libido, l'ambition sont des logiciels.

— Je pourrais être d'accord avec ça. »

Il sourit maladroitement.

« Soyez indulgente avec moi. C'est le genre de sujet auquel je réfléchis quand je ne peux pas dormir.

— Pas de problème, continuez. »

Je me trouve à mi-chemin entre l'admiration et le scepticisme. Mon propre esprit insomniaque a tendance à vagabonder entre des problèmes professionnels, des projets d'avenir peu convaincants et des scénarios vaguement érotiques pour lesquels je suis trop épuisée pour être excitée. Mais ce type semble se divertir avec des théories sur la nature du temps. Sans déconner ?

« Aucun de ces programmes, poursuit-il, ne peut fonctionner sans le passage du temps. Comme le langage, car sinon nous ne serions littéralement pas capables de construire une phrase.

— Hum, hum.

— Il doit y avoir un ordre défini : un avant et un après. C'est fondamental pour tout ce que nous sommes. Le temps linéaire est donc le système d'exploitation.

— D'accord. Et donc ?

— Et si nous pouvions changer le système ?

— On ne peut pas se débarrasser du temps comme ça.

— Non, mais…

— Ce ne serait pas possible, sinon la vie n'existerait pas. Naissance, croissance, sénescence, mort. Sans le temps, rien de tout cela n'a de sens.

— Seulement parce que nous regardons ces phases comme toutes alignées. À travers notre idée du temps. »

Je réfléchis à tout cela un moment. Mon cerveau, bien qu'attiré comme une pie voleuse par les idées brillantes, n'arrive pas à s'en saisir. Jules parle toujours, mais je me contente de regarder ses lèvres bouger. J'ai perdu le fil et j'ai l'impression de faire beaucoup d'efforts pour tenter de le suivre. C'est tellement plus facile de l'observer. La façon sensuelle dont il utilise ses mains, les fines rides autour de ses yeux, sa bouche.

Il se met à rire.

« Désolé. Je vous ennuie.

— Non. Je…

— Ce n'est pas grave. Vous êtes fatiguée. Peut-être une autre fois ? »

Il se lève.

« Bien sûr, dis-je en maintenant le contact visuel juste le temps nécessaire. Avec plaisir. »

ALARMES ET AVERTISSEMENTS

88,3562° N, 35,5748° E
18 JUIN 2025

C'est le silence qui me réveille. Je me redresse sur ma couchette et me cogne la tête contre le toit de la cabine. L'obscurité est totale. J'ai recouvert la fenêtre d'un tissu occultant ; je l'ai scotché sur tout le pourtour pour cacher le soleil de minuit. J'ai peut-être fait un excès de zèle. Je porte mes doigts à mes paupières pour vérifier qu'elles sont ouvertes : il n'y a pas d'autre moyen de faire la différence. Comment peut-on espérer dormir sereinement ici ? Mon horloge biologique est en miettes, les rouages et les ressorts jaillissent en tous sens. Tant de petites pièces et aucune idée de la façon, ou de la simple possibilité, de les réassembler un jour.

Le soleil ne se couche jamais, mais dans les heures nocturnes, il s'abaisse presque imperceptiblement dans le ciel et reste suspendu, à nous fixer, sans sourciller, dans une lumière rougeoyante.

J'écoute attentivement le silence inhabituel et enfile un pull épais par-dessus les vêtements dans lesquels j'ai dormi. Quelque chose ne tourne pas rond. Quelques jours après le début d'une prospection, le bruit régulier des canons à air s'estompe, il se fond dans notre réalité quotidienne, comme un battement de cœur, on n'y prête plus attention. Une fois que cela arrive, le silence acquiert une signification, de la profondeur, comme un avertissement. Les canons se sont arrêtés.

› • ‹

Le système Proteus fait des siennes. Nous passons chaque quart de travail à guetter les alarmes et les avertissements, et les écrans des moniteurs sont une éruption furieuse de messages d'erreur clignotant en rouge et ambre. À peine ai-je résolu l'un d'entre eux, ramenant son statut au vert, qu'un autre réclame mon attention. Ni Grant ni moi ne pouvons suivre le rythme des erreurs et des bogues. Même si nous travaillons tous les deux plus longtemps et que nos équipes se chevauchent, la charge de travail devient écrasante. Nous sommes tous les deux épuisés.

J'ouvre la porte de la cabine, m'engouffre dans l'étroit couloir et me dirige vers la cuisine. Pas question de me laisser entraîner à régler des erreurs système avant d'avoir pris un petit déjeuner, ou au moins ma dose de caféine. De toute façon, nous ne pouvons pas être ensemble sur le même quart. J'ai l'impression qu'il s'est écoulé trop peu de temps depuis le dernier, mais ma perception du temps ne me semble plus très fiable.

Parfois, mon environnement ne me paraît pas plus réel qu'un songe et mes rêves, quand j'en fais, ne sont pas moins réels que la réalité. Il devient difficile de les distinguer. Si je pouvais même rêver de la nuit, d'une nuit tant attendue, cela me soulagerait peut-être un peu, mais quand je rêve, je vois surtout de la glace et des dents. Lorsque je me réveille, il y a un moment où même mon propre corps me semble étrange, comme si mes os ne s'ajustaient plus à l'intérieur de ma peau et que je devais faire un effort pour me rappeler comment me tenir debout et marcher. Ma mâchoire est souvent crispée et douloureuse.

› • ‹

Je me frotte les yeux et trébuche légèrement, heurtant de biais la porte d'une cabine. Au moment où mon épaule entre en contact avec elle et que je me raidis pour repartir, la porte s'ouvre soudainement et je bascule à travers.

De ma position sur le sol de la cabine, j'observe des bottes de travail robustes, les bords effilochés d'un jean. Une trace d'après-rasage au bois de cèdre me chatouille les narines. Jules est en train de me regarder, un sourire surpris sur le visage. Il se penche vers moi, me saisit les deux mains pour m'aider à me relever.

« Is-o-bel. » Il articule mon nom méticuleusement, avec la langue, les lèvres et les dents, accentuant chaque syllabe. Je ne l'ai jamais entendu prononcé de cette manière et j'ai du mal à le reconnaître. Mais je l'accepte.

« Vous n'aviez qu'à frapper à la porte. »

Son sourire irradie d'une sensualité évidente. Je me rends compte que je fixe sa bouche. J'essaie de retirer mes mains des siennes, mais il ne me lâche pas. Au contraire, il m'attire vers lui. Une milliseconde de réflexion me confirme qu'être plus proche de Jules me convient très bien, alors je le laisse faire. Toute fatigue s'est évanouie de mon corps et je me sens plus alerte que je ne l'ai été depuis longtemps. Son sourire s'est estompé, ses yeux se sont abaissés, son visage est proche du mien et, avant que je n'aie enregistré la transition, nous sommes en train de nous embrasser. Ce baiser s'emballe, passant de doux à pressant, en un rien de temps. Il relâche mes mains et nous nous lovons l'un contre l'autre, pressant nos corps du mieux que nous pouvons à travers nos vêtements chauds – des couches qui deviennent manifestement inutiles.

Verrouillés l'un avec l'autre, nous avançons dans sa cabine. Je tends une jambe et claque la porte derrière nous. Nous nous séparons pour nous regarder un moment, la respiration haletante. Je saisis la laine rugueuse de son pull et le remonte sur sa tête. Il fait de même pour moi et nous continuons à échanger nos vêtements jusqu'à ce qu'il n'en reste plus aucun : seulement deux monticules de tissu docilement inhabités sur le sol. Je n'ai pas froid, malgré la fraîcheur de l'air sur ma peau nue.

Je suis en train de me consumer. Je me presse contre lui. Il murmure quelque chose en français que je ne saisis pas et que je n'ai pas besoin de comprendre.

› • ‹

Au bout d'un temps indéfini, nous ne sommes plus qu'un seul animal, l'humidité refroidissant nos membres; notre respiration ralentit, notre pouls s'apaise et retrouve deux rythmes distincts. Jules, l'air hébété, passe une main sur son front, délogeant des mèches de cheveux mouillés, leur faisant prendre des angles accentuant sa mine ébahie.

Nous commençons à nous démêler l'un de l'autre. Jules tressaille : une profonde égratignure court de son épaule à sa poitrine, une autre marque sa hanche. J'ai du sang sur les mains. Qu'est-ce que j'ai fait ? Il me regarde, passe le pouce sur ma lèvre inférieure : il se teinte de rouge.

Je porte une main à ma bouche. « Oh, merde. Putain de merde. Je suis désolée. Je t'ai fait mal ? Je ne voulais pas… »

Jules grimace légèrement, mais sourit et me tend la main, me prenant l'épaule. « Ne t'excuse pas, dit-il. Je survivrai. »

Je ne peux pas me l'expliquer. Je n'avais aucune intention d'abîmer le corps de Jules : il est trop parfait pour cela. Je l'apprécie, pourquoi voudrais-je lui faire du mal ? Je secoue la tête, incrédule. « Mais je n'ai pas l'habitude de… Je n'ai jamais… Ce n'est pas quelque chose que je… » Une vision des griffures sur le cou de Grant refait surface et je la rejette à nouveau.

Jules m'embrasse. Goût de sel et de fer. Je me demande s'il croit que j'ai honte du simple fait que nous ayons fait l'amour, et de façon si impulsive. Ce n'est pourtant pas le cas. Ce sont les blessures, le sang… C'est quelque chose de nouveau, d'inquiétant. Mes souvenirs de ce qui s'est passé après notre déshabillage perdent déjà de leur netteté et s'estompent dans une brume carmin. Je n'arrive pas à en distinguer les détails. Je n'ai aucune idée de ce qui m'est passé par la tête.

« Ne t'en fais pas pour ça », me dit-il, lisant peut-être dans mes pensées, peut-être à la mauvaise page, mais qu'importe. Je laisse tomber. Le tumulte de satisfaction profonde entre mes jambes ne me trouble ni ne m'inquiète le moins du monde.

« D'accord, dis-je en me levant et en passant mes doigts dans mes cheveux emmêlés. Mais pour l'instant, je pense qu'il faut vraiment que j'aille prendre l'air sur le pont.

— Ah oui, je devrais aussi faire ça. »

Il sort du lit, s'étire et commence à rassembler ses vêtements. Je suis déjà en train d'enfiler mon pantalon cargo.

« Non. Tu n'as qu'à rester ici pendant, disons, une demi-heure au moins ? Je ne veux pas que les rumeurs fassent le tour du navire avant l'heure du déjeuner. Si on se pointe ensemble, avec l'air d'avoir… » Je fais un geste entre nous deux en prenant une expression de pâmoison exagérée. « Tu vois le topo ? Ça risque d'être assez évident. »

Il semble sur le point d'argumenter, d'insister pour y aller en premier, et que je reste dans la cabine, mais il finit par céder. « Bien sûr, aucun problème. Mais nous faisions tellement de bruit que quelqu'un nous a probablement entendus de toute façon. »

Je ne me souviens pas d'avoir été bruyante, mais lorsque je sonde ma mémoire fuyante, quelque chose semble grogner. Je n'arrive pas à savoir si c'est moi, Jules ou… ou quoi d'autre ?

« Tais-toi, Jules. »

Il rit, puis se tait en prenant un air contrit.

« Bon, j'y vais.
— On remettra ça une autre fois, d'accord ? »

Je souris. Malgré la bizarrerie – et ce qui vient de se passer était vraiment étrange –, je sais que je ne refuserai pas sa proposition. « Hum, dis-je en faisant semblant de réfléchir à la question. Je suppose que si je m'ennuie un peu trop… »

Nous nous séparons sans mensonges ni promesses. Une belle sortie.

› • ‹

Dans le couloir, je m'appuie un instant contre la porte, je ferme les yeux et me concentre pour reprendre mes esprits. Lorsque je les rouvre, Grant est là, debout, en train de me regarder.

« Tu as l'air très satisfaite de toi, dit-il en plissant les yeux.
— Quoi ? Non, pas particulièrement, juste fatiguée, tu comprends ? »

Je me lèche les lèvres, sens le goût du sang de Jules sur ma langue. Je me détourne brusquement de Grant et commence à m'éloigner.

« Hum, hum… » Grant n'a pas l'air de me croire, mais il me colle au train. « Je te cherchais. Tu n'étais pas dans ta cabine.
— Je me suis perdue.
— Vraiment ?
— J'étais un peu désorientée. J'ai dû me tromper de chemin. »

Grant ouvre à nouveau la bouche pour ajouter quelque chose. Il a l'air vraiment énervé. Je ne peux pas comprendre sa jalousie. Ce n'est pas comme s'il avait des raisons de l'être. Nous n'avons jamais échangé de promesses. Je grimpe à l'échelle avant qu'il ne commence à m'interroger.

« Alors, comment ça se passe sur le pont ? J'ai remarqué que les canons à air n'étaient pas en activité. S'il te plaît, dis-moi que c'est parce que nous virons de bord ou quelque chose comme ça. »

Grant déglutit et, au prix d'un effort, se reconcentre sur son travail. « Nous ne sommes pas en train de virer de bord, dit-il en regardant ses pieds, désemparé.
— D'accord, compris. » J'accélère le rythme et me hisse sur l'échelle qui mène au niveau suivant. « Plus vite nous serons arrivés sur place, plus vite nous pourrons remettre les canons en marche. »

Car, sinon, Max risque de faire une crise de nerfs.

› • ‹

Bjornsen nous regarde arriver ensemble.

« Où étiez-vous passés tous les deux ? Vous étiez en train de baiser dans un compartiment alors que tout se mettait à déconner ? *Ja* ? »

Grant s'étouffe de gêne, puis tousse pour le dissimuler.

« La jalousie est un sentiment si laid, capitaine, dis-je. Et vous êtes si beau, c'est dommage d'enlaidir ainsi votre joli visage.

— Allez vous faire voir, la rouquine, grogne-t-il en se souriant à lui-même.

— Dans tes rêves, beau gosse. »

Bjornsen rit et secoue la tête d'amusement.

« On a besoin de vous là-bas, rétorque-t-il en lançant à Grant un regard féroce.

— Viens, Grant, allons jeter un coup d'œil. »

Nous nous asseyons au poste de contrôle, Grant affiche l'écran en temps réel. La zone de prospection clignote en vert, les lignes de repérage et les positions des flûtes sismiques sont superposées respectivement en bleu et en rouge. Les petits triangles violets représentent les obstacles en mouvement, c'est-à-dire ces foutus icebergs géants, impliquant une mort rapide et glacée si nous les heurtons.

Grant passe à un autre écran alors que Max se tient derrière nous. Il continue de faire défiler les données, montrant à Max des généralités, lui expliquant que nous disposons déjà de données de bonne qualité et que nous pourrons bientôt activer de nouveau nos canons à air.

« Vous rendez-vous compte de la perte d'argent pour mon entreprise à chaque seconde où cette prospection n'est pas pleinement opérationnelle ?

— Non, lui dis-je, pas vraiment. Mais je parie que c'est votre cas.

— Eh bien, oui, disons que c'est beaucoup d'argent. Alors, faites en sorte que ça marche, les gars.

— Bien sûr, patron », dit Grant.

Max repart aussitôt. Je déteste qu'il nous appelle « les gars ».

› • ‹

J'attends que Max soit plongé dans les relevés que nous lui avons fait miroiter, puis je remets l'écran en place et fais apparaître l'analyse des données acoustiques. Il y a les pics et les creux habituels des canons, mais ensuite, après la disparition du signal lorsqu'ils ont été désactivés, il reste un niveau de bruit de fond étonnamment élevé. En recoupant ces données et en les comparant à celles des capteurs de profondeur, j'obtiens des résultats qui ne semblent avoir aucun sens. J'essaie à nouveau, en cartographiant les données de positionnement et en vérifiant trois fois de suite que les projections sont appliquées correctement, la variation magnétique, les profils de marée, et ainsi de suite, mais j'obtiens toujours la même chose. Le mystérieux bruit d'interférence semble provenir de la glace elle-même.

Je modifie les paramètres temporels et constate que l'interférence est présente depuis le début de la prospection par sonar et qu'en plus, elle augmente en volume. Elle est en deçà des limites de la perception humaine, mais plus pour très longtemps si elle continue à progresser au même rythme.

Je demande à Grant, à voix basse : « Tu en penses quoi ? »

Il se mord la lèvre.

« Un problème avec les capteurs sismiques ?

— Dans leur totalité ? »

Nous savons tous les deux que c'est peu probable, voire impossible.

« Avons-nous les signaux GPS en temps réel des bouées de queue ? »

Je vérifie les deux. L'une est correcte, mais l'autre suspecte. Les données sont irrégulières, avec des lacunes.

« En quelque sorte. Elles ne sont pas conformes à ce qu'elles devraient être. Une unité est peut-être endommagée ?

— Il n'y a qu'une seule façon d'en être sûr. »

Il ne peut pas dire ça de façon sérieuse.

« Quelqu'un va devoir sortir le canot de service pour aller jeter un coup d'œil. »

Même par un temps parfait, sortir le canot de service est une tâche manuelle difficile que nous essayons d'éviter autant que possible. Avec ces conditions météo, ce sera un travail infernal. En même temps, je sais que Grant a raison. Ce niveau d'erreur dans les relevés pourrait, en théorie, être dû au givrage de l'équipement, ce qui fausserait les signaux. Nous pourrions passer des jours à éplucher les diagnostics, à effectuer des tests sans obtenir de résultats. Nous devons exclure les défaillances matérielles avant d'être sûrs qu'il s'agit d'un problème lié au logiciel.

J'en informe Max. Il n'apprécie guère la perspective d'un temps d'arrêt supplémentaire, mais je lui explique que si nous n'inspectons pas sur place l'antenne, toute la prospection risque de partir à vau-l'eau.

Grant ou moi-même devons être à bord du canot de service : je me porte volontaire. Ce n'est pas que j'en ai particulièrement envie, mais c'est pour éviter d'entendre Grant maugréer et se plaindre si je l'oblige à y aller à ma place.

« Ce sera ton tour la prochaine fois », lui dis-je en le fixant du regard.

› • ‹

Lorsque Jules apparaît sur la passerelle, je m'occupe de charger les données dont j'aurai besoin sur une unité portative. Il a l'air cool et décontracté comme toujours, comme si rien ne s'était passé entre nous. C'est une bonne chose.

« Si on n'a pas d'autre choix, alors vous feriez mieux de vous y mettre », dit Max. Bjornsen intervient : « L'un des hommes de Viktor sera votre skipper. Et emmenez Jules, il a besoin d'air frais et d'exercice. »

Je me retourne, surprise, et Jules me sourit.

« Avec plaisir », dit-il en faisant une imitation de révérence chevaleresque, agitant un chapeau à plumes invisible.

Je remarque que Grant l'observe d'un air renfrogné avant de reporter son attention sur les écrans où s'accumulent des données manifestement erronées.

« D'accord, dis-je. On y va. »

Malgré la difficulté d'un voyage dans le canot de service, sans oublier les contraintes physiques, le risque de tomber à la mer et de mourir de froid en quelques secondes, malgré tout cela, il est peut-être préférable de s'éloigner du *Polar Horizon* pendant un certain temps.

› • ‹

Les combinaisons de survie sont stockées dans un conteneur sur le pont principal. D'un point de vue légal, il doit y en avoir une pour chaque membre de l'équipage, avec plusieurs tailles disponibles. C'est rarement le cas et cette fois-ci ne fait pas exception. Les combinaisons orange vif sont toutes de la même taille, celle d'un géant scandinave. Génial. Avec mon mètre soixante-dix, je suis plus grande que la moyenne des Écossaises, mais je suis encore trop petite et surtout trop menue pour ces combinaisons de survie. J'en enfile une, j'enfonce mes bottes dans les chausses intégrées et j'essaie de ramener l'excédent de tissu jusqu'à ma taille pour l'attacher à l'aide d'une grosse ceinture. Je n'y parviens que partiellement. Je ressemble à un ballon de football éclaté. Les deux hommes s'en sortent mieux. Ils me regardent avec une sympathie mêlée d'amusement. Je les ignore et attache l'appareillage portatif renforcé à ma ceinture. Nous sommes prêts à partir.

« Assurez-vous que l'arme est chargée », rappelle Bjornsen et je m'arrête dans mon élan. L'arme ? Ce n'est qu'à ce moment-là que se rue dans mon esprit une masse blanche et rugissante, et je me souviens de l'ours. Bjornsen croise mon regard et acquiesce. Merde, comment ai-je pu oublier l'ours ? J'étais tellement occupée à penser à l'équipement et à l'eau glacée que le fait qu'un énorme carnivore – du moins celui que nous avons aperçu – se promène dans la nature m'est sorti de l'esprit.

« Ne vous inquiétez pas, dit Jules. Vu notre dégaine, cet animal serait gêné d'être aperçu en notre compagnie.

— Bien vu. » Je me force à sourire, mais je doute que l'ours se préoccupe de l'élégance de nos tenues.

Le skipper du canot regarde Jules épauler le fusil, puis plonge la main dans son manteau et en ressort ce qui ressemble à un vieux revolver de l'armée. Un objet brutal et laid. Il s'attend à ce que nous l'admirions et, bien que ma première réaction soit la défiance, je change rapidement d'avis en contemplant l'eau couverte de glace qui s'étend à l'infini dans toutes les directions. Je suis en fait heureuse que nous soyons bien armés. Bjornsen a dit que c'est l'ours que vous ne pouvez pas voir qui vous tuera, et, justement, je n'aperçois aucun putain d'ours.

L'homme range son arme et je lui tends la main.

« Je m'appelle Isobel.

— Je sais, dit-il en ignorant la question implicite sur mon visage et en serrant brièvement ma main dans la sienne. Moi, c'est Ilia. »

Il se détourne et dit quelque chose en russe à Jules, qui, à ma grande surprise, lui répond dans un russe tout aussi rapide et fluide. Ils partagent un rire et se mettent à ranger le matériel, à hisser le canot de service depuis le pont principal à l'aide d'un treuil pour le mettre à l'eau. Avec les cordes toujours attachées, nous descendons l'un après l'autre dans l'esquif bien plus petit que notre navire.

La façon dont l'océan malmène aussitôt notre canot est un rappel vigoureux de qui, ou plutôt quoi, dicte sa loi ici. La mer se tend et s'enroule autour des flancs de l'embarcation comme un muscle, ou un poing, capable de nous écraser quand elle le souhaite.

Jules, ressentant peut-être mon appréhension, l'éprouvant sans doute lui-même, me dit : « Allez, on fait le boulot, et plus tard tu me montreras ta cabine, d'accord ? »

Cette pensée me procure un réconfort bienvenu. J'inspire profondément tandis que nous nous installons sur les sièges en forme de banquette. Ilia détache les cordes et démarre le moteur. Dans un aboiement étranglé se transformant en grognement, nous nous éloignons du *Polar Horizon* pour nous diriger vers la traîne des flûtes sismiques.

DÉPANNAGE

88,4852° N, 30,2410° E
20 JUIN 2025

Le *Polar Horizon* rétrécit, centimètre après centimètre. Nous jetons des coups d'œil vers le navire, par-delà l'étendue d'eau derrière nous. Je me demande combien de temps il nous serait possible de survivre dans cet environnement si nous venions à nous perdre. À ma connaissance, nous n'avons pas emporté de nourriture et, brusquement, j'ai la fringale.

De près, la glace semble différente. Peut-être est-ce dû au point de vue surbaissé : au lieu de contempler d'en haut le monde gelé, nous en faisons partie. Cette perspective nouvelle révèle d'étranges formations flottant au-delà de notre chenal, tel un musée de statues difformes à la dérive.

Ilia maintient le canot de service à vitesse constante sur les vaguelettes, ses yeux scrutant continuellement l'horizon, attentifs et pensifs. Parfois, sa main s'égare vers la poche où il a rangé son arme et la tapote, comme pour s'assurer qu'elle est toujours là. Jules, en comparaison, est presque jovial, comme si nous étions des touristes à qui l'on fait visiter le coin, avec lui dans le rôle du guide.

« Tu vois là-bas, juste en dessous de l'horizon ? »

Il pointe une direction avec l'enthousiasme d'un boy-scout.

C'est un fouillis de blancs, difficile de distinguer les contours de quoi que ce soit. Il y a une impression de mouvement, mais elle semble plus théorique que réelle, comme si l'on tentait de percevoir la progression de l'aiguille des heures sur le cadran d'une horloge. Mais il y a une zone qui semble se déplacer plus lentement que les autres formes qui l'entourent.

« Un iceberg, dit-il. Probablement détaché d'un glacier et ayant maintenant des rejetons à mesure qu'il fond et que des morceaux se disloquent. Il pourrait provenir d'un glacier en Russie avant d'avoir été transporté par les courants. Les plus petits fondront avant d'atteindre la terre ferme. Le plus gros pourrait finir par s'échouer au Groenland, ou peut-être pas. »

Loin du navire, je suis plus sensible aux bruits. L'océan est loin d'être silencieux. Il y a des froissements et des éclaboussures sourdes lorsque les statues, les clochetons et les minarets, les arcs fragiles et les contreforts s'effondrent, laissant échapper des morceaux dans l'océan, parfois avec douceur, parfois avec fracas. On entend également un faible gémissement, presque inaudible, provenant de la banquise qui se déplace. De grandes plaques se poussent l'une contre l'autre, déclenchant une chaîne de compression sur des kilomètres jusqu'à ce qu'une partie se déplace et cède, créant de nouvelles tensions ailleurs. S'agit-il du bruit de fond que nos instruments acoustiques ont capté ?

La nuée de goélands qui suivait le *Polar Horizon* depuis le port s'est considérablement dépeuplée, la plupart d'entre eux ayant abandonné la poursuite, certains effrayés par la meute de chiens désincarnés de Ralf, d'autres en prenant conscience qu'il n'y aurait pas de poissons à pêcher par ici. Quelques-uns des volatiles persistent à espérer de la nourriture et survolent notre canot. Leurs cris plaintifs ont presque une sonorité humaine.

› • ‹

Nous finissons par atteindre la bouée de traîne défectueuse. Elle possède la taille et la forme d'un petit canot pneumatique, elle est en plastique d'un jaune agressif, avec une colonne surélevée à l'arrière sur laquelle sont arrimés le module GPS et l'antenne. Le signal lumineux émet toujours des clignotements d'un orange bravache, mais il est facile de cerner le problème. La tête de l'antenne est recouverte d'une énorme couche de glace, comme si elle avait été plongée dans un bac géant de crème glacée avant de la laisser durcir.

Pendant qu'Ilia effectue un virage, Jules vérifie notre position à l'aide de la radio portative. La voix de Bjornsen nous parvient, sa tonalité est faible et hachée, beaucoup moins rassurante que je ne l'espérais. Il semble avoir vingt ans de plus, d'être moins sûr de lui, moins assuré, amoindri en tous points.

Nous déverrouillons les crochets et tirons la bouée de traîne vers le flanc du canot.

« Je vais devoir monter dessus et la dégivrer à la main », dit Jules.

La détermination forcée dans sa voix montre clairement qu'il n'apprécie pas cette tâche, mais je suis heureuse qu'il se soit porté volontaire. « Attends une minute », lui lancé-je. Je fouille dans le matériel rangé dans les casiers du canot. « Il devrait y avoir un fil de sécurité par ici. » Je continue à chercher, sans lever les yeux ni croiser son regard, afin de ne pas lui révéler mon inquiétude. Le sentimentalisme n'aidera aucun de nous deux, alors qu'une simple foutue ligne de sécurité serait plus utile…

« Ce n'est pas grave. De toute façon, cela risque de me gêner », dit-il gentiment pour m'indiquer qu'il a compris mon appréhension et m'en est reconnaissant. « D'accord, c'est parti. » Il crapahute vers le rebord du canot, se hisse par-dessus et s'accroche à la bouée. Après un vacillement inquiétant, il finit par se stabiliser et se tourne vers l'antenne, les pieds entourant la bouée comme s'il s'agissait d'un jet ski. Il sort de sa poche une grosse clé et commence à taper sur le morceau de glace.

Je lui crie : « Voilà une méthode très sophistiquée !

— Parfois, la force brute est la seule solution », répond-il.

Après quelques coups, la calotte de glace se brise. Jules éclate de rire et se penche en arrière, se tenant d'une seule main, utilisant le dos de l'autre pour essuyer la poudre de glace sur son visage.

« Très bien, maintenant, reviens ici.

— Hé, regardez, crie-t-il en pointant sa clé à molette.

— Tu veux bien arrêter de jouer les guides touristiques ?

— Non, vraiment, silence. Contente-toi de regarder. »

Il montre du doigt l'avant du canot, vers ce qui me semble être un bout d'océan vide jusqu'à ce qu'une petite île marbrée de gris brun surgisse avant de s'éloigner.

« Qu'est-ce que c'était ?

— Un phoque. Regarde. Celui-ci est plus curieux que les autres. »

Le phoque sort la tête de l'eau, puis disparaît à nouveau, son flanc roulant comme un galet mouillé, et refait surface un peu plus près de nous. Il continue ainsi, s'arrêtant tous les trois mètres environ pour lever la tête et nous observer. À environ six mètres du canot, il s'arrête et sort de l'eau à une hauteur surprenante, sa petite tête perchée sur le corps qui s'évase, donnant l'impression d'avoir des épaules, comme une sentinelle humaine debout dans l'eau peu profonde, les bras le long du corps. Bien que sa queue et ses nageoires soient sûrement en mouvement sous la surface, le phoque semble absolument immobile. Je peux distinguer sa face et ses narines frémissantes tandis qu'il renifle l'air, des gouttes d'eau giclant et s'accumulant sur ses moustaches. Ses yeux sont des bassins noirs empreints de solennité.

« Je croyais que les phoques restaient en été à proximité de la terre ferme », dis-je, juste assez fort pour que Jules m'entende, en espérant ne pas effrayer l'animal. Je pense que le risque doit être faible, car il ne possède rien qui ressemble à des oreilles.

« Oui, c'était l'ancien schéma, mais la banquise est devenue totalement imprévisible. Les courants changent, les températures montent en flèche une année, puis s'effondrent la suivante. Aucun des animaux ne sait à quoi s'attendre. Tous les habitats habituels sont instables. Ils sont obligés de choisir entre la terre ferme et le bord de la banquise. Parfois, c'est un pari payant, parfois non. »

Le phoque nous regarde comme s'il allait nous demander son chemin, ou nous interroger poliment pour savoir où se trouve le meilleur poisson à pêcher. Je m'interroge sur ses oreilles. Est-ce que ce sont des trous sur le côté de la tête ou autre chose ? Je me sens vaguement gênée par mon ignorance tandis qu'il me scrute.

« Et l'ours, lui aussi, est obligé de suivre la nourriture là où elle va. » C'est Ilia qui vient de parler.

Bon sang. L'ours. Comment se fait-il que j'oublie toujours cet ours ? Il me semble se faufiler derrière n'importe quelle inattention, trouvant des angles morts dans ma conscience et m'attendant là, immobile et silencieux, jusqu'à ce que je m'en souvienne. Mon estomac se noue, je fais signe à Jules. « Viens. On a assez observé la nature. Rentrons maintenant. »

Ilia stabilise la bouée du mieux qu'il peut depuis le canot pour que Jules remonte à bord. Je jette un coup d'œil au phoque. À ce moment-là, ses yeux s'écarquillent brusquement et il disparaît sous l'eau. Non pas dans un roulis gracieux, mais d'un coup sec, fonçant vers les profondeurs.

Je me retourne vers Jules et Ilia qui se sont figés sur place, ils l'ont vu aussi. Nous n'avons pas le temps de parler que l'ours sort de l'eau et se hisse sur un grand morceau de banquise, les mâchoires serrées autour de la queue du phoque. Celui-ci se tortille et ses nageoires s'agitent sans succès, tandis que l'ours le traîne sur la glace, le retourne, ancre son corps sous une patte, puis se penche et enfonce ses crocs dans le visage du phoque.

J'entends un juron murmuré par Ilia. Instinctivement, nous nous sommes tous les deux accroupis au ras du pont, comme si cela allait nous rendre invisibles, malgré nos couleurs criardes et le moteur vrombissant. Jules est toujours accroché au mât de la bouée de traîne, immobile. Ilia commence à ramper lentement vers la barre du canot.

« Putain, qu'est-ce que vous faites ? » dis-je.

Il me lance un regard noir.

« Nous devons partir. Maintenant.

— Pas sans Jules. »

Nous regardons tous les deux la bouée de traîne sur laquelle Jules nous fait face, les yeux écarquillés. Le regard d'Ilia oscille entre ce dernier, l'ours et moi, évaluant les options.

L'ours a ses propres préoccupations. Des bruits de déchirures et de craquements humides se font entendre par-dessus l'eau. La tête de l'ours est entièrement noircie par le sang, masquant ses traits. Il paraît sans visage, juste un cou épais, frangé de dents, déchirant la chair graisseuse à l'endroit où se trouvait la tête du phoque. L'espace d'un instant, il devient une seule et même créature, mi-ours, mi-phoque, unie par le cou et se dévorant elle-même.

La main d'Ilia s'égare à nouveau dans sa poche, mais cette fois-ci, il en ressort le pistolet et le soupèse en réfléchissant. Il me regarde. Une idée me traverse l'esprit : il pourrait se débarrasser de moi assez facilement, inventer une histoire dans laquelle Jules et moi serions victimes de l'ours, lui-même n'en réchappant que de justesse. Mais ce n'est sûrement pas son intention. C'est peut-être un lâche et un égoïste, mais devenir un meurtrier, c'est tout autre chose. Il me sourit et je me demande si je ne l'ai pas sous-estimé alors qu'il lève son arme dans ma direction, mais il finit par la détourner pour viser l'ours. Toujours juché sur la bouée, Jules secoue furieusement la tête. J'attrape le bras d'Ilia, mais il me repousse et vise à nouveau.

Autour du phoque mort, le cramoisi s'épanouit en un rose délicat qui s'évanouit au fur et à mesure que sa vie se répand dans la neige et la glace. Mes sens sont exacerbés d'une façon douloureuse. Tout semble tranchant. Le goût métallique du sang dans l'air, le froid qui me saisit au visage, l'océan qui claque rythmiquement contre le flanc du canot et le soleil – une sphère bouillonnant d'un temps suspendu – qui domine tout cela. Une bile épaisse recouvre ma langue, le goût amer se mêlant à l'odeur écœurante de la viande crue. J'avale, je vomis, je déglutis de nouveau, je vomis encore, puis me force à m'arrêter, épouvantée par la terrible sensation de chaleur et de glissement dans ma gorge.

L'ours, qui en a fini avec la tête du phoque, se relève un peu sur ses pattes arrière et s'attaque au corps avec ses pattes avant. Avec des mouvements presque joueurs, comme ceux d'un chat, il semble s'amuser avec le cadavre. Ilia a toujours son arme levée, mais ne semble pas décidé à tirer. Nous observons la scène, étrangement hypnotisés par l'habileté de l'ours qui, méthodiquement, arrache les bandes de peau l'une après l'autre : il est en train de l'écorcher.

Dans la clarté impossible, je me sens perdre à mon tour des couches en même temps que le phoque, le soleil implacable brûlant mes défenses, me mettant à vif.

L'ours est affairé pour le moment, mais combien de temps cela va-t-il durer ? Il nous a vus, bien sûr, mais a choisi de nous laisser tranquilles. Pour l'instant. Je me force à détourner le regard et me déplace avec hâte vers Jules. Il fait deux pas autour du mât de la bouée, s'élance et s'agrippe d'une main au garde-corps du canot et de l'autre à ma main tendue.

Soudain, l'air semble se fissurer avec la détonation. Le canot glisse sur l'eau tandis qu'Ilia titube en arrière sous la force du recul de l'arme. Jules perd pied et s'accroche à la rambarde. Alors qu'il glisse, son bras se tord et j'essaie de m'accrocher, mais sa main s'arrache à ma prise et il se retrouve dans l'eau qui se referme sur lui.

« Non, non, non, non. »

Une traînée blanche dans ma vision périphérique. L'ours a plongé dans l'eau au même moment. Jules refait surface à quelques mètres de là et revient vers le bateau en battant des bras. Je me penche, j'attrape la manche de sa combinaison de survie et tire aussi fort que je peux. « Donnez-moi un coup de main ! » Qu'est-ce que ce dingue d'Ilia est en train de faire ? Je tourne la tête. Il se trouve à la barre, en train de tripoter les commandes.

« Attendez une… »

Le canot fait des embardées et le moteur cale. Jules, qui n'est qu'à moitié hissé à bord, manque de retomber à l'eau. Je regarde autour de moi comme une folle tandis que notre canot dérive sur le côté. L'ours reste introuvable. Merde. J'attrape Jules des deux mains. L'animal peut se trouver n'importe où. Se cacher derrière cette crête de glace. Ou rester immergé, s'approchant de nous, les dents serrées, à quelques mètres de

Jules. Je tire de toutes mes forces, tout en m'attendant à ce que ce dernier me soit arraché des mains et entraîné sous l'eau.

Finalement, il parvient à se hisser dans le canot. Son visage est blanc sous le choc et il crache de l'eau, mais la combinaison de survie a fait son travail. Il est vivant et en sécurité. Pour l'instant.

Je suis en train de chercher le fusil quand le moteur reprend vie. Ilia enclenche les vitesses, met les gaz et nous lance en direction du *Polar Horizon*.

› • ‹

Bjornsen attend sur le pont que le canot soit treuillé et remonté à bord du grand navire, d'une solidité rassurante, et que nous débarquions tous les trois. L'équipage comptait sur un nouveau contact radio de notre part et tous veulent savoir ce qui s'est passé. Mon corps se relâche une fois la décharge d'adrénaline dissipée. La combinaison de survie me paraît incroyablement lourde et je m'écroule sur le pont, respirant avec difficulté, la tête baissée. Jules et Ilia se tapent sur l'épaule dans un geste de camaraderie enfantine que j'ai du mal à comprendre. Ilia s'est déjà excusé auprès de Jules pour le coup de feu « accidentel », et ce dernier a accepté ses explications. Pourtant, le tir est passé bien loin de l'ours. Quelle que soit la vérité, je n'ai plus l'énergie d'en discuter. Je les laisse raconter leur histoire, en remarquant que l'expression de Bjornsen se fait encore plus sombre que d'habitude.

« C'était le même ours ? »

Nous échangeons tous les trois un regard.

« Un ours est un ours », déclare platement Ilia.

Je ne dis rien. Je suis certaine que c'était le même, mais je ne peux me fier qu'à mon intuition. Je passe en revue les images inscrites dans ma mémoire, déjà figées comme une série de diapositives destinées à être projetées à des explorateurs en fauteuil, installés dans une pièce sûre et bien chauffée, loin du danger. Pourtant, sur chacune d'entre elles, soit l'ours apparaît comme un mouvement flou, soit il est tellement couvert de sang sombre qu'il ressemble à peine à un ours. La comparaison de ces images avec le souvenir que j'ai de l'animal que nous avons observé, traquant le navire, ne donne rien de concluant. Je hausse les épaules et lance à Jules un regard d'espoir.

« Cela pourrait être le cas », dit-il, imitant mon geste.

Bjornsen semble exaspéré, mais se contient. « D'accord. Tous les trois, allez changer de tenue, puis rendez-vous à la cantine pour trouver quelque chose à manger. »

C'est une excellente idée. Je suis affamée.

› • ‹

Ma faim ne sera pas rassasiée rien qu'avec du pain et du poisson mariné.

« Hé, Rune. Tu n'as rien d'autre ?

— Bien sûr. Que désire Madame ? Dis-moi. Je suis là pour te servir. » Il me lance un regard noir et passe un grand couteau à découper d'une main à l'autre.

Jules se tourne vers lui. « Tu as du steak ? »

Cinq minutes plus tard, nous sommes tous les trois penchés sur nos repas, sans parler, simplement en train de manger. Les steaks sont épais et saignants, rouges au milieu, suintant de sang sur les assiettes blanches à chaque coup de couteau. Nous mangeons rapidement, concentrés sur notre tâche. Alors que ma faim s'estompe à la moitié du repas, je me rends compte de l'étrangeté de la situation. La scène à laquelle nous venons d'assister ne devrait-elle pas nous dégoûter de la viande sanguinolente plutôt que d'aiguiser notre appétit ? Mon couteau glisse avec satisfaction dans la chair tendre. Ce n'est peut-être pas si étrange que ça. Ne sommes-nous pas aussi des prédateurs, des chasseurs ?

J'observe Ilia. Il ressemble plus à un ours qu'à un phoque. Il sauce son assiette avec un morceau de pain, laissant des traces rouge brun. Il me regarde et lève un sourcil. Je le fixe. À l'avenir, je ne lui ferai plus confiance. Il sourit comme pour m'indiquer qu'il en a conscience, mais qu'il s'en contrefout. Il s'essuie la bouche avec une serviette en papier, se détend sur son siège et éructe, puis repousse son assiette et se lève. « Je vais aller dormir maintenant », dit-il. Nous échangeons de brefs hochements de tête et il s'en va.

Jules et moi terminons nos repas. « Ça va mieux ? » me demande-t-il alors que nous déposons nos couverts en même temps.

Je me couvre la bouche avant de roter.

« Ouais. Bien mieux.

— Tu crois pouvoir dormir maintenant ?

— Bon sang. Aucune idée. Je crois que j'en ai perdu l'envie.

— Ma couchette est très confortable. Tu peux l'essayer, si tu veux. »

Je ris. « J'ai l'impression que cela risque de ne pas être très reposant. De toute façon, je dois aller sur le pont pour vérifier que tout l'équipement est en ordre. » Je me lève, mais Jules tend la main et la pose sur mon bras.

« Grant peut te relayer encore un peu. Tu as besoin de repos. »

Il y a de nouveau cette douce lumière qui joue dans ses yeux, sa tête qui est penchée sur le côté. Je ne peux m'empêcher de fixer ses lèvres qui s'écartent légèrement et se courbent en une parabole complice. J'hésite : « Je… »

› • ‹

Sa couchette semble bien plus confortable que la mienne. Il avait raison sur ce point. Mais tout le monde, à l'exception du capitaine, dort sur le même matelas standard. Peut-être que certains à bord ont droit à des matelas plus moelleux que les autres.

« Qu'y a-t-il de drôle ?

— Rien, rien, ne fais pas attention. »

Je me tords le cou pour embrasser sa peau nue. Nous sommes calés l'un contre l'autre sur son lit, épaule contre épaule, occupant toute la largeur. Nous avons fait l'amour avec plus de tendresse que la dernière fois. Il n'y a pas eu de blessures, pas de dissociation dans ma tête, et bien que je me sente un peu étourdie, mon cerveau n'a pas l'impression d'avoir été retiré, puis remis en place par un amateur. Mon corps se sent satisfait, confortablement pesant et, oui, définitivement… endormi.

› • ‹

« Pourquoi tu ne m'as pas réveillée ? Putain de merde ! Dix heures ? Grant va devenir dingue.

— Il n'y a pas de problème. Ne panique pas. Je lui ai parlé et…

— Tu as fait quoi, putain ? Qu'est-ce que tu lui as dit ?

— Simplement que notre périple en canot et le manque de sommeil t'avaient épuisée, ce qui est vrai, et que tu t'étais endormie pendant que nous comparions nos notes.

— Ah ! Avec une excuse foireuse comme ça, il devait bien se marrer.

— Et j'ai suggéré qu'il pourrait peut-être, pour te rendre service, faire une double journée de travail et te laisser dormir un peu, étant donné que tu as risqué ta vie alors que lui… eh bien, il ne l'a pas fait. »

Leur discussion n'a pas dû plaire à Grant. Au moins, il se sera probablement barré quand je retournerai sur la passerelle. Il sera totalement crevé. Je ne sais pas si je me sens reposée ou non. C'est comme si les dix dernières heures avaient été effacées de ma vie sans laisser la moindre trace. Je décide que je n'ai pas le temps d'y réfléchir pour le moment. Je m'habille à la hâte et sors de la cabine de Jules, il me lance un « De rien ! » amusé qui s'atténue derrière moi.

› • ‹

Le visage de Grant semble avoir servi de sac de couchage pour un hippopotame agité, ses yeux disparaissant presque dans des poches sombres de peau. Je m'attends à de la colère, du sarcasme, du ressentiment ou à une combinaison des trois, alors quand je me rends compte que ses yeux reflètent la peur, je ne sais pas comment réagir. Il détourne rapidement le regard.

Max se lève de son siège et se dirige droit vers moi. « La Belle au bois dormant a eu son compte de sommeil ? »

Mes doigts me démangent, j'ai envie de les rassembler dans un poing dont je me servirais aussitôt.

« Bien, poursuit-il, votre collègue vous fournira sûrement tous les détails, mais ce qu'il faut retenir, c'est que nous avons changé de route pendant que vous étiez en train de faire votre petite hum… (il ne prend même pas la peine de toussoter, il dit juste “hum” comme si c'était un vrai mot) sieste réparatrice. »

Je jette un coup d'œil sur la passerelle pour me faire une idée de l'atmosphère générale. Bjornsen nous tourne le dos, mais il parvient d'une manière ou d'une autre à distiller son énervement comme un fluide à travers les mailles de son pull. Ralf le contourne sur la pointe des pieds comme s'il s'agissait d'une bombe non explosée.

« Quel est le problème ? dis-je.

— Aucun problème du tout, répond Max, et je ne le crois pas tout de suite. J'ai communiqué avec le siège social au sujet des temps d'arrêt liés aux problèmes de géolocalisation. »

Oh, je suis sûre que tu as fait ça, aucun doute là-dessus. Je parie aussi que tu as été absolument clair sur le fait que ce n'est pas toi qui porteras le chapeau.

« Ils m'ont répondu, reprend-il, en proposant une nouvelle série de sondages, des routes supplémentaires qu'ils voulaient que nous suivions, pour compléter les données manquantes.

— Quoi ? »

Tout cela n'a aucun sens. S'ils voulaient vérifier les données, alors ils nous demanderaient de repasser par la même zone, une fois sur le chemin du retour, mais pas de changer de cap dès à présent.

« Laissez-moi voir ça. »

Je me serre à côté de Grant qui me jette un regard anxieux, comme s'il essayait de me dire quelque chose sans oser ouvrir la bouche. Je scrute les écrans d'affichage. Nous nous éloignons complètement de la zone de prospection. C'est de la folie. Je suis sur le point d'exiger de Max une explication sensée – même si aucune ne me vient à l'esprit – lorsque Grant me donne un coup de pied sous la table.

« Je... Bon, d'accord. Donnez-moi quelques minutes pour réfléchir à tout ça. » Je fixe Max jusqu'à ce qu'il comprenne que ce que je veux dire, c'est qu'il doit dégager hors de ma vue tout de suite.

› • ‹

Je demande à Grant : « Alors? » une fois que Max s'est éloigné à bonne distance. Il fait aussitôt apparaître l'écran principal. Au début, tout me paraît normal. Mes yeux parcourent les symboles et les chiffres, cochant mentalement une liste des problèmes potentiels. Tout semble en ordre. Le chenal creusé par le brise-glace se trouve bien là, ainsi que la ligne traçant notre progression le long de celui-ci. C'est alors que je m'aperçois d'une anomalie.

Je lève les yeux vers Grant, son expression semble indiquer que j'ai raté quelque chose. Ce qui est précisément le problème dont il veut me parler.

Sans quitter l'écran des yeux, je prends la souris des mains de Grant et effectue un zoom arrière en faisant défiler frénétiquement les images. Le brise-glace est introuvable. Il a disparu de nos écrans. Il devrait être quelque part devant nous, sinon le chenal ne serait pas là du tout, mais l'icône rectangulaire à bout pointu symbolisant le navire sur l'écran brille par son absence.

« Mais où est-il… ?

— Aucune putain d'idée. C'est juste que… »

Je jette un coup d'œil vers la fenêtre. Bien que nous perdions souvent de vue le brise-glace dans le brouillard ou la neige, il apparaît généralement comme une marque noire à l'horizon quand les conditions météo sont bonnes, ce qui est le cas en ce moment.

« Tu l'as bien cherché ? demandé-je. Je veux dire, de tes propres yeux ? Ou bien avec des putains de jumelles ou un truc du genre ?

— Bien sûr que oui.

— Et ?

— Rien.

— Merde.

— Oui, c'est exactement ce que je pense.

— D'accord. Bon, gardons notre calme. Il doit y avoir une explication à tout cela.

— Isobel ? »

Sans lui répondre, je continue à fouiller les entrailles du programme Proteus à la recherche d'une explication, d'un indice sur l'instant où l'erreur s'est produite, n'importe quoi. Je creuse de plus en plus dans les données archivées, remontant la mémoire de Proteus minute par minute, heure par heure, et plus j'avance, plus je suis déconcertée. En dehors des preuves irréfutables de la banquise brisée et du chenal dégagé devant nous, c'est comme si toute trace du brise-glace lui-même avait été supprimée du système.

« Izzy ! » s'exclame Grant, plus insistant.

Je ne lève toujours pas les yeux.

« Quoi ? Qu'est-ce qu'il y a ?

— Il faut que je te dise quelque chose. (Grant prend une inspiration.) À propos de Jules…

— Oh, putain de merde, Grant. Pas maintenant. On a des priorités, compris ? »

Nous n'avons pas le temps pour ces conneries. Il faut se concentrer sur le problème qui se trouve devant nous. Ou, plus exactement, sur le problème de l'absence devant nous.

« Je pense qu'il a peut-être quelque chose à voir avec ça », dit Grant.

Je me retourne et le regarde avec incrédulité.

« Avec quoi ? Avec tout ce bordel ? Tu as complètement perdu la boule ?

— Je sais que tu n'as pas envie d'entendre ça. Je sais que tous les deux, vous…

— Et alors ? Est-ce que ça te dérange tant que ça ? Bon sang, Grant. Reprends-toi, tu veux bien ? Grandis un peu.

— Ce n'est pas ça. Je me fiche de savoir si tu te tapes tout l'équipage les jours de la semaine et même deux fois le dimanche. Écoute-moi, c'est tout.

— D'accord. Je t'écoute. »

Je croise les bras. Il est évident qu'il ne se taira pas tant qu'il n'aura pas sorti tout ce qu'il a sur le cœur.

« Jules est venu me demander si je pouvais faire un double quart de surveillance. »

Je hoche la tête. C'est vraiment ça qui le dérange ?

« Comme nous étions en ligne droite, poursuit-il, je lui ai demandé de surveiller l'équipement pendant une demi-heure, le temps de manger et de prendre une douche. C'est à mon retour que j'ai remarqué que le *Koch* avait disparu.

— Qu'est-ce que tu racontes ? Que Jules a trafiqué Proteus ? Une sorte de sabotage ? Pourquoi aurait-il fait ça ? Quel motif pourrait-il avoir ?

— Je ne sais pas, Izzy. Je me suis creusé la tête pour trouver une autre explication.

— Tu ne racontes vraiment que de la merde. »

Grant soupire lourdement et se passe les mains sur le visage, puis dans les cheveux. J'ai envie de le gifler, de l'attraper par les épaules et de le secouer, mais il a l'air si fragile qu'il pourrait se briser entre mes mains. Je me rappelle qu'il est éveillé depuis au moins trente heures et qu'il doit affronter cela tout seul. Plus que quiconque, je sais que le manque de sommeil peut fausser vos perceptions, vous mettre de drôles d'idées en tête.

« Écoute, va dormir un peu, OK ? (Je lui parle d'une voix apaisante.) Je vais régler tout ça avant ton retour et la situation sera différente à ce moment-là. D'accord ?

— Tu as sans doute raison, dit-il, l'épuisement pesant sur chacun de ses mots. À plus tard, alors. »

Il se lève d'un bond et s'éloigne en titubant. Je reprends ma traque du brise-glace disparu. Tant que je n'aurai pas retrouvé le *Koch* dans les bases de données de Proteus, que je ne l'aurai pas localisé sur l'un des écrans ou qu'il n'aura pas réapparu à l'horizon comme par magie, nous suivrons les traces d'un vaisseau qui n'existe que dans nos esprits, à l'état de souvenir. Un vaisseau fantôme.

ARRÊT

Appeler cela un son ne rend absolument pas compte de ce que c'est. Le son n'en est qu'un aspect, et même pas l'essentiel.

› • ‹

Tout d'abord, il y a un moment d'immobilité où l'on retient son souffle, comme celui qui précède le grondement du tonnerre. Une certitude vous noue alors l'estomac : vous savez que, quoi qu'il arrive, rien ne pourra l'arrêter et que l'instant présent sera le dernier avant qu'une chose inéluctable ne se produise.

C'est comme une sensation physique : une boule au fond de la gorge, une lourdeur derrière les globes oculaires, une pression autour du cœur, un déséquilibre dans l'oreille interne, l'impression que vos os ne sont plus ajustés.

Seulement alors, on perçoit le son, et il est plus terrible que tout le reste. Il provient du nord, où nous supposons que le brise-glace doit encore se trouver bien que nous ne l'ayons ni vu ni entendu depuis des jours. Il enfle et monte en puissance, séparant ce moment de tout ce qui l'a précédé, ouvrant des océans infinis entre une seconde écoulée et la suivante, se rapprochant de nous.

Personne ne parle, j'imagine qu'aucun d'entre nous n'en est capable, et le son continue à enfler, il se propage et finit par nous submerger.

Il ne s'agit pas d'une détonation ou d'un gémissement, mais d'un déchirement, d'un arrachement de cet instant, de ce point décisif qui définira tout ce qui suivra, comme une blessure qui ne pourra jamais guérir. C'est un son qui vous arrache les larmes et fait tomber à genoux, implorer toute divinité qui pourrait vous entendre afin de le faire cesser, de vous ramener quelques secondes en arrière, là où ce son ne s'est pas encore produit. Mais vous savez que vos prières ne seront pas entendues. C'est en train d'arriver, c'est ce qui se passera toujours et cela n'aura jamais de fin.

Sans l'exprimer, nous savons que nous sommes tous glacés par l'effroi qui accompagne le son, qui lui est indissociablement lié. Le ressentir soi-même est un aspect des choses, mais observer le même sentiment sur les visages autour de soi, la vérité se refléter dans d'autres yeux, le rend impossible à nier. Nous nous regroupons sur le pont, attirés par l'intimité humaine, mais en même temps muets, enfermés dans nos enfers respectifs.

› • ‹

Je ne peux pas dire quand ni même si cela s'arrête, mais le son est temporairement noyé par une fanfare d'alarmes sonnant à l'unisson et provenant de notre équipement. Un chœur de bips et de bruits de connexions électroniques. Même le klaxon du navire se déclenche, toujours chargé avec le fichier audio de Ralf destiné à effrayer les goélands. Une bordée d'aboiements et de grognements éclate et nous pousse tous à réagir, comme si de véritables chiens étaient à nos trousses.

Bjornsen se dirige vers les commandes principales et commence à crier dans le système de communication du navire. Grant déplie ses bras au-dessus de sa tête et fixe les écrans rouges clignotants comme s'il les apercevait pour la première fois, marmonnant : « Putain putain putain. »

Le navire tangue, roule d'un côté à l'autre. Jules se dirige vers la fenêtre d'observation avant et je le rejoins. Des fragments de glace déchiquetés affluent vers le navire, se heurtent à notre proue et tournoient derrière nous en débris épars.

« Le courant va dans le mauvais sens », remarque Jules.

Au début, j'ai du mal à comprendre ce qu'il veut dire, les pensées se bousculent dans ma tête, traquées par les chiens-fantômes. Il n'y a personne pour éteindre ce klaxon ? Les bords du chenal se déforment à mesure que les grands morceaux qui constituaient le corps de la banquise commencent à se disloquer. Notre espace de navigation se remplit de débris, qui se déplacent tous rapidement dans la même direction. C'est alors que je réalise l'anomalie : la glace remonte à contre-courant.

La voix de Bjornsen s'élève au-dessus du vacarme ambiant :

« Nous devons faire demi-tour. Le navire ne pourra pas affronter cela. La glace est trop importante, trop rapide. Nous devons abandonner les flûtes sismiques.

— Attendez ! crie Max depuis son poste. Vous ne pouvez pas faire ça. Avez-vous la moindre idée de la valeur de cet équipement ?

— *Ja*. Je suis au courant. Mais nous allons quand même suivre mon idée.

— C'est de la folie, vous ne pouvez pas…

— Nous devons changer de cap au plus vite. Soit nous larguons les flûtes sismiques maintenant, soit nous allons naviguer au-dessus d'elles lorsque nous virerons de bord. Elles vont s'emmêler et nous entraîner dans leur chute vers le fond. À combien estimez-vous, monsieur le représentant de votre entreprise, la valeur de votre vie ? »

Max déglutit. « Je vois. Il n'y a aucun autre moyen ? »

Au fur et à mesure que sa voix faiblit, l'assentiment se fait entre nous. Peu importe s'il s'y oppose de nouveau, nous n'allons plus prêter attention à Max.

Une fois les alarmes éteintes et le klaxon enfin silencieux, Jules, Bjornsen et moi-même nous dirigeons vers les raccords des flûtes sismiques sur le pont arrière. Une équipe de Russes nous accompagne. Le son terrible s'est en grande partie dissipé, mais il reste logé dans nos tympans, juste à la limite de l'audition. Le bruit du monde en train de se déchirer. Nous ne parlons pas, mais nous piétinons lourdement en faisant tintinnabuler nos outils et notre équipement plus bruyamment que nécessaire.

Nous n'apercevons l'ours que lorsqu'il est presque sur nous.

DEUXIÈME PARTIE

APRÈS / AVANT

I

Chaque matin, je me réveille avec ce son dans la tête et j'ai envie de vomir mes propres os. Cette larme qui me chuchote à l'oreille, l'écho écœurant de la catastrophe passée qui me suit partout, comme un chien de chasse, à trois pas derrière moi.

Pendant la journée, j'écoute la radio en bruit de fond. Les bouchons d'oreille ne suffisent pas, car ce son a pénétré dans ma tête et il y est demeuré, faisant désormais partie de moi. Les matins sont les pires moments. Je me réveille souvent étourdie, désorientée. Parfois, pendant les premiers instants nauséeux, je suis persuadée d'être encore à bord du *Polar Horizon*, à la dérive sur un océan gelé. C'est peut-être le cas.

Je me suis aperçue que si je restais immobile en essayant de me concentrer sur quelque chose, la sensation s'estompait assez pour pouvoir me lever et me déplacer sans ressentir de nausée. Je fixe ainsi du regard une auréole d'humidité sur le mur à côté de mon lit, où des taches de suie et de moisissure bourgeonnent à travers le papier défraîchi.

Dans la pièce à côté, de la musique déferle, entrecoupée par une voix off : « Sa langue pèse autant qu'un éléphant, son cœur fait la taille d'une voiture… »

David Attenborough semble toujours en vie, grâce aux coffrets DVD inépuisables de ma voisine. Nicola dépense tout son crédit d'électricité pour les regarder sur un ordinateur portable décrépit, et après il ne lui en reste plus assez pour faire chauffer une bouilloire.

« Je ne peux pas m'en empêcher, m'a-t-elle dit la dernière fois qu'elle est passée prendre une tasse de café. C'est comme une drogue. Je te jure que c'est vrai : j'entends cette voix et tout s'évanouit autour de moi. »

Les cloisons entre les appartements subdivisés de l'immeuble sont minces, si bien que j'ai pu entendre assez clairement ce qu'elle a dû troquer en échange des coffrets DVD et de l'ordinateur portable. Je pourrais supporter un millier de rediffusions de toute la série *La Vie des mammifères* plutôt que de réentendre ses ébats avec Dieu sait qui. J'ai remarqué que ce sont les documentaires sur les océans qui semblent particulièrement obséder Nicola. Il y a peut-être là une sorte d'échappatoire. Je les ai tous entendus si souvent que je suis capable de réciter la phrase suivante, « … et certains de ses vaisseaux sanguins sont si larges qu'on pourrait y nager », en rythme avec la bande sonore. Qu'aurait dit le grand naturaliste en contemplant l'état actuel de notre monde ? Il ne semblait pas du genre « je-vous-avais-pourtant-prévenus », mais je parie qu'il le penserait quand même.

Derrière les taches et les constellations de moisissures, le motif original du papier peint, des feuilles de palmier vert argenté, est encore discernable. La tapisserie a commencé à cloquer et se détache du mur par lambeaux flasques, mais je résiste à l'envie de tirer dessus : il n'y a rien d'autre que du plâtre fissuré en dessous. Je me lève et me dirige vers la fenêtre.

Le *haar*, le brouillard marin, ne s'est pas levé depuis des jours, voire des semaines. J'avais l'habitude de m'intéresser à ces choses, de prendre des notes sur l'arrivée des vents, leur départ et le retour du *haar*, mais j'ai perdu tout désir de cartographier cette réalité avec précision. Je suis devenue quelqu'un d'approximatif.

Nous sommes en juin, ou peut-être en juillet. Je suis à peu près certaine que nous sommes en 2045. Cela me suffit.

La ville et le camp de migrants qui l'entoure, en constante expansion, sont enveloppés d'un épais miasme gris jaunâtre propre à l'oubli. Y a-t-il eu une époque où il n'en était pas ainsi ? Aujourd'hui, on désigne ce lieu simplement par « Avie ». Au fur et à mesure que l'endroit s'est peuplé, les gens ont changé les lettres. Moins il y en a, mieux c'est. Avie, une vie. Accrochée à quelques lettres en train de disparaître.

Je me demande chaque jour pourquoi je persiste ainsi. Parfois, j'ai l'impression de ne faire que répéter une question. Alors, dans quel but ? La seule explication réside dans cette espérance, obstinée et fragile, à la possibilité d'un changement. Elle est toujours là, contre toute raison. Les choses pourraient changer. L'idée n'est pas assez forte pour être une croyance, ni même un espoir. C'est une hypothèse que j'émets presque à contrecœur et que je ne peux réfuter. J'essaie d'y penser de façon scientifique, logique, quelque chose comme ça. Mais, quelle que soit la façon dont je veux la travestir, ma réflexion n'est pas si différente de la foi religieuse, de la pensée magique ou de l'idiotie pure et simple. « Ailleurs dans l'Arctique, les bélugas se rassemblent par milliers... » chuchote Attenborough à travers le mur.

Depuis la rue sous ma fenêtre s'élèvent les bourdonnements étouffés des cyclomoteurs électriques, comme des moustiques drogués, frôlant les voix rudes des marchands ambulants et les grondements des générateurs individuels.

J'entends le bruit d'une bagarre, d'une vitre brisée. Une voix de jeune homme, tout près de nous, crie : « Donne-le-moi tout de suite ou je t'étripe, putain ! » Des bruits de pas qui trébuchent, courent, puis s'éloignent. C'est un moment de calme habituel par ici, car les nuits sont bien pires. Personne de sensé n'ose sortir la nuit. J'ai eu de la chance de rentrer chez moi en un seul morceau.

› • ‹

J'enroule une couverture autour de mes épaules et me traîne jusqu'au poêle. Mon sac à café poussiéreux est presque vide, mais il en reste assez pour une tasse. J'examine les placards : une vieille boîte de pâté, quelque chose qui devait être du pain. Je renonce à prendre un petit déjeuner. Je dois trouver du boulot si je veux arriver à manger mieux. Je ne veux pas faire les poubelles ou, pire, devoir retourner à Digs.

Mon dernier séjour dans un centre du comté de Cumbria géré par le gouvernement a failli m'être fatal. La situation s'est tellement dégradée que je soupçonnais même que c'en était l'intention inavouée. Cela me semblait tout à fait logique. J'étais prête à croire presque n'importe quoi, à moitié affamée et rendue folle à cause du manque de sommeil, sans parler des poux. Daniels est arrivé à mon secours juste à temps. Il me devait une faveur et m'a fait sortir, en s'occupant de la paperasse ; la seule condition était que je m'occupe de la partie programmation d'un gros contrat qu'il avait en vue. J'ai accepté. Il aurait pu exiger plus de moi et je l'aurais fait quand même. Sa modération est une forme de générosité devenue trop rare de nos jours.

C'était la dernière fois que je me retrouve dans l'un de ces centres. Peu importe la gravité de ma situation, je n'y retournerai pas.

› • ‹

Nous étions une demi-douzaine à nous préparer pour le travail de la journée, à nous gratter sous nos vêtements et à taper du pied dans des bottes qui étaient déjà trempées.

Quand vous vous retrouvez à Digs, vous devez travailler de longues heures à effectuer tous les travaux pénibles ordonnés par le gouvernement. La plupart du temps, comme les eaux continuent de monter, il s'agit de déplacer les bâtiments et les bureaux officiels vers des terrains plus élevés. Des travaux de construction sont constamment en cours sur les chaînes de montagnes les plus hautes, et tout ceci nécessite de nouvelles routes.

Nous n'étions pas pressés de commencer une nouvelle journée à casser des cailloux et nous contentions de patienter jusqu'à l'arrivée de notre chef de chantier. Ash, une svelte ex-courtière en assurances avec laquelle je travaillais souvent, m'a donné un coup de coude. « Regarde, nous avons des visiteurs », a-t-elle indiqué en montrant la barrière de sécurité.

De l'autre côté, un petit groupe a surgi de la pluie, chacun d'entre eux serré l'un contre l'autre. Une femme mince, manifestement enceinte, s'est appuyée sur un homme aux épaules osseuses qui portait un enfant en bas âge, tandis qu'une fille plus âgée s'est blottie dans les jambes de la femme. Ils scrutaient la tour de garde, leur visage balayé par la pluie, strié par le grillage, leur conférant une apparence floue, comme s'ils étaient des images transmises par un émetteur affaibli.

Le garde, pensant peut-être qu'il s'agissait de fuyards et se méprenant sur leur but, s'est écrié :

« Arrêtez-vous là. Où allez-vous ?

— Ici. Nous sommes venus jusqu'ici. Nous voulons… »

La voix de l'homme s'est brisée. Le garde est resté silencieux un moment, essuyant d'un revers de main la pluie de son jeune visage. Il a fini par répondre : « Attendez ici » et a décroché le téléphone reliant le bâtiment principal.

L'homme a déplacé l'enfant immobile sur son autre hanche, sa femme lui a caressé les cheveux. Celui-ci était si calme, le visage de la femme si triste. *Qu'il dorme*, ai-je pensé, *s'il vous plaît, mon Dieu, faites que l'enfant ne soit qu'endormi.*

« Les familles font la queue pour entrer ici, a déclaré Ash.

— J'ai entendu dire qu'ils refusaient les gens désormais », a dit quelqu'un.

Il y a eu des murmures d'assentiment de la part des autres. De simples rumeurs, mais elles pourraient être vraies.

« Bientôt, ils feront payer l'entrée aux gens.

— Seigneur…

— Qui ne voudrait pas y habiter ? a renchéri Ash en étendant le bras vers la cour boueuse, les bâtiments lugubres et étriqués. Un hébergement de luxe cinq étoiles, putain !

— Avec des activités quotidiennes pour toute la famille ! »

Quelques rires discrets se sont fait entendre. Les Centres de dignité pour les travailleurs ont été initialement créés pour abriter et nourrir les populations déplacées, tout en fournissant une main-d'œuvre pour les travaux manuels de relocalisation. Les politiciens ont parlé de « se serrer les coudes » et de « construire des lendemains qui chantent ». La réalité n'est pas aussi réjouissante.

Finalement, les portes se sont ouvertes et la famille a été conduite dans l'enceinte vers les admissions. Ils allaient être séparés, bien sûr. Je me suis demandé s'ils savaient que cela serait le cas. Ceux qui sont aptes au travail restent dans des dortoirs surbaissés comme des poulaillers. Les personnes très jeunes, très âgées ou bien enceintes sont emmenées en bus et logées séparément.

Alors que nous nous dirigions vers la porte principale, celle du bâtiment des admissions s'est ouverte à nouveau. Une dispute venait de débuter. Un garde a repoussé la femme enceinte qui hurlait et suppliait, bien que je n'aie pas pu distinguer les mots exacts. L'homme qui l'accompagnait a essayé de la retenir alors qu'elle s'emparait à nouveau du grand sac à ordures que le garde avait mis en bandoulière. J'ai détourné le regard, rabattu ma capuche et me suis contentée de fixer le chemin boueux qui s'ouvrait devant moi.

Cette nuit-là, je n'ai pas dormi, mais je suis restée assise à remplir des formulaires, ignorant les ronchonnements de mes compagnons de dortoir qui me demandaient d'éteindre ma lampe de chevet. Le seul moyen de sortir de Digs une fois qu'on y est entré est de convaincre un sponsor de vous accorder un emploi rémunéré. J'ai inscrit toutes les personnes auxquelles je pouvais penser et qui étaient susceptibles de m'offrir du travail. J'en connaissais certaines, mais la plupart m'étaient étrangères. Daniels a été le seul à me répondre.

› • ‹

J'ouvre la fenêtre pour évacuer l'odeur de moisi de ma chambre. Je l'avais fermée hier soir à cause des loups. Les meutes prospèrent désormais dans les collines et les forêts. Échappés d'un ancien projet de réintroduction situé plus au nord, ils se sont multipliés et dispersés dans la nature. Ils ne représentent pas, pour la plupart, de danger pour les humains, mais la façon dont leurs hurlements descendent des collines, traversent la ville et se faufilent sous ma fenêtre me fait quand même dresser les cheveux sur la tête. Un frisson me parcourt le corps, jusque dans les os.

Je me penche pour renifler l'air dehors. Un mélange de fumée de bois brûlé provenant des gens qui cuisinent sur des feux ouverts, de déchets accumulés et d'égouts surchargés. Ce n'est pas vraiment une amélioration par rapport à la moisissure, mais au moins c'est un changement. Le bruit atténué de coups de feu se fait entendre en direction des montagnes. Les causes peuvent être diverses : l'armée régulière, des chasseurs, des gangs. Inutile de s'en préoccuper. Je referme la fenêtre.

› • ‹

J'avais travaillé pour Daniels après avoir quitté Seismic Systems, au retour de l'expédition en Arctique. Cela s'était conclu grâce à l'ami d'un ami. Un lien ténu. On m'avait donné son adresse électronique en me disant qu'il était toujours à la recherche de bons programmeurs. Ses transactions commerciales, bien qu'elles ne soient pas techniquement illégales, frôlaient généralement la limite acceptable, mais il insistait sur le fait que si des délits étaient commis, ils ne faisaient pas de victimes. Par exemple, Daniels trouvait un moyen de prélever quelques centimes sur des comptes bancaires en déshérence sans que personne s'en aperçoive ; ou encore, il prélevait un ou deux pour cent sur des transferts de fonds entre des entreprises si fortunées que la ponction était comparable à la piqûre d'un moucheron sur un T-Rex. Plus tard, lorsque les anciens systèmes informatiques ont commencé à rendre l'âme, il s'est diversifié. Tout comme moi, il s'est mis à effectuer des petits travaux légitimes et d'autres moins, soucieux de ne pas dépendre d'une seule source de revenus. Mais Daniels a toujours été mon meilleur client. Alors qu'Internet fonctionnait encore au moins partiellement, il avait besoin de programmeurs pour l'aider à extraire autant de données que possible avant que les serveurs ne s'éteignent définitivement.

« Les données, c'est la connaissance ; la connaissance, c'est le pouvoir ; le pouvoir, c'est la survie », avait-il l'habitude de dire. Je lui avais répondu : « Tu devrais faire imprimer ça sur des tasses, des tapis de souris ou des trucs du genre, tu sais ? C'est un slogan accrocheur. »

Daniels impressionnait la plupart des autres programmeurs. Avec sa tête en forme de brique et ses sourcils épais, il pouvait paraître terriblement intimidant, mais je le connaissais assez pour savoir que ce n'était qu'une façade. Il passait son temps libre à lire des livres de science-fiction déprimants et vivait avec un chat errant bigleux qu'il avait recueilli et qu'il laissait régenter son quotidien.

« Oui, vous vous marrez maintenant, mais c'est moi qui rirai le dernier. » Daniels avait une manière de parler qui était à la fois douloureuse et étrangement attachante.

Un an après m'avoir aidée à m'échapper de Digs, il était décédé. Des morceaux de son corps ont été retrouvés sur un terrain vague – personne ne sait où est passé le reste – et tous ses contrats en cours ont été rompus. Depuis sa mort, je me débrouille avec des boulots précaires, payés d'avance, me tenant à l'écart des trafics et faisant profil bas. Ce qui était autrefois une vie dangereuse en marge de la société est aujourd'hui devenu monnaie courante, car les anciens systèmes en vigueur et les structures sociales se sont morcelés sous la pression. La frange de notre société s'est élargie à mesure que les liens sociaux se sont rompus.

Il est difficile de savoir qui est encore vraiment aux manettes, alors que des milliers de personnes ont été déplacées depuis les villes côtières inondées et que les conditions météorologiques imprévisibles perturbent les transports et les communications dans l'essentiel du pays. Le gouvernement central s'est transformé en une idée plus qu'une réalité objective. On a l'impression que les autorités locales, les forces de police et les unités de l'armée sont obligées d'improviser la plupart du temps. Le plus difficile est de dénicher du travail sans être victime d'une escroquerie ou d'une autre arnaque. Tout le monde doit faire ce qu'il faut pour survivre. Et il vaut mieux ne pas accorder trop facilement sa confiance à quelqu'un.

› • ‹

Je m'assieds à la table de la cuisine, me frotte les yeux et j'enfonce la tête dans mes mains. À l'intérieur de mon crâne, je me sens aussi embrumée que les lambeaux de brouillard qui se déplacent derrière la fenêtre. Rien d'étonnant à cela. Le gin qu'ils servent au Lachlan's vaut à peine mieux que du poison. Mais cela fait du bien sur l'instant et il est parfois difficile de se projeter au-delà. Cela a été un sacré choc de tomber sur Grant après toutes ces années. Ça doit faire quoi, putain, vingt ans ? Je secoue la tête, mais j'arrête très vite, car mon cerveau meurtri proteste contre tout mouvement.

Je règle la radio sur les ondes courtes et tourne le cadran, à la recherche d'une des insaisissables stations de radio pirate qui émettent par intermittence. Les choix sont limités, aléatoires et souvent bizarres, mais tout est préférable au Public Herald, la seule station audible et fiable, diffusée par le gouvernement, ou de ce qu'il en reste, qui passe à la radio et à la télévision. Lorsqu'ils ne diffusent pas des flots de propagande, ils passent de la musique pop banale ou des chansons chargées d'une émotivité artificielle. Certains prétendent qu'il n'y a aucune logique derrière tout cela et que le Herald est juste un assemblage de systèmes automatisés qui crachent un flot d'absurdités, sans besoin d'intervention humaine. Toutefois, je ne crois pas qu'un système automatisé puisse se montrer aussi condescendant avec des messages comme : *nous sommes tous dans le même bateau. Travaillons à un monde meilleur. L'amour peut tous nous sauver.*

Le cadran se met à clignoter ; je le tourne et tombe sur une station qui ne diffuse que du Jacques Brel. C'est parfait.

› • ‹

Le Lachlan's n'est pas vraiment un club privé, il n'y a pas de carte de membre ou de mot de passe secret. Mais on n'y entre que si l'on est connu. Maisie, la propriétaire, surveille sa clientèle et n'a généralement aucun mal à expulser d'elle-même les éléments indésirables. Elle est forte comme un bœuf, avec un corps tatoué tout en muscles. Les pubs comme au temps de la prospérité ont disparu. Il n'y a pas de prohibition, l'alcool n'est pas illégal, mais il est rare et la plupart du temps fabriqué artisanalement. Ainsi, les pubs sont généralement petits et discrets, avec une clientèle soigneusement choisie. Le commerce de passage n'est pas forcément ce qui est recherché de nos jours. Les clients du Lachlan's mêlent les travailleurs indépendants comme moi et le personnel médical venant du centre de santé publique à proximité. Si quelqu'un a besoin d'un verre de remontant, c'est bien eux.

Maisie m'a servi mon double gin habituel et a pris la monnaie que j'avais laissée sur le comptoir. « Tu as maigri, m'a-t-elle lancé. Tu ferais mieux de dépenser cet argent pour un repas décent. »

J'ai grogné en guise de réponse. Elle n'avait pas tort, mais le gin satisfait la faim mieux qu'un estomac plein pour celui qui doit affronter la morne réalité. Je me suis dit que je me ressaisirais dès le lendemain. Toujours remettre au lendemain.

J'ai contemplé les cartes postales de vacances accrochées au mur derrière le bar. Maisie les collectionne et les épingle de la même façon que certains pubs qui avaient l'habitude d'exposer des billets de banque venant de l'étranger. Les cartes représentent toutes des plages et des rivages du monde entier. Chacune d'entre elles constitue une fenêtre lumineuse sur un passé révolu, comme une monnaie d'échange de notre nostalgie.

J'en ai remarqué une nouvelle. On aurait dit les Caraïbes. Des palmiers, du sable blanc et des eaux cristallines. La légende *« La vie à la plage, c'est cool »* était imprimée en rose pimpant sur le ciel bleu. C'était peut-être vrai à l'époque, mais maintenant le sable est strié de bandes vert et noir, d'apparence maladive. La mer est devenue visqueuse à cause des algues toxiques, des limaces de mer, des méduses et de mille autres choses dégoûtantes.

Dans le nord de l'Europe, la mer ressemble encore à ce qu'elle était auparavant. Elle a toujours été rude et sans concession, mais aujourd'hui elle se montre encore plus puissante et capricieuse. Elle peut engloutir une ville côtière et en laisser une autre intacte à quelques kilomètres de là. Elle peut monter de plusieurs mètres en une nuit en faisant de grands bonds. Elle peut enfler et lancer un mur d'eau gigantesque à des kilomètres à l'intérieur des terres, puis se retirer comme si de rien n'était.

Le mur de cartes postales de Maisie est une mosaïque de *memento mori*, un rappel du caractère éphémère de nos existences.

› • ‹

Bon sang. Grant.

Il était dans un drôle d'état. Je ne l'ai pas reconnu lorsqu'il est venu s'asseoir à ma table sans y être invité. Je n'étais pas d'humeur à recevoir de la compagnie et j'étais sur le point de dire à cet intrus insolent de débarrasser le plancher lorsqu'il m'a lancé : « Bonjour, Izzy. » Je l'ai regardé fixement, mais je n'arrivais pas à le resituer. Il a esquissé un petit sourire gêné. « C'est Grant. De Seismic Systems ? »

Je me suis redressée en tentant de ne pas rester bouche bée. Ce n'était pas le Grant que j'avais connu. Mais aucun d'entre nous ne ressemblait plus à celui qu'il avait été il y a vingt ans. Chaque cellule de notre corps avait été remplacée, probablement plusieurs fois, et les pièces de rechange n'ont pas joué en notre faveur. Grant a quelques années de plus que moi, il a donc la cinquantaine. Son visage est plus maigre que dans mes souvenirs, avec des rides ; ses cheveux poivre et sel ont une coupe irrégulière. Les vingt dernières années n'ont pas été clémentes pour beaucoup de gens, mais on dirait qu'elles ont mis Grant à rude épreuve.

« Qu'est-ce que tu fais ici, bordel ?

— Je suis content de voir que tu n'as rien perdu de ta chaleur et de ton charme naturels.

— Va te faire foutre. Vraiment. Tu ne peux pas juste te pointer comme ça pour dire bonjour. Comme si tu passais dans le coin ? Ou un truc du genre ?

— Si j'avais su que tu te mettrais en boule comme ça…

— Je ne suis pas en colère. Je suis juste… Sous le choc, c'est tout. »

Il a fait mine de se lever de son siège.

« Je peux m'en aller si tu veux…

— Ne fais pas ta pisseuse, Grant. Assieds-toi. (J'ai scruté les deux verres qu'il avait posés sur la table.) Il y en a un pour moi ?

— Maintenant que tu le dis, non. »

Il s'est enfilé les deux verres l'un après l'autre, s'est raclé la gorge avant de cligner des yeux. « On va avoir besoin de plusieurs rasades de cette merde », a-t-il dit en ramassant les verres vides.

› • ‹

« Alors, comment ça roule pour toi ? »

J'ai reniflé. « Putain, c'est formidable, Grant. Je vis un vrai rêve éveillé. Et toi ? » Il a regardé la table d'un air morne.

« Oui, moi aussi. (Il ne souriait pas.) Et ta famille ?

— Mon père est mort en 2029, donc il a raté le plus gros de la fête. C'est arrivé sans prévenir. Je n'étais pas à ses côtés.

— Je suis désolé.

— Ouais, merci. »

En fait, cela n'avait pas été soudain, et je me trouvais avec lui. Pendant tout ce temps. Pour autant que ça nous ait servi à l'un ou à l'autre. J'ai tourné le verre sur la table, regardant les taches de lumière se refléter sur le liquide à l'intérieur.

« Faut ce qu'il faut pour s'en sortir, pas vrai ?

— Et tes frères ?

— Aux dernières nouvelles, ils vont tous bien. Aucun d'entre eux n'est resté en Écosse. De toute façon, ce n'est pas comme si nous avions fait des efforts pour garder le contact. Et maintenant, eh bien, ils ont leurs propres familles dont ils doivent s'occuper. Et toi ? Ta famille ? »

Grant a soupiré en secouant la tête avant de lâcher : « 2037. »

Il n'a pas développé, il n'avait pas besoin de le faire. 2037 avait été une année terrible, avec une montée soudaine du niveau de la mer et des inondations massives autour des bras de mer. Il y avait eu plus de morts dans le chaos ayant suivi qu'à cause des inondations elles-mêmes. Je me souviens vaguement que sa famille avait vécu quelque part près de Clydebank. Tout le coin se trouvait sous l'eau désormais. Grant a levé son verre en silence et nous avons bu tous les deux.

« Ta présence ici n'est pas une simple coïncidence, pas vrai ?

— Eh bien, oui. Non. En quelque sorte. J'ai travaillé pour des gens ici, mais j'ai pris un peu de temps pour moi. J'ai entendu dire que tu vivais dans le coin, alors… (Il a tendu la main vers la mienne et l'a serrée.) C'est bon de te revoir, Izzy.

— Vraiment ? »

Je savais qu'il voulait que je lui dise que je ressentais la même chose. Mais je ne pouvais pas. Le fait de le revoir réveillait trop de souvenirs, et aucun d'entre eux n'était agréable. Bien sûr, je m'étais déjà demandé ce qu'il était advenu de lui, mais pas si fréquemment que cela. Je n'ai pas beaucoup pensé à lui après ma sortie de l'hôpital. J'avais mes propres problèmes à régler.

« Tu y penses souvent ? a-t-il fait.
— À quoi ?
— Notre dernière exploration. Tu ne t'interroges pas si…
— Non.
— Oh, allez. Tu dois sûrement…
— C'est de l'histoire ancienne, Grant.
— Est-ce que tu sais que toute l'équipe, tout le monde, a arrêté de travailler dans le secteur de la prospection pétrolière ? Je veux dire tout de suite, juste après notre mission, avant que toute la merde ne déferle sur le monde, avec les inondations et tout le reste. C'est comme si, au fond de nous, nous savions tous que les choses allaient empirer, nous étions conscients que ce que nous avions accompli là-haut avait déclenché quelque chose.
— C'est des conneries, Grant. C'était juste un boulot. Nous n'avons rien fait du tout.
— Ah non ? »
Sa question s'adressait plus à son godet de gin qu'à moi.
J'ai regardé le plafond, comptant les chevrons pour me calmer. Je ne voulais pas me disputer avec lui.
« Ça a bien guéri. » Grant fixait ma gorge.
Ma main s'est portée sur la ligne blanche décolorée du tissu cicatriciel. Un autre souvenir qu'il valait mieux laisser enfoui.
« Comment sais-tu ce qui est arrivé à l'équipage ?
— J'ai retrouvé leur trace. Les Norvégiens. Les Russes. Ils sont tous morts ou alors ils se tiennent le plus à l'écart possible de la mer, à l'intérieur des terres.
— Pourquoi as-tu fait cela ?
— Peu importe. Regarde, tout est lié. »
Il a poussé vers moi un bout de papier froissé. Il en avait toute une pile qu'il avait extraite d'un sac à dos taché entre ses pieds.
« Tu as retrouvé tout le monde ?
— Plus ou moins. »
Il s'est mis à feuilleter des pages de cartes de l'océan Arctique dessinées à la main, cette tache familière au sommet du monde, entourée d'une tonsure de moine asymétrique, avec ses rivages déchiquetés.
« Et Jules ? » J'avais plus pensé à lui qu'à Grant. Du moins, lors des premières années. J'avais tenté d'imaginer sa vie. Dans une luxuriante prairie pyrénéenne, peut-être dans une cabane en rondins qu'il avait construite

lui-même, cultivant des légumes et s'occupant de chèvres, comme une version masculine et sexy de Heidi. Peut-être que, par nuit claire, il s'asseyait sur un promontoire rocheux, fumait une pipe et regardait la ligne d'horizon vers le nord alors que je contemplais le sud, au même moment. Je m'étais autorisé ce genre de rêveries, durant un certain temps.

« Eh, tu m'as entendue ? »

Grant était absorbé dans ses cartes. L'océan Arctique était parsemé de lignes et de flèches qui sinuaient comme des serpents, recensant les différents courants océaniques et les systèmes météorologiques.

« Jules. Tu l'as retrouvé ?

— Je crois qu'il est retourné en France. Dans ses montagnes dans le sud, à la frontière avec l'Espagne.

— Les Pyrénées ?

— Oui, c'est ça. Qu'est-ce qui te fait sourire ? »

Je me suis contentée de secouer la tête et de porter en silence un toast à Jules, puis un second à ses chèvres hypothétiques.

Grant m'a montré une série de dessins avec des dates et des chiffres, ainsi que quelques diagrammes de travers et griffonnés.

« Tu vois ça ? (Il a pointé du doigt une flèche en spirale.) C'est, ou plutôt c'était le gyre de Beaufort. Ce tourbillon arctique s'est effondré peu de temps après notre mission là-haut.

— Ça se trouvait de l'autre côté de l'océan où nous étions. Tu n'es pas en train de prétendre que c'est de notre faute, pas vrai ?

— Mais tu ne comprends pas, a-t-il dit en fouillant dans ses piles de papiers, que tout est lié ? Les courants, la dérive de la banquise, la force du vent contre le bord de la calotte glaciaire… Si tu agis sur l'un de ces éléments, il y a des effets en chaîne sur tout le reste. Comme avec des dominos. La glace disparaît, la température de l'océan augmente, les systèmes météorologiques s'emballent, les glaciers fondent, le niveau de la mer s'élève…

— Je ne vois toujours pas ce que ça a à voir avec nous.

— Nous nous trouvions là. À l'origine de tout cela.

— Arrête tes conneries, Grant. L'Arctique avait des problèmes bien longtemps avant que nous n'arrivions là-bas.

— Tu penses que c'est une coïncidence si tout s'est accéléré si rapidement par la suite ? Pour toi, le fait que toute la glace ait disparu dans l'année ayant suivi notre prospection est un pur hasard ?

— Oui, tout à fait. (Je l'ai regardé fixement.)

— Je ne crois pas que tu penses vraiment cela, Izzy. »

Il m'a touché à nouveau la main.

« Tu peux croire ce que tu veux. »

J'ai pris nos verres et je suis retournée au bar. Bien sûr, j'y avais réfléchi. Assez pour comprendre que c'était une perte de temps. Car cela ne changerait rien.

Il était encore en train de trier ses bouts de papier quand je suis revenue. Il les déplaçait comme des pièces de puzzle. Il n'a levé les yeux que le temps de ramasser son verre.

« Et puis, il y a aussi la plus grande inconnue dans l'équation.

— Et qu'est-ce que c'est, Grant ? »

J'ai ressenti une grande pitié pour lui, pour cette ombre bizarre de la personne qu'il était auparavant. Au fur et à mesure que le gin se diffusait dans mon cerveau, ce sentiment a été entraîné dans le grand océan de la pitié pour tout ce qui s'était passé : pour moi-même, pour le monde. Je risquais de me mettre à pleurnicher et je me suis un peu redressée sur ma chaise, essayant de me maintenir à flot.

« Le *Koch*, Izzy. Où est-il passé ?

— Probablement amarré avec d'autres brise-glaces en Sibérie.

— Mais comment le sais-tu ? Comment peux-tu en être sûre ?

— Il doit bien se trouver quelque part. Il ne peut pas avoir disparu comme ça. »

Grant a soutenu mon regard tandis que nous entendions tous deux l'écho de mes paroles à plusieurs années d'écart. Oui, et alors ? Peut-être que c'était exactement ce que j'avais dit quand le *Koch* avait disparu sans laisser de traces ? J'ai haussé les épaules et détourné les yeux.

« Nous n'avons aucun moyen de savoir quels dommages il a bien pu causer. Après nous avoir quittés, quel volume de banquise a-t-il encore pulvérisé ? Suffisamment pour déclencher une réaction en chaîne qui a tout disloqué ? C'était le bruit qu'on a entendu ? Et s'il avait coulé ? Il y avait deux réacteurs nucléaires à son bord. S'ils…

— Bon sang, je n'en sais rien ! De toute façon, cela n'est plus qu'une question théorique, désormais.

— Est-ce que tu t'es déjà demandé si tout ceci n'avait pas été délibéré ?

— Pourquoi quelqu'un aurait-il voulu déclencher tout cela ? (L'idée me paraissait absurde.)

— Peut-être qu'ils n'avaient pas l'intention d'aller aussi loin. Peut-être voulaient-ils juste remuer un peu les choses, provoquer des réactions sur lesquelles ils pourraient capitaliser. Mais une fois que cela a commencé, plus personne n'a pu l'arrêter. »

J'ai passé beaucoup de temps et noyé beaucoup de neurones dans des quantités toxiques d'alcool, et ce précisément pour éviter de trop penser à toute cette merde. Je me suis demandé si je pouvais obtenir de Maisie qu'elle foute Grant dehors.

Il est retourné à ses bouts de papier, marmonnant quelque chose à propos du vortex polaire et de l'oscillation arctique.

J'ai acquiescé pour avoir la paix, j'ai bu et n'ai pas trop écouté. J'ai essayé à plusieurs reprises de l'amener à parler d'autre chose, mais il m'a regardée fixement pendant quelques secondes, comme si je venais de lui parler dans une langue qu'il n'avait jamais entendue auparavant, puis a poursuivi là où il s'était arrêté. J'avais très mal au crâne. J'ai complètement arrêté de l'écouter quand il a parlé de l'anomalie du dipôle arctique.

J'aurais dû lui souhaiter bonne chance, m'excuser et m'en aller. J'étais sur le point de le faire lorsqu'il a évoqué la possibilité d'un travail, un boulot lucratif, pour les personnes ayant une expérience en techniques sismiques.

› • ‹

Le café a un goût de papier brûlé, mais je le bois jusqu'à la dernière goutte, le laissant me réconforter. Me sentant plus alerte, je me souviens de la carte que Grant m'a tendue lorsque le Lachlan's a finalement fermé ses portes et que nous avons été jetés dehors dans la nuit. Je retrouve ma veste là où je l'ai laissée tomber dans le hall et fouille les poches. Cela m'a mis les nerfs en pelote de revoir Grant, de remuer les vieux souvenirs, mais je dois considérer sérieusement son offre. Je fais tourner la carte de visite entre mes doigts. Combien de temps encore puis-je me permettre d'être difficile sur les boulots que j'accepte ? Le nom paraît assez officiel : *Institut de recherche Northolt*, un logo représentant un monde verdoyant, strié de lignes représentant les latitudes et longitudes, avec le soleil se levant derrière lui.

II

J'entends des voix dans la cage d'escalier et je m'approche de ma porte pour écouter, soulagée de constater que j'ai dû penser hier soir à la verrouiller en rentrant. Brodrick semble se plaindre en poussant des croassements de corbeau, d'autres voix se mêlent à la sienne. Est-ce le jeune couple de l'étage du dessous ? Je remarque la note aiguë de désespoir dans la voix de la femme, la colère refoulée dans celle de l'homme. Toutes ces voix sont sporadiquement étouffées par les cris perçants de leur bébé. Brodrick s'apprête-t-il à les expulser ? Exige-t-il un loyer plus élevé ? Ce ne serait pas la première fois. C'est un salopard sans la moindre compassion, exactement le genre d'individu qui prospère quand il n'y a plus de lois pour protéger les gens ordinaires, et plus personne pour les faire respecter, même s'il y en avait. Ma main se pose sur le verrou froid de la porte. Ma propre confrontation avec le propriétaire, il y a quelques heures à peine, est assez récente pour que je m'en souvienne avec netteté.

« Tu rentres tard, ce soir. » Le long visage cadavérique de Brodrick avait surgi de l'obscurité alors que je me dirigeais vers les escaliers.

« Je ne savais pas qu'il y avait un couvre-feu dans le bâtiment », avais-je répondu, fatiguée et désinvolte, prenant conscience trop tard que cette réponse était une erreur. Il se tenait sur la dernière marche, bloquant ma progression.

« Il faut faire attention, avait-il dit, ce n'est pas sûr dehors la nuit. Surtout pour les femmes. » Il avait allongé les voyelles de ce dernier mot et profité du temps supplémentaire que cela lui donnait pour jeter un coup d'œil possessif sur mon corps.

J'avais essayé de le dépasser, mais son bras maigre avait une prise étonnamment forte sur la rampe. Son autre main s'était levée et avait balayé en arrière les cheveux de mon front.

« Tu es toujours une très belle femme, Isobel, avait-il croassé.

— Je veux juste aller dormir dans mon lit, si cela ne vous dérange pas. »

Il avait fait mine de reculer pour me céder le passage, mais il m'avait attrapé le bras et avait approché son visage du mien. « Tu ferais mieux de te rappeler que, d'un point de vue technique, ce lit m'appartient. » Il avait alors souri et tiré la langue pour se lécher le coin de la bouche. Son haleine sentait la nourriture pour chiens. « Et tu me dois deux mois de loyer. »

Ensuite, j'avais repoussé sa main et escaladé les marches deux par deux jusqu'au troisième étage, alors que son rire asthmatique crépitait sur mes talons tout du long.

› • ‹

Dans la sombre lumière du matin, ma main s'éloigne du verrou. Je ne peux pas risquer d'attirer l'attention sur moi. Je dois rembourser Brodrick d'une manière ou d'une autre, mais ce ne sera pas en nature. Cette idée me donne la nausée. Nicola n'a peut-être pas l'air d'une dure à cuire, mais elle a des tripes plus solides que les miennes. Je ne peux pas me résoudre à ça. Pas avec ce type. Jamais. Mais les choses changent. Et si ce n'était qu'une question remise à plus tard ? Tout finit par se briser. Je dois trouver un autre moyen avant que mes options ne se réduisent à un choix aussi sordide.

Le désespoir ne me rend pas meilleure. Nous sommes tous malheureux, c'est le nouveau paramètre par défaut de nos existences. Si nous pouvions trouver un moyen de débiter l'anxiété pour la vendre au kilo, nous serions les rois de la fête.

› • ‹

Je pianote dans le GPS de ma moto les latitude et longitude de ma destination, mais les fonctions habituelles ne s'affichent pas. Il n'y a pas d'option de zoom arrière ou de changement de vue, pas de saut jusqu'à la destination, seulement un virage à la fois. L'affichage défile à l'écran tandis que je me faufile dans les rues comme un rat dans un labyrinthe. La moto couine et cahote sur le macadam qui s'effrite. Lorsque la chaussée devient particulièrement mauvaise, je me redresse sur les repose-pieds et encaisse les chocs avec mes cuisses, tentant de ménager ce qu'il reste de la suspension de la moto, sans parler de la mienne.

L'énergie et le grondement d'un moteur à essence me manquent, mais j'ai développé un certain attachement pour ma petite moto électrique. Avec sa peinture faite main, rouge et argent, et son carénage en fibre de verre personnalisé, elle ressemble à un jouet agaçant. Un point lumineux de pur plaisir dans un monde sombre. Le mouvement procure aussi une sensation libératrice, même si c'est à une vitesse d'escargot. La tension semble s'échapper de mes épaules pour retomber sur la route qui défile derrière moi.

Le GPS m'envoie vers le nord, dans les contreforts montagneux. Au fur et à mesure que je quitte les zones les plus densément peuplées, les maisons deviennent plus grandes, plus espacées les unes des autres, entrecoupées de zones de bureaux. Plus haut encore se regroupent les bâtiments gouvernementaux, les cliniques privées.

Pourtant, je n'ai aucune idée de l'endroit où cette route me mène. Si je n'arrive pas rapidement au but, je me heurterai à la zone militarisée qui encercle les hauteurs. Personne n'a le droit de franchir sans autorisation les trois cents mètres d'altitude. Absolument personne.

Notre société, si tant est qu'elle existe encore, s'est stratifiée en fonction de l'altitude au-dessus du niveau de la mer. Désormais, la survie dépend de la capacité à s'élever au fur et à mesure que l'eau monte. Les pontes du gouvernement et de l'armée sont les plus haut placés, puis viennent ceux qui ont assez d'argent ou d'influence pour se frayer un chemin, enfin, sur une échelle variable d'utilité, il y a le reste d'entre nous. Que se passera-t-il quand il nous sera impossible d'aller plus au nord, ou plus en hauteur ? Les couches de notre société pourraient alors se comprimer, se densifier. Lorsque cela se produira, quand la montée des eaux nous aura finalement acculés, le bord de mer deviendra un endroit à éviter. Je sifflote en mesure avec la comptine inepte qui virevolte dans ma mémoire : *Oh je n'aime pas être en bord de mer, oh je n'aime pas être en bord de mer*[5]...

› • ‹

Un virage serré me fait contourner un talus d'ajoncs, puis un virage dans l'autre sens me fait pénétrer dans une zone de forêt dense. L'asphalte cède brusquement la place à des pierres rugueuses compactées dans la terre. Je ralentis la moto et, alors que le gémissement du moteur s'atténue,

5. « I Do Like to Be Beside the Seaside » est une chanson populaire britannique du début du XXe siècle.

le silence se fait. Je l'entends dans l'air entre les arbres, il est infiniment précieux, une survivance d'une autre époque. Je roule encore plus lentement, avec une prudence exagérée. Je ne suis pas à ma place ici, mais comme une présence étrangère, une impureté. Je pourrais briser ce qui a protégé le silence jusqu'à présent.

La piste continue de tortiller vers les hauteurs. Je dois sûrement avoir pénétré dans la zone militarisée à présent. Si j'ai la malchance de tomber sur une patrouille, je risque de me retrouver enfermée à Digs avant la fin de la journée. Le vertige me saisit et je me rends compte que j'ai retenu ma respiration. J'inspire et j'expire par le nez, ne voulant pas perturber l'atmosphère plus que nécessaire. Je commence à me demander si tout cela n'est pas une plaisanterie sophistiquée ou un complot pour se débarrasser de moi élaboré par un rival en affaires ou par un client mécontent et rancunier. Ou peut-être encore que Brodrick m'a tout simplement vendue à l'un des gangs et a trouvé quelqu'un d'autre disposé à payer son loyer ridiculement élevé. Les possibilités ne manquent pas. Prenez un ticket et rejoignez la file d'attente.

La piste se rapproche de ce qui est soit un col étroit entre deux montagnes, soit une profonde entaille dans le flanc de l'une d'elles. Avec les arbres autour, il est difficile de se faire une idée de la géographie environnante. Des éclairs de ciel et de flancs de montagne défilent, chacun indiquant une disposition contradictoire du ciel et de la roche, de la lumière et de l'ombre. Au moment où je suis sur le point de me décider à faire demi-tour, les arbres deviennent plus clairsemés et la piste s'ouvre sur une large clairière. Celle-ci est bordée sur trois côtés par la forêt et, sur le dernier, par un escarpement rocheux abrupt derrière lequel les Cairngorms s'élèvent et s'étalent à l'horizon, passant du vert brun au bleu glacier, puis au violet sombre.

Éblouie par la lumière et les couleurs soudaines, je m'arrête en dérapant, sors la béquille de la moto et descends. Je penche la tête en arrière et contemple le panorama, sous le ciel le plus bleu que j'aie vu depuis longtemps. Je ne suis pas montée aussi loin en altitude depuis une éternité. Le vert de la forêt se détache sur le bleu intense du ciel. J'inspire une grande bouffée, parfumée au pin, et l'expulse en toussant, mes poumons n'étant pas habitués à un air aussi pur.

À l'autre bout de la clairière, presque confondue avec l'escarpement, une petite cabane en pierre semble sur le point de s'effondrer. Je vérifie le

GPS. *Vous avez atteint votre destination*. Vraiment ? C'est ça, le siège social de Northolt ?

Putain de salopard de Grant ! Qu'est-ce que j'avais en tête en lui faisant confiance ? Il est clairement dérangé, et apparemment je ne vaux pas beaucoup mieux que lui. Quel genre d'entreprise à la noix établirait son quartier général au sommet d'une montagne, au beau milieu de nulle part, dans une sorte de tas de décombres antédiluviens ? Je trépigne sur place et lance des bordées d'injures pendant un moment, espérant me calmer, mais cela ne fonctionne pas. Je prends alors une décision : je ne vais pas me contenter de faire demi-tour et de repartir sans avoir la satisfaction d'envoyer se faire foutre ceux qui m'ont fait perdre mon temps. Pour autant qu'il y ait quelqu'un à l'intérieur, car l'endroit paraît désert.

Je traverse la clairière à grandes enjambées, donnant des coups de pied dans l'herbe grasse et la boue recouvrant le sol. C'est bon de se dégourdir les jambes. Le ciel est si bleu et les arbres d'un vert si intense que ma colère légitime semble bientôt un gaspillage d'énergie inutile. Je suis tout de même intriguée par cet endroit.

Je contemple autour de moi la forêt en forme de fer à cheval et finis par trébucher. Je suis peut-être plus fatiguée que je ne le pensais. Le trajet jusqu'ici a dû durer deux heures. Les muscles de mes jambes, pleins de crampes, sont encore en train de récupérer. Je continue, mais mes pieds s'emmêlent à nouveau et je me mets à tituber. Il y a quelque chose d'anormal, ma démarche devient étrange, comme sous l'effet du mal de mer. Mon cerveau s'efforce de compenser un roulis que mes yeux n'avaient pas encore pleinement perçu, mais mes jambes n'arrivent plus à suivre. Je m'arrête dans ma course et secoue la tête, tentant de me ressaisir. C'est à ce moment que je l'aperçois.

Juste après le bord du rocher, dans les arbres à ma gauche, il y a un décalage, un défaut visuel. Une ligne de faille a fait irruption dans la mosaïque verte et mouvante des feuilles : un bord est anormalement droit, là où les cimes des arbres semblent légèrement décalées par rapport à leurs troncs et branchages. Une légère brise s'engouffre dans la canopée et l'effet se dissipe. Je scrute la tache verte où j'ai cru remarquer l'anomalie, puis acquiesce pour moi-même. C'est bien là que ça se passe. J'ai un effroyable mal de crâne, mais je continue à me déplacer assez longtemps pour suivre la ligne de faille vers la montagne, jusqu'à ce qu'elle tourne et se replie, créant un plissement perpendiculaire dans la paroi rocheuse.

Si c'est bien ce que je pense, il y a autre chose. Je frappe dans mes mains avec délice et le son fait sursauter un oiseau qui sort de sa cachette : il s'envole à plusieurs mètres du sol sur le fond vert de la forêt dense. Je me tourne pour examiner les arbres du côté opposé. Le voilà de nouveau. Le même oiseau se pose, puis grimpe aux branches, la lumière du soleil illuminant son plumage rouge orange encadré d'ailes plus sombres alors qu'il franchit la cime des arbres ; il s'élance comme une flèche ardente avant de disparaître. Quel oiseau est celui bien réel et lequel est son simple reflet ?

Je n'ai jamais vu d'installation invisibat de cette ampleur. Et certainement pas avec une illusion aussi parfaite. La technologie n'est pas nouvelle, puisqu'elle a été lancée bien avant que le monde ne parte en vrille, mais celle-ci s'avère coûteuse, et très peu d'installations de ce type ont été construites. Elles étaient surtout réservées aux plus fortunés possédant une fibre écoresponsable et déclinées avec une démesure que seuls les nantis pouvaient se permettre.

Ces bâtiments ne pourraient jamais s'intégrer en milieu urbain, mais à la campagne, une seule structure suffisait pour garantir – comme le promettaient les publicités – un « impact visuel minimal sur l'environnement naturel ». Grâce aux avancées de la technologie solaire, les surfaces réfléchissantes recouvrant les bâtiments pouvaient accumuler assez d'énergie pour garantir leur autonomie. Je suis surprise que des édifices de ce type soient encore construits, mais peut-être que celui-ci l'était déjà depuis longtemps. Il est difficile de juger de son ancienneté alors que le regard est si habilement détourné par l'artifice visuel.

Je plisse les yeux, incline la tête, m'accroupis pour changer d'angle ; malgré tout cela, je n'arrive qu'à apercevoir la forme générale du bâtiment, des indices sur sa structure d'ensemble. L'édifice semble recouvrir une grande partie de la roche, les surfaces aux angles irréguliers imitant la géologie locale, la pierre se reflétant en amas asymétriques incrustés tout le long de l'escarpement. Il est impossible de discerner la limite entre la réalité et l'illusion de la montagne.

J'essaie d'appréhender les dimensions du bâtiment imposant, ce qui me donne la nausée, alors je décide de me concentrer sur la seule partie dont je suis sûre de l'existence. Construit en pierre locale aux tons gris pâle, avec un toit en ardoise et deux fenêtres tombantes, le refuge paraît sur le point de s'effondrer. Un court instant, je me demande s'ils l'ont modifié afin qu'il paraisse ancien ou s'ils l'ont déplacé depuis un autre endroit. Cependant, la bâtisse paraît convaincante et je pense qu'elle doit se trouver ici, à cet endroit précis, peut-être depuis plusieurs siècles, la mousse et le lichen s'accumulant sur ses murs et son toit.

Sur la porte en bois usée par les intempéries, quelqu'un a peint au pochoir le logo de Northolt. Je passe un doigt sur le sigle avec notre planète stylisée, une écaille de peinture verte se détache. Je pousse doucement et la porte s'ouvre avec un grincement inquiétant – comme dans un dessin animé –, ce qui fait retomber d'un coup la tension. Lorsque je pénètre dans la bâtisse, je m'attends à ce qu'elle claque dramatiquement derrière moi, mais la porte semble se refuser à toute facilité scénaristique.

› • ‹

L'intérieur est sombre et sent le renfermé, et il faut un certain temps pour que mes yeux s'y habituent. Il y a une cheminée, une table, deux chaises et un sommier bas pour le lit. Des choses basiques il y a encore quelques années, mais un luxe désormais pour beaucoup de gens. Il n'y a aucun signe d'un éventuel occupant. Je crie : « Eh oh ! » Quelques secondes plus tard, j'entends un grincement sourd provenant de la cheminée, et je me rends compte qu'elle se déplace le long du mur avec tout le conduit.

« Veuillez introduire votre carte d'identité dans le lecteur », ordonne une voix métallique, très distinctement.

D'accord, si c'est comme ça qu'on doit la jouer… Je fouille dans la poche de ma veste et récupère ma carte d'identité afin de l'insérer. Elle est immédiatement recrachée et le message se répète : « Veuillez introduire votre carte d'identité dans le lecteur. »

De nouveau les mêmes instructions. Cela ne s'est jamais produit auparavant. Ma carte d'identité est l'une des meilleures copies dont j'aie jamais disposé. Elle m'a permis de passer les points de contrôle de l'armée, les visites à l'hôpital, partout. Elle fonctionne vraiment. Même si je le voulais, je ne pourrais pas utiliser ma vraie carte, car elle est trop bien dissimulée derrière l'armoire de ma chambre. Je ne l'emporte jamais avec moi, c'est trop risqué. J'insère à nouveau la carte et, cette fois, la voix semble changer d'avis.

« Veuillez patienter. » Une série de grondements se fait entendre derrière le mur. Je recule de quelques pas, me demandant si je ne ferais pas mieux de déguerpir. Mais ma carte est toujours insérée dans le lecteur.

Les grondements se rapprochent et, avant que je ne puisse décider quoi faire, le panneau glisse vers le haut, révélant une paire de pieds, des baskets avec des surchaussures en plastique, suivis de jambes maigres vêtues d'un jean et d'un corps portant ce qui ressemble à une blouse blanche de médecin. Le visage est jeune, masculin et souriant. Un sourire franc, sans artifice.

« Désolé pour la machine. Ces derniers temps, elle nous cause des problèmes.

— Elle a toujours ma carte.

— Oups ! Désolé. Attendez un instant. Entrez, entrez. »

Le type fredonne un air de musique, tape un code et une trappe d'accès s'ouvre. Après quelques instants à fouiller dedans, il retire sa main en serrant ma carte d'identité. « Et voilà ! » s'écrie-t-il, me la restituant avec un sourire.

« Bonjour, je m'appelle Clyde. » Il tend une grande main osseuse dans ma direction. Je la fixe, un instant décontenancée. Ses manières affables, sa frange d'adolescent attardé et ses yeux innocents constituent une surprise totale. Ou peut-être, après tout ce temps, ai-je oublié à quoi ressemble l'amabilité ? Je lui serre la main. « On y va ? » Il hausse les sourcils et s'engage dans le couloir situé derrière le panneau. Je lui emboîte le pas et, cette fois, la porte se referme sur mes talons, non pas avec un claquement, mais avec un murmure sablonneux de pierre lorsque la cheminée se remet en place.

› • ‹

Les couloirs sont blancs et tortueux, sans aucune fenêtre. Nous avons pris tant de tournants que je suis absolument désorientée. Je n'arriverais pas à retrouver le nord, même pour sauver ma peau.

Tout cela doit être mûrement pensé. Aucune raison logique ne peut justifier de construire ou de suivre un itinéraire aussi élaboré jusqu'à notre but. Je me fige sur place pour observer la réaction de mon guide. Clyde continue quelques instants avant de s'apercevoir que j'ai arrêté de le suivre. Il revient vers moi, la tête inclinée, une expression sur son visage qui pourrait être encadrée dans un tableau avec le titre : *Perplexe*.

« Écoutez, dis-je. Je suis déjà totalement perdue, d'accord ? Maintenant, vous pouvez m'emmener à notre destination. »

Il acquiesce avec enthousiasme.

« Ah, je sais ! Ces couloirs sont un vrai cauchemar, hein ? Mais franchement, ne vous éloignez pas trop, nous pourrions ne jamais vous retrouver ! (Il rit, un peu trop longtemps, sans avoir remarqué que je m'abstenais.) Désolé. On est presque arrivés. Promis. »

Je songe à présent que Clyde ne m'a pas demandé mon nom. Certes, il a manipulé ma carte, mais je ne me souviens pas qu'il l'ait vraiment regardée, du moins pas assez longtemps pour l'examiner ou vérifier la photographie par rapport à la personne qui se tenait devant lui. Soit le lecteur de carte a contrôlé tout ce dont il avait besoin du premier coup, soit ils ont capté l'image de mon visage et effectué une reconnaissance faciale avant même que je n'entre dans le refuge. Les endroits où dissimuler des caméras ne manquent pas.

« Nous y sommes ! » Clyde marque une pause et appuie fermement sa main sur le mur : une porte sensible à la pression s'ouvre et il la repousse sur le côté. Il me fait signe d'entrer la première. Je pénètre dans un vestibule, moins austère que le grand couloir extérieur. Quelques manteaux sont suspendus à des crochets au-dessus d'une étagère à chaussures, une série d'estampes encadrées d'Escher décore l'autre mur.

Je n'ai pas contemplé une pièce aussi confortable depuis des années. L'émotion me frappe avec autant de force qu'un coup de poing au plexus solaire. Je pourrais même pleurer, si je me souvenais de comment faire.

C'est une bibliothèque. La préservation des livres n'était pas considérée comme une priorité pendant le grand exode vers le nord. Comme à bord d'un aérostat qui perd de l'altitude, l'humanité s'est délestée, sans beaucoup d'états d'âme, des bibliothèques. Mais manifestement, ce n'est pas le cas de tout le monde. Les murs de cette pièce miraculeuse sont tapissés de livres mélangés, cartonnés ou de poche, depuis le sol jusqu'au plafond, et l'air est chargé d'une douce odeur de poussière. Deux solides échelles sur roulettes sont dressées, une de chaque côté de la pièce, pour permettre l'accès aux étagères les plus hautes. Des tapis persans aux motifs riches et complexes sont disposés à intervalles réguliers sur le sol carrelé. Une lumière dorée émane de l'endroit où les bibliothèques atteignent presque le plafond et elle se répand doucement sur sa surface pâle.

Je jette un coup d'œil à Clyde. Il affiche son plus grand sourire. « Je sais, c'est dingue, non ? »

Nous marchons jusqu'à l'extrémité où la bibliothèque tourne à angle droit, en forme de L. Il y a d'autres murs tapissés de livres, une collection de canapés et de coussins mal assortis, des livres empilés sur une table basse en bois, et aussi un homme, grand et large d'épaules, qui verse du café – du vrai café si je me fie à mon nez – dans deux tasses vert pâle à bordures dorées. L'homme chuchote des remerciements à Clyde qui tourne les talons et s'en va.

« Vous voulez du lait ? »

Je remarque qu'il y en a du véritable dans un pot en porcelaine, et non le substitut en poudre. « Oui, s'il vous plaît, un peu. » Il se sert et pose les deux tasses sur la table basse, me faisant signe de m'asseoir.

« Bonjour, Isobel, dit-il. Je suis ravi que vous soyez venue. »

J'étudie son visage. Il doit avoir à peu près mon âge. Peut-être un peu plus ? Ses cheveux noirs et épais sont parsemés de mèches grises ; son oreille gauche est ornée d'un petit anneau argenté qui lui donne vaguement l'air d'un pirate. Il paraît en forme et en bonne santé, ce qui n'est pas courant de nos jours. C'est généralement une apparence réservée à ceux appartenant aux hautes sphères de notre société, tandis que le reste d'entre nous devient progressivement plus pâle et maladif. Il cligne des yeux, son regard est sombre et vif. Il ne se présente pas, paraissant heureux d'attendre que je lui pose la question, un petit sourire se dessinant dans sa barbe bien taillée. Je ne pense pas que Grant m'ait décrit exactement leur domaine d'activités. Pour ce que j'en sais, ce type pourrait très bien s'avérer être un génie du mal désireux de détruire le monde. Il va falloir qu'il m'en dise plus s'il veut qu'on lui reconnaisse ce titre.

Je bois une gorgée de café et ne peux m'empêcher de me pâmer de plaisir.

« Oh, c'est tellement bon. Où trouvez-vous du vrai café ?

— Nous le cultivons nous-mêmes.

— Quoi ? Ici ?

— Non, non, nous disposons d'autres installations.

— Ah, d'accord. »

J'acquiesce, digérant les implications de l'existence d'autres installations de Northolt, et donc d'encore plus de café. Nous restons assis en silence pendant quelques minutes.

« Alors, dis-je, rompant le silence en premier. Est-ce que nous nous connaissons ?

— Pas vraiment, pas encore, répond-il. Mais cela viendra. Je l'espère.

— D'accord. Avant d'aller plus loin ensemble, il faut que vous compreniez une chose. (Je suis irritée contre moi-même. La discussion est trop fluide, trop rapide.) Je ne sais pas ce qu'on vous a raconté, mais Grant... Vous connaissez Grant, n'est-ce pas? (Il acquiesce et remplit nos deux tasses.) Grant a dit que vous recherchiez des personnes ayant une expérience en sismique. J'en ai une, mais c'était il y a longtemps. Je ne suis pas certaine que cela vous soit utile. Mon expérience concernait surtout le logiciel de navigation...

— Nous avons tous les détails, m'interrompt-il doucement, sans montrer d'impatience. Inutile de revenir sur tout cela maintenant. Nous sommes sûrs que vous avez les compétences que nous recherchons. La vraie question est : avons-nous ce dont vous avez besoin ? »

De quoi ai-je besoin? Cette liste s'est considérablement raccourcie ces derniers temps. À une époque, j'aurais pu imaginer que j'avais besoin de choses extraordinaires telles que des possibilités d'avancement, des voyages, voire de l'épanouissement professionnel. Mais aujourd'hui? Pour le moment, je me contenterai d'un repas convenable et d'une autre tasse de café. Ils peuvent probablement m'accorder cela.

« Quel est le piège?

— Nous voulons que vous veniez travailler exclusivement pour nous. Vous vivrez ici pendant toute la durée de votre contrat. »

Je me renfonce dans le siège, tentant d'assimiler l'idée pendant quelques instants. Je n'aime pas la tournure que prennent les choses. L'idée d'avoir à nouveau un patron ne me plaît pas. Quand on se trouve tout en bas de l'échelle sociale, se faire bousculer à longueur de journée par quelqu'un de plus haut placé ne fait que remuer le couteau dans la plaie. Au moins, la possibilité de dicter mes propres conditions me permet de conserver une once de dignité, aussi illusoire soit-elle. Je tiens à ma liberté de m'opprimer moi-même, sans l'aide de personne.

« Vous voulez dire que je ne pourrai même pas sortir le week-end? Je serai comme une prisonnière? »

Il semble surpris.

« Nous vous considérons plutôt comme une invitée.

— C'est une distinction plutôt subtile. »

Il fronce les sourcils. « Comment cela? »

N'a-t-il vraiment aucune idée de ce qui se passe dehors? Peut-il demeurer si éloigné de la réalité ou s'en moque-t-il tout simplement? Je ne sais pas à qui j'en veux le plus : à lui, d'être à ce point coupé du monde, ou à moi, de l'envier pour ça. Une partie de mon esprit se laisse déjà tenter par un lit confortable, de l'eau pure, de la nourriture qui n'a pas un goût de merde. Toutes ces choses devraient me réjouir, mais j'ai plutôt envie de frapper quelqu'un ou de lui crier dessus, voire les deux. Ce type est assis dans sa petite bibliothèque cossue, avec son vrai café et sa barbe prétentieuse. Pendant ce temps, des gens meurent, ils meurent pour de bon, de malnutrition, de maladie, et nous autres, nous courons pour faire du surplace.

« Vous devez forcément savoir à quel point les choses vont mal désormais. Alors, vous savez que j'accepterai votre travail, qu'il fasse de moi une prisonnière ou non. C'est de l'incarcération économique.

— Écoutez… (Il se passe une main sur le front et se penche en avant.) J'adorerais discuter avec vous des injustices du capitalisme en phase terminale, mais il vaudrait sans doute mieux que je vous fasse visiter les lieux et vous explique un peu ce que nous faisons ici. Ensuite, vous pourrez décider si vous voulez être notre prisonnière ou non. Ça marche ?

— Je ne connais même pas votre nom.

— Je suis vraiment désolé, dit-il en souriant. C'est Alexander Forth. Mais appelez-moi Alex. »

› • ‹

La pièce est vivement éclairée, une bonne partie est occupée par une machine d'un blanc étincelant, dotée d'une ouverture circulaire et d'une table d'examen de la taille d'un lit, fixée à l'avant sur des roulettes.

« On dirait un équipement IRM, dis-je.

— C'est exactement ça. Mais nous avons fait des adaptations. Nous l'utilisons d'une manière très spécifique. »

Clyde, qui vient de réapparaître, sort du bureau cloisonné à l'autre bout de la pièce. Il me tend une liasse de listings qui ressemblent étrangement à des spectrogrammes sismiques tirés d'un rapport de prospection. Dans ces documents, les couches ombrées indiquent où les différents dépôts sont emmagasinés dans la roche, ainsi que leurs propriétés, étendue et densité. Au bout du compte, ces connaissances étaient utilisées pour déterminer la valeur financière de ces gisements s'ils étaient exploités pour être remontés à la surface. Mais tout cela appartient désormais au passé. Aucune étude sismique n'a été réalisée depuis des années.

Ils m'observent tous les deux avec attention. J'ai l'impression d'être dans l'un de ces jeux où les cases d'une image sont dévoilées une à une et où il faut essayer de l'identifier avant qu'elle ne soit révélée dans son entièreté.

« Et nous avons aussi ceci », dit Alex.

Il ouvre un tiroir, en sort un classeur et se met à le compulser. À l'intérieur se trouve une liasse de pages imprimées, jaunies par le temps. On dirait une sorte de manuel technique. Est-ce le mode d'emploi de ce scanner IRM ?

« Bien sûr, nous avons fait des copies, avec lesquelles nous allons travailler. Ceci est l'original. » Il feuillette les pages de ses mains.

Quelque chose se contracte dans ma poitrine. C'est impossible.

« Comment avez-vous… ? (Je dois me racler la gorge avant de pouvoir continuer.) Où avez-vous trouvé ça ? »

Le verso des pages est recouvert d'un gribouillis resserré. C'est mon écriture.

III

Le bruit, la claustrophobie : c'était perturbant au début, mais je m'y suis habituée. Tout comme le bruit des canons à air d'un navire muni d'équipements sismiques, les sons du scanner commencent bientôt à s'estomper et je ne les entends plus de façon consciente. Quant à la claustrophobie, c'est un processus similaire, bien qu'il faille un effort plus intense pour se concentrer sur ce qui existe au-delà de la courbe blanche et lisse des murs intérieurs, jusqu'à ce qu'ils s'estompent et que je puisse voir au travers d'eux, jusqu'au paysage gelé du Grand Nord.

Le temps qui s'écoule entre le moment où j'entre dans le scanner et celui où je déconnecte mon esprit de la réalité s'est peu à peu réduit, passant de quelques heures à quelques minutes. Comme toute chose, cela devient plus facile avec la pratique.

Le boulot, si on peut l'appeler ainsi, est assez facile. Je n'ai pas besoin d'utiliser mon cerveau, je n'ai qu'à rester immobile et à les laisser s'en servir. Ma vie pourrait être pire. Je suis logée dans des quartiers confortables. Je mange bien et j'ai un lit moelleux pour dormir. C'est étonnant de voir à quelle vitesse il est possible de s'adapter, de commencer à oublier sa vie d'avant. C'est difficile de l'imaginer à présent. Mais j'essaie toujours.

Je me représente ma chambre humide à Avie, qui de toute façon n'est probablement plus la mienne. Je pense à Brodrick, au *haar* – la brume marine qui plane en permanence sur la ville –, à la façon dont les tas d'ordures dans les rues bruissent et s'agitent la nuit, remués par les rats ou par les charognards humains qui les pourchassent. Il y a aussi les odeurs des égouts bouchés et des choses indistinctes pourries, la puanteur du désespoir. Toutes ces choses me viennent à l'esprit alors que je me trouve en sécurité dans ma chambre aux couleurs pastel.

Je sais que mon temps ici à Northolt est limité, même si je ne sais pas exactement quelle sera sa durée. Tout ce que je sais, c'est que je devrai repartir à un moment ou à un autre et je ne veux pas être complètement déphasée lorsque cela arrivera. J'aurai manqué certains événements, une nouvelle aggravation de la situation globale. Je ne peux pas vraiment m'y préparer, mais je peux au moins essayer de m'accrocher à la réalité que j'ai laissée derrière moi. Cependant, au fil des jours et des semaines, je me demande de plus en plus pourquoi je m'obstine à me remémorer ces moments, à me punir avec ça. Pourtant, je n'ai rien à me reprocher. C'est comme une autoflagellation dictée par une religion absolument primitive. Pourquoi ne pas laisser tomber tout cela ? Pourquoi ne pas me laisser flotter dans le rythme de cette nouvelle vie et en profiter tant que ça dure ?

Northolt favorise chez moi l'émergence d'un sentiment de détachement. En dehors des limites étroites du laboratoire, je n'aperçois ni horloge ni calendrier.

« Je trouve cela relaxant, me dit Alex lorsque je l'interroge à ce sujet. Le corps et l'esprit peuvent adopter leur propre rythme lorsqu'ils sont libérés de toute distraction. » Il a tendance à faire ce genre de déclarations à la fois énigmatiques et frustrantes. Mais il a également raison.

J'émerge de mon sommeil tous les matins sans avoir besoin de réveil, puis je me rends au laboratoire. Clyde est toujours là, avec son enthousiasme de chiot, sa frange vaporeuse et ses relevés de données. Il est impossible de discuter sérieusement avec lui d'autre chose que de son travail. Il est complètement absorbé par ses tâches et considère que tout le reste est sans importance.

› • ‹

Au début, j'ai eu du mal à comprendre ce qu'ils attendaient de moi. Les relevés qu'ils m'ont montrés ce jour-là, bien qu'ils ressemblent à s'y méprendre à des spectrogrammes sismiques, n'avaient en fait rien à voir.

Clyde, les yeux écarquillés et débordant d'énergie, bondissait sur ses pieds, manifestement ravi de pouvoir expliquer son travail à une novice.

« Les souvenirs possèdent une densité, vous comprenez ? » m'a-t-il dit en m'adressant un signe de tête rapide, souhaitant que je valide ce premier point pour pouvoir passer au suivant. J'ai émis un bruit ambigu ressemblant à « Hum », ce qui était amplement suffisant pour que Clyde poursuive.

« Différents souvenirs, formés à diverses époques, possèdent une signature distinctive. Le cerveau les date pour les archiver, d'une manière qui n'est pas très différente des données sismiques recueillies lors d'une prospection. On peut donc considérer ce que nous accomplissons comme une sorte d'exploration. »

Il m'a guidée vers une série de graphiques accrochés à une cloison, dans une zone de bureaux située au fond du laboratoire. « Vous voyez les couches à cet endroit, et là celles plus foncées ? »

J'ai acquiescé. Dans son ensemble, le patchwork de lignes ondulantes ressemblait à une tapisserie monochrome primitive, à un premier essai pour confectionner un tapis en lirette.

Clyde faisait courir le bout de ses longs doigts sur les lignes avec la concentration d'un lecteur de braille. « Ce serait formidable si nous pouvions l'analyser comme une roche sédimentaire ou des anneaux de croissance d'un arbre, mais c'est bien plus compliqué que cela. Nous sommes encore en train d'apprendre où il faut chercher. Il y a tant de choses que nous ne savons pas. »

Je m'intéressais moins à ce que Clyde ne savait pas encore qu'à comprendre en quoi consistait mon rôle. « Vous voulez que je programme une sorte de logiciel de navigation ou de traitement des données ? » C'était une tentative pour deviner la vérité.

« Non, non. Ce ne sont pas vos compétences en matière de logiciels qui nous intéressent, a-t-il dit en riant. C'est votre accès à l'ensemble des données pertinentes. À la matière brute. »

Je l'ai regardé d'un air ébahi.

Il a soupiré, frustré par ma lenteur d'esprit. « Vos souvenirs. » Puis il a tendu la main et m'a tapoté le côté du crâne. « Les données archivées. »

Ce geste sur ma tête aurait été extrêmement condescendant de la part de n'importe qui d'autre, et aurait pu entraîner de ma part des blessures physiques pour les doigts impliqués, mais Clyde, je l'avais déjà compris, n'était pas très doué pour les relations sociales. Il voulait seulement m'indiquer l'emplacement physique des données, de la manière la plus claire possible.

J'ai regardé à nouveau le manuscrit qu'ils m'avaient donné, toujours dans ma main, toujours aussi improbable.

Appelez-moi Isobel.

Je ne pouvais pas encore dire si le récit était complet, mais il était certainement authentique, bien qu'écrit par une version de moi-même que je ne connaissais plus. Elle n'était plus qu'un fantôme. Le visage hanté de Grant m'est revenu à l'esprit, obsédé par notre prospection. Un sentiment de malaise montait progressivement autour de moi, me tiraillant les jambes, me déséquilibrant.

« Nous nous intéressons à ce moment et à ce lieu précis, a expliqué Alex. Juin 2025, entre l'archipel du Svalbard et le pôle Nord. Nous voulons examiner une chaîne particulière d'événements qui s'est mise en branle à cet endroit. »

Je me suis assise lourdement sur l'une des chaises en plastique et j'ai pris ma tête dans les mains. C'était donc de cela que Grant avait parlé. Notre place dans une prétendue chaîne de causalité. Est-ce qu'ils m'en empêcheraient, si je décidais de partir tout de suite ? J'ai levé les yeux et vu les deux hommes qui m'observaient. Alex s'est approché, s'est accroupi, a posé ses deux mains sur mes épaules et m'a regardée droit dans les yeux.

« La chronologie du *Polar Horizon* n'est qu'une des nombreuses questions sur lesquelles nous nous penchons. C'est une pièce d'un puzzle beaucoup plus vaste. Il s'agit peut-être d'une pièce importante, mais en aucun cas de la seule.

— Mais pourquoi ? À quoi bon déterrer tout cela ? Le passé appartient au passé.

— Ah ! Mais qu'est-ce que le passé ? De quoi est-il fait ? » Clyde a froncé les sourcils comme s'il voulait que je lui lance un autre os à ronger.

Je me suis sentie soudain épuisée par l'enthousiasme irrépressible de Clyde. J'ai fini par l'ignorer et me suis tournée vers Alex.

Il a levé les épaules et tourné les paumes vers l'extérieur dans un geste semblable à un simulacre d'excuse. « La science, c'est un peu comme conduire dans l'obscurité sur une route sinueuse. Nous ne voyons pas plus loin que le faisceau de nos phares. Mais nous devons continuer à avancer, sinon nous n'arriverons jamais à destination. »

Ou vous allez vous heurter à un mur de briques, me suis-je dit.

J'ai contemplé l'extérieur brillant du scanner.

« Quelle garantie ai-je que vous n'allez pas réduire mon cerveau en bouillie ? » Clyde a tiqué. « C'est une procédure non invasive. Parfaitement sûre. Nous l'avons déjà pratiquée auparavant. »

J'ai cru voir Alex lui lancer un regard d'avertissement et le visage décharné et troublé de Grant a refait surface dans mon esprit.

« Avec Grant ?

— Oui, a dit Alex. Votre ami nous a beaucoup aidés, mais nous n'avons pas pu récupérer grand-chose. Malheureusement, ses souvenirs ont été quelque peu compromis.

— Un peu marinés dans l'alcool, plutôt », a marmonné Clyde.

Je me suis raclé la gorge. Il valait mieux les prévenir.

« Je vais être honnête avec vous. Je ne suis pas sûre non plus de me souvenir de grand-chose. J'ai pris l'habitude d'oublier.

— C'est là que votre journal entre en jeu, a dit Alex.

— Nous n'avons jamais rien eu de tel à notre disposition auparavant. C'est sans précédent. »

Pendant qu'il parlait, le regard de Clyde passait de la liasse de papiers que je tenais dans ma main au sommet de mon crâne, comme s'il avait envie d'y entrer et de commencer à y farfouiller.

Mon journal.

C'était le plus grand point d'interrogation, mais j'ai décidé de garder cela pour moi pour le moment. Sa présence à Northolt, sa réalité physique entre mes mains, était une chose impossible. Il avait brûlé il y a longtemps de cela. L'image était encore si nette dans mon esprit : la chaleur me picotait le bout des doigts, la fumée me piquait les yeux et le nez. J'avais regardé les pages fumer et se tordre, puis s'enflammer et brûler jusqu'au bout. J'avais vu des flocons de cendre blancs s'envoler et tourbillonner dans le courant ascendant, comme de la neige. J'avais vu les restes carbonisés tomber en poussière. Mon journal ne pouvait pas se trouver ici. Mais il était bien là, pourtant. Aurais-je pu imaginer ou même rêver qu'il était parti en fumée ?

IV

« Arrêtez-vous là où vous êtes. »

L'homme en combinaison de travail vert pâle qui se tient à côté de mon lit recule d'un pas ; il serre contre sa poitrine un paquet de draps.

« Posez-les. Maintenant.

— Je… Euh… Service de blanchisserie ? »

Il désigne un chariot garé au milieu de la pièce, chargé de piles de draps et de serviettes pliés. « Dois-je préparer la chambre ? »

Je sens mon visage rougir et marmonne :

« Non, c'est bon. Je vais m'en occuper. »

Il empoigne son chariot et le dirige rapidement vers la porte, l'une des roues grinçant d'indignation.

« Merci », dis-je, mais il est déjà parti.

À Avie, les gens étaient au mieux indiscrets et le plus souvent agressifs, voire dangereux. Le stress de la survie conférait une intensité particulière à chaque interaction sociale. Ce n'est pas le cas ici. J'ai juste besoin d'un peu de temps pour m'adapter.

› • ‹

Il y a une salle de sport et je suis libre d'utiliser la bibliothèque. Il n'y a pas d'alcool à Northolt, une lacune qui m'a beaucoup gênée au début, mais plus maintenant. De toute façon, mon foie a probablement besoin de faire une pause. Comme convenu, je ne quitte pas l'institut de recherche, mais il y a une grande cour centrale en plein air où je peux me détendre si j'en ressens le besoin. Le soleil chaud et le ciel bleu ne sont pas réapparus depuis le jour de mon arrivée. La plupart du temps, le ciel est soit surchargé de nuages informes, soit réduit à un néant gris pâle. Et entre les deux variantes, la pluie ne cesse de tomber.

La nourriture est bonne ; je mange la plupart du temps dans ma chambre, bien qu'il y ait une sorte de réfectoire. Il n'est jamais plein, mais il y a souvent des groupes de personnes autour des longues tables. Si je me fie à la prépondérance des attitudes poliment distraites des individus présents et aux queues-de-cheval, il doit s'agir surtout de chercheurs, qui étudient sans doute les autres lignes temporelles évoquées par Alex. Le personnel d'entretien et de nettoyage, facilement reconnaissable à sa combinaison couleur pastel, semble toujours ne faire que passer avant de disparaître. À part quelques chuchotements de politesse, aucun des résidents de Northolt ne semble vouloir engager la conversation avec moi, ce qui me convient parfaitement.

L'énigmatique Alex passe faire un tour au laboratoire de temps en temps, mais ses visites sont imprévisibles. Je sais que Clyde et lui travaillent jusque tard dans la nuit pour analyser les données qu'ils ont extraites de ma tête. Ils ne sollicitent pas mon aide.

« Sans vouloir vous vexer, dit Clyde. Ce n'est pas à cause de vous. C'est juste la façon dont le processus fonctionne. Pour autant que nous le sachions, il est impossible pour quiconque d'être assez objectif pour évaluer ses propres souvenirs, sans risquer de fausser les résultats d'une manière ou d'une autre. »

J'accepte cet argument sans discuter. La passivité doit être en train de devenir une habitude chez moi. Je me glisse dans mon quotidien sans aspérités en tant que simple spectatrice, comme si je m'enfonçais dans un bain chaud.

› • ‹

Ils ont d'abord essayé de me faire lire en silence du texte projeté au plafond de la pièce où était disposé le scanner IRM. Je faisais défiler les pages en cliquant sur un interrupteur, mais cette procédure m'empêchait d'atteindre l'état de transe nécessaire pour obtenir une image nette de mes souvenirs. Clyde a donc décidé de m'enregistrer en train de lire à voix haute les pages de mon journal.

Les séances d'enregistrement se déroulent dans une autre pièce, équipée d'une petite cabine insonorisée. La procédure est toujours la même. Clyde me donne une sélection de pages photocopiées et je les lis dans un microphone. Il est assis et m'adresse des signes de tête depuis l'autre côté de la vitre ; de temps à autre, il me demande de relire une phrase ou un paragraphe, ou de sauter une page.

« Essayez de ne pas trop penser au contenu. Faites comme si vous racontiez une histoire à une autre personne. Un récit fictif. Rien qui n'ait un lien avec vous. »

Bien sûr, c'est une chose impossible. Je peux sentir les vieux souvenirs qui s'agitent : des formes sombres surgissent des profondeurs. Ces réminiscences ne sont pas exactement les mêmes, car elles ont été modifiées par le processus de lecture, remodelées par la remémoration. Elles forment des couches et des plis : la mémoire originale, la lecture, le souvenir, l'écoute. Tant de reflets disparates, de filtres, de distorsions. Il y a des données brutes et d'autres retraitées, avec une évolution, une mutation.

Lorsque je me trouve dans le scanner, je porte des écouteurs sous les protections auditives. Ce n'est pas suffisant pour neutraliser complètement le bruit de la machine, mais assez pour entendre ma voix malgré le vacarme. Ce que j'entends, c'est donc ma propre voix qui relate les événements du passé. Sauf que ce n'est pas ma voix de l'époque, c'est ma voix actuelle, plus profonde, plus grinçante. Cela ajoute une nouvelle couche aux autres.

Cela fonctionne mieux si je ferme les yeux et me laisse envahir par les mots. De toute façon, il est difficile d'adopter une autre approche puisque les entrées de mon journal ne sont pas dans l'ordre, à la fois dans l'enregistrement de la bande et dans sa lecture. J'ai d'abord pensé qu'il s'agissait d'une erreur, mais Clyde m'a assuré que c'était bien intentionnel.

« Nous essayons de reproduire au mieux la façon dont le cerveau accède à la mémoire à long terme. De façon non linéaire, vous comprenez ? (Il sourit.) Cela peut sembler totalement aléatoire, mais… »

Les scènes, bien que mélangées, datent pour la plupart du début de notre prospection ; les images deviennent de plus en plus claires lors de chaque nouvelle session avec le scanner. La mer gelée sans fin, les visages et les voix de Bjornsen, de Grant, de Max et des autres ; même les écrans tremblotants du système Proteus gagnent en définition et en détail. Je suppose que ce sont ces données qui les intéressent le plus, mais Clyde m'encourage à ne pas me poser trop de questions, au cas où je commencerais à me projeter. Je dois me souvenir au lieu d'imaginer. Ce qui ajoute encore d'autres couches.

Plus une scène se répète grâce au scanner, plus l'expérience paraît tangible, jusqu'à ce que ma propre voix passe à l'arrière-plan et que je puisse vivre la scène elle-même. Tout est très réel, très présent. Le bruit des moteurs, le bourdonnement et le gazouillis des disques durs, des équipements de navigation et de largage ; les instructions marmonnées par Bjornsen ; les soupirs de Grant et le va-et-vient de son genou pendant qu'il travaille, le grincement de ses dents lorsqu'il se ronge les ongles. Mais je ne peux aucunement agir sur tout cela. Je me trouve là, mais aussi totalement extérieure à tout. Il y a un éclatement de ma perception. Une partie de celle-ci se sert de mes propres yeux, de ce qu'ils voyaient à l'époque, tandis qu'une autre reste à la dérive, désincarnée. Cette composante est davantage liée à ce que je suis maintenant, à ma conscience actuelle, tout en restant proche de ma personnalité d'il y a vingt ans. C'est comme si je regardais par-dessus mon épaule.

Les détails commencent à s'estomper dès que je m'assieds et que je mets à bouger.

« C'est comme une sorte de rêve », dis-je un jour à Clyde, alors que nous sommes en train de remballer. J'ai déjà retiré de mon bras le brassard de tension artérielle et tente d'enlever les électrodes d'ECG de ma poitrine.

Comme d'habitude, Clyde est penché sur son écran.

« Non, ce n'est pas le cas, dit-il sans lever les yeux.

— Ah non ?

— Le processus est totalement différent. »

Puis, ayant l'air de se souvenir de quelque chose, il ajoute : « Alex accomplit des trucs complètement dingues avec les rêves. Vous devriez en discuter avec lui. » Il retourne à son écran.

Je me demande ce qu'Alex penserait du terme « trucs complètement dingues » utilisé par Clyde pour décrire son travail. Bien qu'Alex semble avoir la haute main sur tout ce qui se passe à Northolt, on n'a pas vraiment l'impression qu'il existe une hiérarchie. Enfin, si, tout de même.

› • ‹

Lorsque je recroise Alex, il est assis à l'un des larges bureaux situés à l'arrière de la bibliothèque en forme de L, entouré de cartes roulées et de livres reliés visiblement anciens. Il ressemble à un commandant de navire d'une époque révolue, essayant de naviguer dans des eaux inconnues. Ou à un pirate à la recherche d'un lieu à piller. Je n'arrive pas à savoir quel rôle lui convient le mieux.

Je m'installe sur une chaise et regarde la carte qu'il a étalée sur la table, dont les bords sont coincés sous des reliures en cuir pour éviter qu'elle s'enroule sur elle-même

« Comment ça se passe avec Clyde? » demande-t-il en levant brièvement les yeux de ses notes, mais sans lâcher son stylo. La carte est jaunie, l'encre a pris une couleur indigo mouchetée. Les rivages effilochés sont annotés dans une langue que je ne reconnais pas, les lettrines sont surchargées de points et de cercles diacritiques. Il s'agit peut-être d'un dialecte de vieux norrois. Les masses continentales semblent inexplorées et peuplées d'animaux fantastiques : des ours à la tête énorme et aux griffes démesurées, des créatures ressemblant à des phoques aux défenses gigantesques, des meutes de loups têtes baissées, suivant une piste.

« Je pense que tout se déroule pour le mieux », dis-je. De l'autre côté de la ligne de démarcation entre la terre et la mer, des vents avec des visages humains malveillants poussent les vagues dans toutes les directions. Poissons, baleines, narvals, marsouins et autres créatures issues d'une ménagerie imaginaire se disputent l'espace marin avec des voiliers dessinés à peine plus grands.

Alex pose son stylo à côté du bloc-notes jaune quadrillé, couvert de gribouillis dans la même écriture indéchiffrable que la carte.

« Je suis désolé de ne pas avoir pu suivre vos progrès autant que je l'aurais souhaité. Il y a tant à faire et jamais assez de temps.

— C'est difficile à décrire. Mais j'ai l'impression de rêver. Clyde n'est pas du même avis que moi. »

Alex esquisse un sourire de dépit.

« Clyde aime la précision. Vous ne le remarquez peut-être pas, mais pour quelqu'un de rationnel comme lui, il est capable de faire des bonds conceptuels vraiment étonnants. Il a juste besoin de savoir d'où il saute et d'avoir une idée de l'endroit où il pourrait atterrir. Ce qui n'est pas déraisonnable.

— Il a dit que vous vous intéressiez aux rêves.

— Vraiment? Eh bien, c'est l'un des domaines qui, à mon avis, mérite d'être étudié. C'est trop imprécis pour Clyde. Mais toute science commence par des conjectures, des spéculations. »

Alex lève une main et la fait tournoyer au-dessus de sa tête, comme s'il essayait de trouver la bonne expression. « Rien de tangible, dit-il en se souriant à lui-même. Ce qui m'intéresse n'est en fait qu'une hypothèse, un "et si?".

— Et si, quoi? »

La carte crépite doucement, comme un feu doux, tandis qu'Alex passe sa paume dessus, en lissant les plis. « Nous vivons sur la terre ferme parce qu'elle convient à notre façon d'être, c'est pour cette raison que nous lui accordons une grande importance. Nous appelons même notre planète la Terre alors qu'elle est en grande partie constituée d'océans. C'est un préjugé injustifiable. Surtout à notre époque, alors que la mer empiète de toutes parts. Il est grand temps de remettre en question nos façons de voir. »

J'acquiesce. Je ne vois pas le rapport avec les rêves, mais j'ai tout mon temps pour écouter Alex.

« De la même manière, nous pensons que nos heures d'éveil sont les plus importantes, que ce que nous nous efforçons physiquement de faire et d'accomplir pendant ces phases est significatif. Nous supposons que c'est dans ces moments de conscience que nous trouvons un sens et que nous remplissons notre objectif, à supposer que nous en ayons un. Selon moi, nous ne devrions pas en être aussi sûrs. Et si le véritable sens de notre humanité, ce qui rend chacun de nous si particulier, se révélait durant notre sommeil? Peut-être que nos vies conscientes ne sont que le carburant de celles que nous menons dans l'inconscience. L'éveil et le rêve sont deux formes de conscience. Et si nous étions en train de nous focaliser sur la mauvaise? »

Je soupçonne Alex d'adorer raconter des conneries. Je suis certaine d'avoir déjà entendu cette idée, ou une notion très proche. Peut-être dans une bande dessinée pour enfants. Ou un vieux film de science-fiction d'une chaîne du câble. Peu importe. Je me laisse porter par une langueur agréable. Alex est peut-être un idiot ou un fou, mais c'est une histoire acceptable pour s'endormir et j'apprécie le son de sa voix.

« L'activité cérébrale pendant le sommeil paradoxal est exactement la même que durant l'éveil. Notre cerveau voit nos rêves de la même manière qu'il observe le monde physique, malgré l'absence de données visuelles. Toutes ces heures, nous les considérons comme perdues, destinées à nous recharger en énergie, comme si nous n'étions que des batteries biologiques. Cela aussi constitue un point de vue totalement biaisé. »

En sismique, tous les instruments ont un biais, une marge d'erreur d'ampleur connue dont il faut tenir compte dans le traitement des données.

Dans les calculs du logiciel de navigation, le biais est la différence entre un résultat prévu et celui observé. Il n'est pas associé à une notion positive ou négative. Il s'agit simplement d'une mesure précise et factuelle de l'erreur. Cela dit, si vous jouez trop avec les paramètres de marge d'erreur, les résultats de la prospection se transforment en charabia. Même une déviation infime aura des répercussions.

Mon esprit est encore un peu embrouillé par la longue journée de rêverie volontaire, ou quel que soit le nom que lui donne Clyde. Je regarde les créatures sur la carte maritime. L'encre utilisée pour les animaux est plus foncée et les contours plus nets que ceux de la terre et de la mer, ce qui donne à la carte un aspect stratifié et en relief. Mes paupières s'abaissent. Le stylo d'Alex gratte sur son bloc-notes jaune tandis qu'il continue à écrire. Sur la carte parcheminée, le dos d'une baleine se cambre alors qu'elle s'enfonce sous les vagues, un ours lève sa patte avant et tourne sa tête massive vers moi. Les vents emportent les hurlements lointains des loups.

« Les autres animaux doivent rêver aussi, dis-je en me redressant. (Il faut que je me réveille, au moins assez pour retourner dans ma chambre.) Il ne peut pas y avoir que nous. Par exemple, les chats et les chiens. Ils ont des soubresauts dans leur sommeil, comme s'ils étaient en train de chasser ou de faire quelque chose.

— C'est vrai, admet Alex. J'aurais dû mentionner les "êtres sentients" au lieu d'"humains". Nous ne sommes pas les seuls à rêver. En aucun cas. »

Je me demande à quoi les créatures oniriques de la carte peuvent elles-mêmes rêver. Les poissons rêvent-ils ? Et les ours ? Cette idée me rend très lasse et j'étouffe un bâillement.

« Je vais vous laisser, dis-je en me levant de la chaise.

— Dormez bien », répond Alex en se penchant à nouveau sur son travail.

› • ‹

J'ai bien dormi lorsque je me trouvais à Northolt. Les premières semaines ont été difficiles, car je devais m'adapter à une routine nocturne qui, pour une fois, ne nécessitait pas de s'assommer en avalant des verres d'alcool. Mais une fois ce problème réglé, j'ai pu mieux dormir que je ne l'avais fait depuis des années.

Tout a changé lorsque l'ours a réapparu.

Ce n'est pas comme si je l'avais totalement oublié. Comment l'aurais-je pu ? Mais son souvenir était devenu une peur maîtrisée, ou du moins contenue. Ressasser ces scènes relatées dans mon journal, laisser resurgir leur réalité, c'était comme ouvrir une cage, laisser à l'ours la possibilité de déchaîner sa sauvagerie. Je pensais pouvoir gérer cela. Après tout, ce n'était que dans ma tête. Mais à présent, je n'en suis plus si sûre.

Chaque nuit, je me réveille à plusieurs reprises. Alors qu'auparavant mon sommeil était ininterrompu, désormais des fissures et des craquelures y apparaissent et s'agrandissent. Mes nuits sont troublées et brisées. Je suis devenue bien plus consciente de mes rêves et je me réveille souvent en plein milieu de l'action, moite de sueur, le cœur battant, l'adrénaline pulsant dans mes veines.

C'est toujours la même chose. La lumière blanche de l'Arctique, le bruit de la glace qui se brise. Je sais que je dois courir, mais je suis incapable de remuer les jambes. Le temps s'est arrêté. Je suis paralysée alors que les secondes continuent de s'écouler autour de moi. Bjornsen crie quelque chose, Jules gesticule en tous sens. L'équipage se disperse. Je ne peux rien faire. Pendant ce temps, l'ours se rapproche de plus en plus, un sentiment de panique impuissante m'envahit, puis je me réveille enfin. Je sursaute dans l'obscurité, ne sachant plus où et quand je suis, regardant fixement dans le noir, l'haleine de l'ours encore chaude sur mon visage.

Comme je suis réticente à me rendormir et à risquer de retomber dans le même cauchemar, ou dans le niveau de réalité qui tente de m'assaillir, je me lève ensuite et me promène un peu. J'arpente le périmètre de la pièce, en effectuant de petits allers-retours, mais ce n'est pas suffisant. C'est comme si le fait de mesurer la pièce avec mes pas en rétrécissait les dimensions. J'ai besoin de plus d'espace, davantage que ce que mes quartiers me permettent. La nuit, je me mets donc à errer dans les couloirs de Northolt.

› • ‹

Pendant des semaines, je tourne en rond. Ils doivent savoir ce que je fais, mais personne ne m'arrête en chemin ni ne me questionne. J'imagine que les portes sont équipées de capteurs et que tous mes mouvements sont surveillés. Peut-être ont-ils trop de choses à gérer pour se préoccuper de la manière dont je passe mes nuits. Tout ce qui importe est que je me présente à eux chaque matin pour m'allonger dans le scanner.

Appelez-moi Isobel...

Les couloirs me désorientent toujours autant qu'à mon arrivée, voire plus. Clyde n'avait pas fait exprès de m'embrouiller ce jour-là. Cet endroit est un véritable labyrinthe, il y a tant d'impasses et de détours qu'il est impossible de se faire une idée précise de la taille du bâtiment. Cela ne me dérange pas lorsque j'entreprends mes promenades nocturnes. Si je continue à marcher assez longtemps, je finis toujours par revenir à proximité de mes quartiers, même si l'itinéraire ne présente aucune logique apparente.

Mon but n'est pas d'arriver à un endroit précis, mais de poursuivre ma progression. L'éclairage du couloir est sensible aux mouvements, les panneaux suspendus s'allument devant moi et s'éteignent derrière. Je ne peux m'empêcher de songer à l'analogie d'Alex avec la conduite d'une voiture dans l'obscurité. Juste assez de lumière pour avancer, mais pas assez pour savoir où je me dirige.

Impossible de tenter de déterminer mon itinéraire à l'avance. Les intersections sont souvent trompeuses. Ce qui peut ressembler à un tournant possible à emprunter n'est que le reflet d'un tournant symétrique, une illusion créée par des miroirs placés par intermittence du sol jusqu'au plafond. Parfois, ce sont même les reflets d'autres reflets. Je songe que ce qui semble être un voyage de plusieurs kilomètres n'est en réalité qu'un circuit resserré, un nœud gordien de couloirs et de miroirs couvrant à peine plus d'espace que la salle que j'ai quittée.

Au fur et à mesure, je commence à porter plus d'attention aux portes que je franchis. Celles qui mènent à des pièces d'habitation privées sont dotées d'un panonceau en plastique où le nom de l'occupant est parfois affiché. Qu'il y ait ou non un bristol nominatif, j'ai décidé de les laisser de côté. J'essaie d'ouvrir d'autres portes au hasard, la plupart sont fermées à clé. Certaines ne sont que des armoires à fournitures ou des salles de stockage, d'autres des bureaux avec des tables et des écrans. L'une d'entre elles semble être une sorte de salle d'archives, dont les murs sont tapissés d'armoires à classeurs. Je ne suis guère surprise de découvrir un système aussi démodé. Beaucoup d'entreprises et d'organisations sont revenues aux documents papier, et ce, bien avant qu'Internet ne perde en fiabilité. Tout le monde savait qu'il était impossible de garantir la sécurité de ce qui était stocké sur un ordinateur en réseau. Ce type de retour en arrière technologique a fini par devenir la norme.

Je fais le tour de la pièce, m'arrêtant de temps à autre pour ouvrir un tiroir. Ce sont des casiers lourds en métal qui s'ouvrent avec un grondement profond et se referment avec un claquement sourd et satisfaisant. Les étiquettes apposées sur le devant de chaque armoire, de chaque tiroir et des séparateurs de dossiers internes indiquent une sorte de système de classification alphanumérique.

Les documents que j'extrais au hasard sont pour la plupart des archives banales que l'on retrouverait dans toute grande organisation : formulaires de demande d'équipement, tableaux de service, calendriers d'entretien, ce genre de choses. D'autres contiennent des tableaux de chiffres impossibles à déchiffrer au premier coup d'œil. Il peut s'agir de n'importe quoi.

Je commence à me désintéresser de mes fouilles lorsque le code d'un intercalaire éveille mon attention. Il s'agit d'une simple série de lettres et de chiffres, mais ils m'attirent comme un aimant.

PHRZ2025. *Polar Horizon.* 2025.

Je sors un dossier avec le même code imprimé sur le rabat et jette un coup d'œil par-dessus mon épaule. Il n'y a personne en vue. Je scrute les coins de la pièce à la recherche de caméras, sachant pertinemment que ce n'est pas parce que je ne les aperçois pas qu'elles n'existent pas. Ma peau se hérisse à cause de la sensation d'être observée. Le fait de voir une caméra justifierait au moins cette réaction, mais il n'y a rien.

Je feuillette le contenu du dossier, un titre me saute aux yeux, *OBJET : P.BJN* suivi d'une série de chiffres et de lettres. Plus bas sur la page : *Patient résistant aux essais de médicaments. Ne répond pas à la thérapie de régression. Suggérons une électrode intracrânienne pour obtenir une stimulation cérébrale profonde.*

Une autre page indique les éléments suivants :

SUJET : G.McL. Le sujet continue de bien répondre au sérum modifié. La reconstitution de l'ensemble des données se poursuit. La difficulté de leur validation reste cependant problématique.

Encore une page.

SUJET : M.SMT. Sujet entièrement conforme, réponse complète. Les données récupérées comportent des incohérences.

P.BJN et G.McL ne peuvent être que Bjornsen et Grant. Je ne reconnais pas immédiatement les autres acronymes. Je sors une nouvelle liasse de documents. Des mots et des phrases se répètent – essais de médicaments, stimulation cérébrale profonde, régression – et, au bas de chaque page, une case intitulée *Date d'expiration*. Certains de ces formulaires sont renseignés, d'autres non. Les dates s'échelonnent de 2035 à 2044. Mes mains tremblent lorsque je range les papiers dans leur dossier. La chemise cartonnée est trop grande pour la dissimuler sur moi. Je la regarde d'un air stupide, essayant de peser les implications de son contenu, mais c'est trop à assimiler d'un seul coup. J'ai besoin de temps pour réfléchir.

Je remets le dossier en place, puis referme le tiroir. Mieux vaut laisser tout en l'état pour l'instant. Je pourrai toujours revenir ici.

Alors que je serpente de nouveau dans les couloirs labyrinthiques, je pense aux documents et m'interroge sur la part de vérité qu'ils renferment.

V

Clyde agit bizarrement. Enfin, encore plus étrangement que d'habitude. Il semble souvent distrait. Sa conversation a toujours été un peu limitée, mais il y a quelque chose d'autre à présent, une nouvelle distance dans notre relation. Je ne dirais pas que c'est une relation, ni une amitié, mais plutôt une sorte d'association. Ces derniers jours, il s'est comporté comme si l'on ne s'était jamais rencontrés auparavant.

Lorsque nous nous préparons pour le travail de la journée, qu'il branche l'audio, que je fixe les électrodes de l'ECG sur ma poitrine, il me répète les mêmes instructions détaillées, comme si je ne connaissais pas tout cela par cœur, alors que je pourrais sûrement m'exécuter même en dormant.

Hier, il a commencé à m'expliquer que je pourrais entendre un bruit de claquement pendant que le scanner serait en marche. Je lui ai répondu : « Sans blague ? »

Il a eu l'air surpris, puis s'est mis à rire nerveusement. « Bien sûr, a-t-il dit en fouillant dans ses notes, comme s'il cherchait une spécification technique qu'il aurait oubliée, mais vous le savez, n'est-ce pas ? »

Peut-être a-t-il d'autres chats à fouetter. Je ne sais absolument rien de sa vie privée, j'avais même supposé qu'il n'en avait aucune. Il est tellement absorbé par son travail qu'il est difficile de l'imaginer en dehors. Ou peut-être est-il au courant de mes explorations nocturnes dans le bâtiment et essaie-t-il de trouver un moyen d'aborder le sujet. J'imagine combien Clyde peut être réticent à entamer ce genre de conversation, aussi imprévisible que frontale.

Le lendemain après avoir déniché ces documents, j'étais prête à confronter Clyde ou Alex, mais pour cela, je voulais avoir les preuves en main, alors je me suis abstenue. Pourquoi n'ai-je pas emporté ne serait-ce qu'une seule page quand j'en ai eu l'occasion ? Je n'ai pas réussi à retrouver la salle des dossiers. J'ai passé je ne sais combien de nuits à tenter de revenir sur mes pas, mais sans succès. J'ai découvert d'autres archives, que j'ai d'abord cru être celle du début, mais elles différaient toutes subtilement par au moins un élément. Des pièces plus ou moins grandes, des classeurs métalliques de conception différente, dont certains cadenassés, ou disposés de manière nouvelle, avec d'autres systèmes de classification. La seule chose qu'elles ont en commun est qu'aucun d'entre elles ne comporte de dossier étiqueté PHRZ2025.

Des kilomètres de couloirs se déroulent devant moi et s'évanouissent après mon passage. Rien ne me paraît familier, mais je ne peux m'empêcher de penser que j'ai déjà tout parcouru. L'impression de déjà-vu s'intensifie entre les séances de scanner durant la journée et mes déambulations nocturnes, jusqu'à ce que ce soit comme une sonnette d'alarme qui retentisse en continu dans ma tête.

De toute façon, je ne dormais pas beaucoup auparavant, et très peu désormais. J'ai l'impression que mon cerveau a été trop étiré, que mon esprit est tendu et laissé à l'abandon, comme la peau d'un animal qui a joué de malchance.

VI

Aujourd'hui, Clyde m'a tirée du scanner plus tôt que d'habitude. Je ne me trouvais à l'intérieur que depuis une heure environ, je n'avais pas réussi à laisser libre cours à mes pensées. La voix off de mon journal répétait en boucle une section concernant un trajet effectué avec le canot de service, puis enchaînait sur la description des affichages du programme Proteus. J'ai essayé de me faufiler dans un espace mental neutre, mais sans parvenir à lâcher prise.

Auparavant, cette sensation de laisser-aller ressemblait à une glissade depuis un bateau dans une rivière, où je laisserais l'eau supporter mon poids, non pas tant en nageant qu'en me laissant flotter, en dérivant dans le courant, en lui faisant confiance. Aujourd'hui, ma perception est différente, comme si la rivière elle-même avait changé, qu'elle était devenue avide et dangereuse. Des rapides pourraient se trouver en aval, peut-être même une chute d'eau. La rivière pourrait soudainement se vider, et moi avec, dans une mer vaste et inconnue. Ou bien, et c'est la pire des possibilités, celle où mes doigts restent cramponnés au rebord de ce bateau, peut-être que la rivière a complètement disparu et que ce qu'il y a sur le côté, maintenant, c'est un ravin abrupt dans une fissure de la terre, une brèche dans la réalité. Un espace dans lequel je ne cesserai jamais de tomber et d'où je ne pourrai jamais revenir.

« Je pense que cela suffit pour l'instant », annonce Clyde.

Je remarque en sursautant qu'il a une barbe. Elle n'est pas très impressionnante, il s'agit plutôt d'un bouc hirsute, mais je suis sûre qu'il n'en portait pas hier. Clyde doit avoir besoin de se raser plusieurs fois par jour si c'est la vitesse habituelle à laquelle elle pousse.

« Ouah. Une barbichette instantanée. Sympa. C'est une fausse ? Ou est-ce une sorte de super bouc génétiquement modifié que vous avez fait pousser dans une éprouvette et fixé sur votre visage ? »

Clyde se passe la main sur le menton. « Ah, dit-il, c'est ça. Oui. Ah ah ! »

Je sursaute lorsqu'il pose sa main sur mon bras. Clyde n'a pas l'habitude de toucher les gens.

« Alex et moi en avons discuté et nous pensons que vous avez peut-être besoin de faire une pause. Nous avons travaillé avec vous plus longtemps et plus intensément qu'avec d'autres sujets dans le passé. (Il me dévisage et établit un contact visuel soutenu.) Nous n'avons peut-être pas pensé à l'impact que cela pourrait avoir sur vous.

— Vous avez dit que c'était sans danger. »

Tous ces contacts tactiles et visuels, au lieu de me calmer, me rendent nerveuse et irritable. Il lève les mains en signe d'apaisement.

« Et c'est le cas. C'est vrai. Mais nous pensons que vous êtes fatiguée. Une pause. C'est tout. Quelques jours, peut-être une semaine ou deux, ça vous fera du bien. Et vous reviendrez fraîche et dispose. Comme n'importe quelle personne ordinaire qui prendrait une pause dans un travail normal.

— La normalité n'existe plus.

— Eh bien, disons, si c'était encore le cas. »

J'essaie de contenir mon irritation. Il n'a pas tort. Une pause serait sûrement une bonne idée. Alors pourquoi ai-je l'impression d'être congédiée ?

« Donc je peux partir ? »

Ah, Clyde tire sur une touffe de sa pseudo-barbichette.

« Quitter Northolt ? Non, nous préférerions que vous ne le fassiez pas. »

Je commence à protester : « Mais…

— Nous pensons que ce ne serait pas raisonnable, m'interrompt Clyde. Il n'y a nulle part où aller, et ce ne serait pas une partie de plaisir. Croyez-moi, les choses ne se sont pas arrangées depuis votre départ.

— Qu'est-ce qui s'est passé ? »

Une partie de moi veut savoir, a besoin de savoir. Mais l'autre veut plaquer ses mains sur la bouche de Clyde et l'empêcher de dire quoi que ce soit. J'enfonce mes mains dans mes poches. Clyde hausse les épaules. « Il y a de plus en plus de problèmes, et c'est de pis en pis. Des émeutes. Les gangs se multiplient. Trop de gens, pas assez de nourriture ou d'abris pour tout le monde. Le gouvernement est trop sollicité ou trop soucieux de sauver sa peau pour faire quoi que ce soit. Avie est devenu un véritable chaos. Croyez-moi, vous ne devez pas y aller. Nous préférons que vous restiez en sécurité. Ici. Avec nous.

— Vous avez peur que je ne revienne pas ? »

L'idée que je manque à Clyde me paraît absurde. Mais à moi aussi, il me manquerait si je ne le revoyais pas. Enfin, d'une certaine manière.

« Honnêtement ? Oui. Nous avons besoin de vous en bon état pour poursuivre le travail. Si vous allez là-bas, vous pourriez finir en plusieurs morceaux, frits dans le curry d'un chef de gang. Vous ne nous serviriez alors plus à grand-chose.

— Je vois.

— Ce que je veux dire, c'est que ce serait vraiment terrible. Déjà, pour commencer, nous n'avons pas même pas de pain naan. Ou de chutney de mangue.

— Ouais, c'est ça. Très drôle, Clyde.

— Oh, le chutney de mangue me manque. Pas vous ? »

Je claque la porte en sortant.

› • ‹

Je me retrouve donc en congé sabbatique. Cela ne m'arrange pas du tout. Je passe beaucoup de temps à la bibliothèque, mais je n'arrive pas à me concentrer. Je lis la biographie d'un de ces vieux explorateurs polaires (sur le point de mourir de froid ou de se dévorer les uns les autres) quand soudain mon esprit déraille et, l'instant d'après, je lis un roman qui se déroule dans une ville du futur. Elle est en grande partie sous-marine et remplie de lézards d'une taille imposante. Il y a une femme qui se promène en bikini en se comportant comme une écervelée, et tous les autres personnages du récit sont des hommes qui essaient de s'entre-tuer sans raison précise.

J'espère toujours tomber sur Alex. Je me suis résolue à l'interroger sur ces dossiers, même sans avoir la preuve de leur existence. Je dois juste le regarder droit dans les yeux et exiger des réponses.

› • ‹

Je ne l'ai pas aperçu depuis plusieurs jours quand je tombe par hasard sur lui un soir dans la bibliothèque. Il est assis sur le tapis, les jambes croisées, les mains posées sur ses genoux. Ses yeux sont fermés, son visage est aussi lisse et impassible qu'une statue de marbre. Je me demande si sa peau est froide au toucher, mais je n'ose pas l'effleurer pour vérifier. Il y a quelque chose de paisible dans son expression, mais aussi une absence, une vulnérabilité.

Je tousse poliment dans mon poing pour m'annoncer, mais il ne réagit pas. Son corps est absolument immobile. Je me rapproche et scrute sa poitrine, tentant de discerner le rythme de sa respiration. Je me demande si je dois essayer de prendre son pouls ou trouver un miroir de poche pour le placer sous son nez, lorsqu'il soulève les paupières. Pendant une seconde, ses yeux semblent d'un noir d'obsidienne et se fixent sur moi avec la rapidité de ceux d'un prédateur. Ses narines frémissent. Je recule instinctivement. Puis il cligne des yeux et reprend aussitôt son apparence normale. Cela n'a duré qu'un instant. Je me dis que c'est mon imagination qui me joue des tours. La lumière est faible et la bibliothèque est pleine d'ombres qui glissent les unes sur les autres. C'est une pièce remplie de fantômes.

Pendant un long moment, Alex me transperce du regard, comme si je n'étais qu'un spectre sans substance. En fait, je suis encore moins qu'invisible, comme lorsque je suis dans le scanner, en train de hanter une scène datant d'il y a vingt ans. Suis-je vraiment là maintenant ou n'est-ce aussi qu'un simple souvenir ? Je jette un coup d'œil à mon propre corps, me rassurant sur son aspect réel, tout en m'irritant de mon émotivité stupide.

« Bonsoir, Isobel, que puis-je faire pour vous ? »

Il a l'air épuisé : des rides profondes marquent son visage et les années s'y sont gravées.

« Je suis désolée de vous déranger. Vous dormiez ?

— Non, je ne dormais pas. Je réfléchissais. Enfin, pas tout à fait. Je méditais. (Il fait tourner sa main en l'air, une manie qu'il a lorsqu'il cherche les mots appropriés.) Je voyageais. D'une certaine manière. Pour explorer les possibilités.

— Comment ça ? Comme une expérience extracorporelle ? Une projection astrale ? Vous croyez à tous ces trucs ? »

Cela paraît totalement incongru pour quelqu'un à la tête d'un programme de recherche scientifique respectable.

« Disons que je n'y crois pas, mais que je ne le réfute pas non plus. La croyance n'est pas du tout pertinente. Mais je reste ouvert aux possibilités. Il existe de nombreuses voies vers d'autres niveaux de conscience, de nombreuses façons de transcender nos limites. »

Cela sonne comme des conneries, mais je suis quand même curieuse. « Est-ce que ça fonctionne ? »

Il réfléchit un moment. La réponse est pourtant simple : oui ou non ? Soit il a fait l'expérience de cette transcendance, soit il ne l'a pas vécue.

« Je n'en suis pas vraiment sûr. Je suis presque certain qu'il se passe quelque chose, mais il m'est difficile de me rappeler les détails précis par la suite.

— Mais où pensez-vous aller ? Vous devez bien avoir un but en tête.

— Pas du tout. (Il a l'air légèrement offensé.) Ce serait extrêmement limitant.

— Mais…

— De toute façon (il déplie ses jambes), vous n'êtes pas venue ici pour me parler de ça.

— Non. Je voulais vous demander… Je veux dire, j'ai trouvé… »

Comment peut-il ne pas savoir dans quelle voie il va ? Quel est l'intérêt de le faire dans ce cas ? J'essaie de concilier l'imprécision de l'attitude actuelle d'Alex avec la précision clinique des documents que j'ai découverts. Peut-être qu'il n'en a pas non plus connaissance. Maintenant que j'y pense, ils semblent plus proches du style de Clyde. Peut-être que les deux hommes ne se disent pas tout.

Alex se lève et s'étire. « Ça vous dérange si on discute de tout ça demain ? Je suis fatigué.

— Bien sûr. »

En parler d'abord à Clyde serait une meilleure idée, si je peux lui mettre la main dessus. Au moins, lui ne me fera pas un délire sur la transcendance. Je quitte la bibliothèque et m'aventure à nouveau dans le labyrinthe des couloirs.

› • ‹

À chaque fois, je me perds un peu plus. Je ne trouve pas Clyde. Parfois, j'oublie même que je le cherche. L'éclairage automatique commence à me faire peur. Ma progression n'est plus un voyage d'exploration, mais plutôt une fuite de la chose qui me talonne. L'obscurité me rattrape, comme une immense bête à mes trousses. Trop souvent, je jette un coup d'œil par-dessus mon épaule pour m'assurer qu'il n'y a rien. Sans doute ferais-je mieux d'arrêter. Qui a écrit quelque chose à propos de l'abîme qui vous observe en retour ? J'aimerais bien lui foutre mon poing dans la figure.

La seule chose qui soit pire que de regarder, c'est de s'abstenir de le faire. Je peux sentir les ténèbres se densifier, prendre vie au fur et à mesure qu'elles gagnent du terrain. Le « rien de tangible » qu'évoquait d'Alex prend finalement forme et devient quelque chose de terrifiant. Parfois, je l'entends respirer. Le profond grognement d'un souffle, peut-être deux ou trois, l'un après l'autre, de plus en plus proche. Je me retourne alors et cela s'arrête. Je continue et entends un nouveau bruit, quelque chose en train de racler le sol, juste derrière le dernier tournant du couloir. Traînant le long des murs, se dirigeant vers moi. Un bruit de griffes.

› • ‹

J'essaie de dormir pendant la journée, ce qui me rappelle encore plus mon séjour sur le *Polar Horizon*. Cette fois, j'ai un contrôle total sur l'intensité de la lumière dans ma chambre, mais mon horloge interne se refuse toujours à me laisser dormir, c'est un mécanisme primitif qui est grippé, avec des rouages défectueux.

Un après-midi, je rêve que je suis en train d'errer dans un labyrinthe aux hauts murs de glace, traquée par un géant nu avec une tête d'ours blanc. Après cela, je décide de me passer de sommeil. Enfin, juste un peu. Je persiste aussi longtemps que possible jusqu'à ce que le besoin de repos devienne irrépressible. Quand j'en arrive à ce point, mais jamais avant, je m'allonge pour quelques heures d'oubli. Un sommeil sans rêves. Je me lève dès que mes yeux s'ouvrent et reprends ma routine. Ainsi, je conserve une longueur d'avance.

› • ‹

C'est l'une de ces nuits où je réprime l'envie de courir, ce qui accapare l'essentiel de mon attention. Pour cette raison, je ne sais pas depuis combien de temps j'erre ni là où je me trouve dans le labyrinthe de Northolt, et je finis par tomber sur une porte. À la différence de la plupart des autres, celle-ci est entrouverte. Une lueur aquatique d'un vert blafard s'insinue dans le couloir, s'atténuant au fur et à mesure que je m'approche, diluée par l'éblouissement blanchâtre de l'éclairage au-dessus de moi. La porte semble m'inviter à entrer.

La pièce est encombrée par une grande table d'examen, un peu comme celle du scanner IRM, mais en plus grande et avec un couvercle en verre semi-circulaire sur toute sa longueur. On dirait une version high-tech et plus imposante du cercueil de la Belle au bois dormant. Les murs sont tapissés de racks de processeurs électroniques, de LED vertes et bleues qui clignotent ; on entend le bourdonnement sourd des machines en activité. À première vue, le cercueil semble opaque ; je tends la main pour le toucher et la retire aussitôt, sous la surprise. Le verre est recouvert d'une couche de givre. J'en effleure une partie et elle tombe sur le sol comme du sable cristallin. La vitre est encore embuée et il est difficile d'apercevoir ce qui se trouve de l'autre côté. J'approche mon visage et jette un coup d'œil à l'intérieur.

Je découvre une fourrure parsemée de givre, d'une blancheur éclatante. Une série d'images défilent alors dans mon esprit : le tapis en peau d'ours sur le mur de la cabane de Grant au Svalbard il y a vingt ans de cela ; les activistes déguisés en ours qui occupaient nos anciens bureaux d'Édimbourg ; la pauvre Mercedes du zoo, étalée sur son rocher ; et, bien sûr, l'imposant ours de trois mètres de long qui était monté à bord du *Polar Horizon*.

La ligne de tissu cicatriciel qui traverse mon cou se tend soudainement, mes jambes se dérobent sous moi. Je prends appui contre le bord de la table d'examen. Ma vision de l'intérieur du cercueil se limite à la petite portion de givre que j'ai dégagée. J'utilise mes deux mains à la hâte, ignorant le froid sur mes doigts non gantés, et dégage une bande de givre sur le côté. Ce n'est certainement pas une simple peau, mais un corps tout entier, couché sur le ventre, avec des os et d'énormes pattes griffues.

Lorsque j'arrive enfin au niveau de la tête en enlevant le plus de givre possible, j'ai la sensation que la glace s'est accumulée dans mon crâne, me saisissant en même temps que l'horreur, les deux s'insinuant par mes yeux pour se refermer silencieusement autour de mon cerveau.

› • ‹

La fourrure d'un ours polaire n'est pas blanche. En fait, elle est transparente et ne paraît blanche que parce que les poils sont creux et réfléchissent la lumière. Personne ne sait de quelle couleur est un ours polaire dans l'obscurité absolue.

La peau d'un ours polaire n'est pas blanche non plus. Si l'on retire la fourrure, la peau de l'ours polaire est noire.

› • ‹

Son crâne est rasé, la peau sombre de la calotte crânienne à nu est constellée de fils d'argent et d'électrodes. Deux boulons sur les tempes et un autre au centre du crâne transpercent la peau et s'enfoncent dans l'os. De minuscules lumières clignotent de manière très décorative. Ses yeux sont fermés, mais les paupières sont froncées d'une façon qui évoque tellement le chagrin et l'abandon que l'émotion me brise le cœur.

Partant de la base du crâne, une bande de fourrure d'une quinzaine de centimètres de large a été rasée le long de la colonne vertébrale. D'autres fils et boulons dépassent de la peau noire, fixés aux vertèbres. En voyant cela, je ne peux m'empêcher de penser au système Proteus, avec ses longs câbles de capteurs pour collecter les données. Ses mâchoires sont maintenues ouvertes, les énormes dents reposant sur des gouttières en plastique. On dirait qu'il est…

Ce son, à la fois lent et grave, était couvert par le bourdonnement des nombreuses machines, et je ne l'ai pas remarqué. Il va et vient comme des vaguelettes, avec de longues pauses entre chaque reflux. Je m'efforce d'interpréter son sens, de l'entendre tel qu'il est vraiment. C'est une respiration.

TROISIÈME PARTIE

REDÉMARRAGE

OCÉAN ARCTIQUE
JUILLET 2025

Tout ce que je peux faire, c'est rester allongée et respirer. Et attendre. Maintenant que je suis en position pour dormir tout mon soûl, j'ai beau le vouloir, je n'y arrive pas. Impossible de dormir correctement.

Je m'assoupis comme une machine qui s'éteint. Chaque fois que je me réveille, mes souvenirs reviennent comme une série de coups que l'on me porterait. Ce bruit terrible, la banquise qui se déplace, le débranchement des flûtes sismiques sur le pont arrière, l'ours.

Surtout l'ours.

› • ‹

La blessure n'est pas superficielle, mais elle n'est pas profonde non plus. Elle commence déjà à cicatriser et me démange à mesure que la peau se ressoude. Je garderai une marque.

« Vous aurez une magnifique cicatrice », dit Ralf, qui nous tient lieu de médecin. Il n'est pas docteur, il n'a aucun diplôme, mais il m'indique que ce n'est qu'un détail. Il s'y connaît très bien, selon lui.

Une ligne grossière de points de suture se dessine sur ma peau, et fort heureusement je ne me souviens pas qu'on m'ait recousue. Ma joue est douloureuse à cause de l'injection de vaccin antitétanique, ainsi que d'une bonne dose d'analgésiques.

« Ne devenez pas trop accro aux médocs, me conseille Ralf, ça peut devenir une sale habitude. »

Je ne vois pas comment cela pourrait m'arriver. Les pilules n'atténuent pas vraiment la douleur de ma blessure, et elles ne me font pas planer de plaisir. Tout ce qu'elles accomplissent, c'est de mettre une certaine distance entre moi et la douleur. C'est un point sur ma carte mentale, mais il reste distant. Je n'arrête pas de penser à cette phrase de *Lawrence d'Arabie*. Peter O'Toole, ses yeux bleu porcelaine au charme ravageur contemplant l'horizon changeant, sa voix aérienne qui énonce : « L'astuce, c'est de ne pas penser que ça fait mal. »

› • ‹

Depuis que nous avons abandonné les flûtes sismiques et que Proteus a fait comme un vœu de silence, nous naviguons plus ou moins à l'aveugle. Nous disposons toujours des capteurs de base du navire, mais par rapport à la panoplie d'équipements utilisés lors d'une prospection (sans parler des communications avec le continent toujours interrompues), nous sommes passés d'une vision 3D en ultra-haute définition à une sorte de tâtonnement dans l'obscurité, comme des somnambules plongés dans un rêve, errant avec les mains tendues devant nous.

En fait, c'est Hannes qui joue le rôle de vigie. Le grand Suédois surveille les icebergs, depuis son nid-de-pie. Une méthode de navigation tellement archaïque qu'elle n'est qu'un pis-aller, mais relativement fiable, dans les limites de la vision humaine, bien sûr. Nous empruntons la seule route qui s'offre à nous, en suivant notre chemin d'origine vers le sud.

Mais la banquise semble n'en faire qu'à sa tête, avec un schéma de pensées différent du nôtre. Certaines parties du chenal se sont considérablement rétrécies. Le passage est devenu tortueux, il semble tituber comme un ivrogne d'un côté à l'autre de la banquise brisée. Certains de ces mouvements sont naturels, provoqués par la dérive constante de la banquise, mais il y a maintenant d'étranges courants imprévisibles et des poussées soudaines. Ce sont peut-être les répercussions de ce qui s'est produit bien avant ? Il y a combien de jours déjà ? J'ai perdu le fil du temps et ai demandé à Ralf de me le rappeler tant de fois qu'il me regarde désormais d'un air sévère, il s'interroge de façon évidente sur ma santé mentale. J'ai donc fini par arrêter de lui poser la question.

› • ‹

Nous n'essayons même plus d'éviter les petits débris de banquise. Tout ce que la coque du *Polar Horizon* peut dévier sans dommage grave, nous l'écartons de notre chemin sans changer de trajectoire. Les bruits d'impact sporadiques déclenchent une sorte de percussion étrange qui traverse le navire ; le son se propage jusque dans ma nouvelle cabine, répondant au bruit des moteurs. Des plaques de glace raclent le long de la coque. Je pense à ces statues à la dérive : je les vois s'étirer, tous membres tendus, leurs doigts cherchant à s'agripper à la ligne abrupte de notre coque lorsque nous traversons leurs galeries de glace. Puis, dans notre sillage, leurs visages s'enfoncent de nouveau sous l'eau.

Dans des circonstances normales, ces collisions seraient considérées d'une imprudence coupable, mais nous sommes désormais engagés dans une course contre la montre. Nous devons trouver un juste milieu entre les dommages que notre navire peut encaisser et notre volonté de survivre. Même si nous parvenons à retracer notre trajet de l'aller et à gagner des eaux libres de glace, nous ne reviendrons pas à notre point de départ, à savoir l'archipel du Svalbard. Mais une fois que nous serons libres et en sécurité, nous pourrons retrouver notre chemin, quel que soit l'endroit où nous nous trouvons. C'est du moins l'idée générale.

Sans le brise-glace, nos options s'avèrent limitées. Il est hors de question de forcer une route plus directe à travers la banquise qui s'étale en continu. Soit nous percerions la coque et coulerions, soit, comme tant d'autres navires éparpillés au fil des siècles, nous serions pris au piège dans la glace. Nous avançons donc de la seule manière possible, en nous frayant un chemin à travers une traînée de dommages acceptables, en naviguant le long d'une cicatrice en voie de guérison.

› • ‹

Ralf me transmet régulièrement des points sur notre progression. Apparemment, Jules n'aime pas être aux commandes, mais comme Bjornsen est hors d'état de le faire, il n'a pas vraiment le choix. Ralf me dit que Jules est passé voir comment j'allais, mais que je dormais à ce moment-là.

Je me contente d'acquiescer à ses paroles. Un mouvement instinctif, difficile à contenir, pour lequel je suis punie par une sensation de piqûre acérée dans mon cou.

« Ce n'était pas très malin de vous agiter, pas vrai ? » dit Ralf avec impatience. Il se penche et essuie doucement le sang aqueux qui s'est accumulé dans le creux à la base de ma gorge. Il en profite pour examiner à nouveau la plaie. La position de ma blessure et son étendue paraissent le fasciner.

« Je pourrais presque jurer que cet ours a dû être chirurgien dans une autre vie. C'est comme s'il avait voulu s'assurer que vous surviviez. »

J'ai envie de lui dire que, dans ce cas, il aurait été préférable que l'animal évite de m'arracher la gorge, mais Ralf m'a ordonné de ne pas parler, au cas où il y aurait des lésions internes qu'il ne peut pas déceler. Je peux toujours respirer et avaler sans trop de problèmes, mais je ne peux pas parler. Je me contente d'un bref bredouillement d'incrédulité en réponse.

« Il a réussi à éviter les deux veines jugulaires externes. Il a visé droit sur votre gorge et les a manquées toutes les deux d'un fil. Ça a l'air d'avoir été fait exprès. C'est trop bizarre. Un ours de cette taille pourrait tuer une personne d'un seul coup de patte. »

Je roule des yeux vers Ralf.

« Quoi qu'il en soit, ça se présente bien. Vous serez sur pied en un rien de temps. »

L'attitude de Ralf au chevet des patients – lorsqu'il se rappelle qu'il est médecin et devrait donc se comporter comme tel – est parfois ponctuée par des accès de désinvolture excessive.

Je lui demande, avec une mimique associant gestes de la main et expressions faciales, quand je pourrai à nouveau parler.

« Oh, je n'en sais rien. Ça pourrait durer des années. Mais, vous savez (il sourit), j'aime bien cette nouvelle version silencieuse de vous. C'est assez reposant de vous côtoyer ainsi. Vous lancez bien moins de jurons et de sarcasmes. »

Je lui adresse un geste de la main sans ambiguïté. Il rit, s'amusant exagérément de ma frustration.

« Bientôt, vous irez mieux, promis. Essayez de dormir davantage. Il faut que votre corps se remette, et plus vous dormirez, plus vite vous reviendrez parmi les vivants. »

› • ‹

J'éprouve une sensation étrange en m'endormant. Tout est inversé. J'ai arrêté de tomber. J'ai plutôt l'impression de m'élever, de nager vers la surface de l'inconscience et non de m'y enfoncer. Mes poumons sont comprimés, comme si je retenais ma respiration, même si l'air continue à y entrer et à en sortir. Je ressens une augmentation de la pression, une sorte d'étourdissement, similaire à un manque d'oxygène. Mes membres semblent épuisés tandis que je tire sur mes bras et donne des coups de pied pour remonter. Je finis par crever la surface, la bouche ouverte comme un poisson, le choc de l'air froid sur mon visage m'indiquant que je suis toujours en vie, absolument vivante, d'une manière que mon état conscient ne permettrait pas. J'ai l'impression que les rêves sont le seul endroit où je peux vraiment respirer.

› • ‹

Je m'assoupis après le départ de Ralf et me réveille un peu plus tard. J'effleure du bout des doigts la rangée de points de suture et la sensation de brûlure – comme des orties – me rappelle qu'il vaut mieux ne pas y toucher. Je me demande à quoi ressemblera la cicatrice définitive. S'estompera-t-elle pour devenir un mince fantôme blanc, seulement visible par les personnes assez proches de moi pour l'apercevoir ? Ou bien sera-t-elle difficile à ignorer, s'imposant aux étrangers ? Auront-ils les yeux rivés dessus ou bien détourneront-ils le regard ? Cela aura-t-il de l'importance pour moi ? Je n'en ai pas la moindre idée. J'ai autant de mal à m'imaginer dans un avenir réel et bien défini qu'à reconstituer l'ordre des événements récents.

Mes souvenirs des derniers jours restent décousus.

Ralf m'a dit que, pendant les vingt-quatre premières heures, je n'ai pas repris connaissance. Ils n'avaient d'ailleurs aucune certitude que je le ferais. J'essaie de sonder mes souvenirs du pont arrière, à partir du moment où je détache les flûtes sismiques, tentant de repartir de là et d'avancer.

C'est comme si je reconstituais un puzzle, en cherchant où le bord dentelé d'une pièce pourrait s'emboîter avec une autre, où le renflement de l'une correspondrait à une indentation de l'autre. C'est un processus laborieux. Il est souvent perturbé lorsque je saisis une pièce particulière et que le frisson soudain qu'elle provoque chez moi me fait lâcher toutes les autres, qui s'éparpillent et perdent toute signification. Je me retrouve avec un fragment dans les mains, sans vouloir l'examiner de trop près, mais en sachant que je dois m'y résoudre, si je veux un jour reconstituer l'ensemble du tableau.

› • ‹

L'ours, dressé de toute sa hauteur sur ses pattes arrière, me domine, son souffle chaud sur mon visage, sa puanteur me fait presque tomber à la renverse. L'odeur est si forte qu'elle étouffe presque la peur, mais pas assez pour m'empêcher de me pisser dessus. Le liquide chaud s'écoule par le bas de mon pantalon imperméable et se transforme en vapeur sur mes bottes. L'ours sourit, pourlèche ses lèvres noires et ouvre grand ses mâchoires pour me montrer les pointes de ses crocs. Je vois sa gorge vibrer d'un rugissement, celui-ci éclate comme un coup de tonnerre qui résonne dans un monde monochrome apparemment sans fin.

La sueur est en train de perler sur mon front alors que je me force à revivre ce moment.

Il lève sa patte supérieure massive, l'éclair blanc des griffes traverse mon champ de vision, si vite que je me demande si je l'ai vraiment vu. Puis je sens le sang gicler de ma gorge sur ma poitrine, la tachant de noir, et l'espace vide entre chaque battement de mon cœur se dilate et s'étire, de plus en plus, jusqu'à ce que je ne ressente plus rien. Le soleil commence à baisser dans le ciel et à s'enfoncer dans la mer. L'obscurité revient, mais ce n'est pas celle à laquelle j'aspirais. Elle n'est pas apaisante, elle ne me soulage pas.

Le soleil est toujours là, c'est du moins ce que me dit Ralf. Je me trouve maintenant dans une autre cabine, celle située sous le pont, près de l'infirmerie. Elle est plus petite, mais son agencement est à peu près le même, avec une décoration d'un gris lugubre. Je peux m'orienter dans l'obscurité si je le désire, mais ce n'est pas la même chose, cela ne remplace pas la vraie nuit. Je dispose d'obscurité, de lumière artificielle. La nuit est devenue une histoire que l'on m'a racontée et à laquelle je ne suis plus vraiment sûre de croire.

Finalement, c'est le soleil qui me permet d'avancer. Sa présence prouve au moins qu'une partie de ma mémoire est inexacte. Le soleil n'a pas sombré dans la mer. Il est toujours là, il nous tourne autour, toujours affamé.

› • ‹

Quelque chose frappe l'ours à l'épaule, puis s'écrase sur le pont, détournant son attention de moi. Il se retourne et se met à quatre pattes en poussant un faible grognement. Il est à nouveau touché par un projectile, cette fois à la tête, et une lourde clé à molette glisse à mes pieds. Quelqu'un est en train de jeter sur lui le contenu d'une boîte à outils. L'ours secoue la tête, puis se cambre et bondit, tel un chat, se jetant avec un grognement vers la source de cet affront. C'est Bjornsen et il me crie quelque chose. Je vois sa bouche s'ouvrir et se fermer, mais le son met du temps à parvenir jusqu'à mes oreilles. L'air semble épaissi par les secondes, les minutes et les heures. Enfin, un unique mot me parvient : « Courez ! »

› • ‹

Les frontières du rêve et du souvenir s'emboîtent trop aisément. Quelle est la part de ce dont je crois me rappeler qui s'est réellement produite ? Quelle est la part de ce que je pense avoir rêvé qui s'avère réelle ? Ou bien l'a été. Le temps est comme de l'eau et la mémoire est semblable à de la glace.

Glissant dans mon propre sang et ma pisse, je tourne les talons et me mets à courir. J'ouvre une porte, me jette le long d'un couloir, contourne un angle, puis un autre : je suis comme une boule de flipper dans le navire, l'ours lancé à mes trousses. La seule chose qui me permet de le devancer, c'est de m'agripper aux rampes et de pivoter brusquement dans les virages, tandis que l'ours, emporté par l'élan de son propre poids, dérape devant les issues et doit faire demi-tour. J'ai besoin de plus de virages, d'encore plus de virages. Dans une course en ligne droite, il se ruerait sur moi et ce serait fini. J'entends quelqu'un qui crie : « Par ici ! » C'est encore Bjornsen. Je me précipite vers le son de sa voix et me rends compte qu'elle provient d'en haut. Une trappe, une échelle. Je saute et grimpe pendant qu'elle est tirée vers le haut. Je perds une botte. S'il vous plaît, faites que ce ne soit que la botte. Je remue les orteils pour vérifier que le pied est bien toujours là. Bjornsen claque la trappe. Le mugissement de l'ours contrarié résonne en contrebas. C'est tout ce dont je me souviens. J'ai dû m'évanouir après ça.

› • ‹

Lorsque j'ai repris connaissance, j'étais allongée sur le lit de cette cabine, une silhouette se penchait sur moi, se précisait peu à peu : Ralf, notre troisième officier aux oreilles en forme de cruche et aussi, sans que je le sache à cet instant, mon infirmier et mon principal compagnon pour les jours à venir.

À partir de ce moment-là, les blancs et les ruptures se multiplient dans ma mémoire. Je pense avoir repris connaissance, puis avoir replongé plusieurs fois avant d'essayer de me lever, Ralf me forçant doucement à m'allonger de nouveau.

« N'essayez pas de parler », a-t-il dit, puis il a empilé des oreillers derrière moi pour que j'arrive à m'asseoir. Où avait-il trouvé tous ces oreillers supplémentaires ? J'ai essayé de le lui demander et un étrange croassement rauque est sorti de ma bouche, accompagné de la sensation qu'un sparadrap était arraché de l'intérieur de ma gorge.

« J'ai demandé d'éviter de faire ça, m'a dit Ralf en secouant la tête. Bon. Voilà la situation. »

Il m'a raconté les événements marquants comme les étapes d'un itinéraire, en les comptant sur ses doigts.

« Vous êtes blessée, mais vous allez survivre. Le capitaine est gravement blessé. Je n'ai aucune idée s'il va s'en sortir. Jules a pris le commandement du navire et nous rentrons au port aussi vite que possible. La position du brise-glace est toujours inconnue. »

J'ai fait le signe universel pour demander du papier et un stylo et j'ai indiqué à Ralf le bureau.

Bjornsen ? ai-je griffonné.

« Ce n'est pas bon. Je pense qu'un de ses yeux peut être sauvé si nous l'amenons à temps à l'hôpital, mais il a perdu l'autre. Même un chirurgien ne pourra rien y faire. »

Ralf soupire lourdement et regarde ses mains, comme s'il les blâmait. J'ai donné un coup de stylo sur le papier pour le sortir de ses pensées.

Que s'est-il passé ?

« Bien sûr, vous ne le savez pas encore. Eh bien, après vous avoir secourue et soignée, ils ont tenté de chasser l'ours du navire, mais il ne s'est pas montré coopératif. Ils ont ensuite décidé que s'il ne partait pas, il fallait l'enfermer. Mais c'est un ours intelligent. On aurait dit qu'il avait compris notre plan et connaissait même la disposition du bateau. L'équipage a barricadé les portes et les issues, mais il a surgi de nulle part pour s'attaquer à Bjornsen avant que ce dernier ne puisse s'écarter de son chemin. Le capitaine a perdu beaucoup de sang, mais son état est plus ou moins stable pour le moment. Je ne sais pas combien de temps cela va durer. L'empoisonnement du sang est ma principale crainte. »

Ma propre blessure semble devenue insignifiante. Pas plus qu'une égratignure, en fait. Rien à voir avec perdre la vue.

Comment vous êtes-vous débarrassés de l'ours ? ai-je écrit sur le bloc-notes.

« Nous n'avons pas réussi à le faire. Il dispose du pont 4 pour lui tout seul. Nous l'avons isolé des accès extérieurs pour qu'il ne puisse pas défoncer les fenêtres et avons sécurisé toutes les autres sorties possibles. Le premier jour, il s'est déchaîné et a tout défoncé. Maintenant, il est aussi calme qu'une souris d'église. Peut-être qu'il n'avait plus rien à démolir. Ou bien il a trouvé les cuisines et dort en ce moment après un festin mémorable. Ou peut-être qu'il est mort. Ou encore, il s'ennuie et attend que quelque chose se passe. Nous n'en avons pas la moindre idée. Mais je peux vous dire une chose, personne dans l'équipage ne va ouvrir une porte pour satisfaire sa curiosité. »

Le stylo m'a échappé des doigts, puis a roulé hors du lit et est tombé sur le plancher.

RECONFIGURATION

OCÉAN ARCTIQUE
JUILLET (?) 2025

Je pense à Bjornsen, aveugle dans ses quartiers, et moi, sans voix dans ma cabine. L'ours est confiné dans un espace entre nous deux. J'y vois une terrible symétrie, un motif qui refuse de révéler son sens profond.

Les bruits de notre progression à travers la banquise résonnent avec lenteur pendant mes heures d'éveil et je me surprends à écouter l'ours sur le pont supérieur. Ce bruit sourd est-il celui de ses pas au-dessus de moi, entre le bruit du moteur et le raclement de la glace, ou s'agit-il du battement de mon propre cœur ?

Le pont 4 étant désormais réservé à l'ours, le personnel qui y logeait a été déménagé à la hâte au pont 3. Le couloir devant ma chambre est bruyant : des voix, des bruits de pas, des portes qui s'ouvrent et se referment, et même de la musique. Michael Jackson ? Bien sûr, Michael Jackson. Parmi toutes les choses qui pourraient être responsables de notre situation, mettons ça sur le dos de ce satané boogie[6].

› • ‹

Grant vient me rendre visite et s'assied maladroitement sur le bord du lit, me fixant, puis détournant le regard, comme s'il n'arrivait pas à supporter ce qu'il voyait. Je sais que ma tête actuelle ne ressemble pas à un tableau de maître, mais j'aimerais bien qu'il n'en rajoute pas. J'attrape le stylo et le papier.

Je griffonne sur mon bloc-notes : *Tu crois qu'on nous condamnera à une double peine pour ça ?* C'est typique de Grant : même dans ces

6. « Blame It on the Boogie » par les Jackson Five (1978).

circonstances, il est si préoccupé par ses propres pensées qu'il oublie de me demander comment je vais, et c'est à moi de lui remonter le moral.

Le sourire que j'obtiens en retour de mes efforts n'en vaut guère la peine. C'est plutôt une grimace. Je me demande s'il y a une façon diplomatique de lui dire : « Dégage et reviens quand tu ne joueras plus au connard » quand son rictus disparaît soudain. Grant prend son visage dans les mains, sanglotant à grand renfort de morve, les épaules tremblantes. Qu'est-ce que c'est que ce bordel ? Je reste là à l'observer, stupéfaite. Je le laisse continuer un peu à pleurnicher, puis lui tape sur le bras et lui tends un mouchoir en papier.

Il se mouche bruyamment et en attrape un autre, qu'il remplit aussi de morve avant de parler, la voix nouée par l'émotion. « Je n'ai jamais voulu que tout cela arrive, Izzy. Je suis vraiment, vraiment désolé. »

C'est probablement une bonne chose qu'à ce stade je ne puisse pas parler. Le fait qu'il se sente coupable pour des choses dont il n'est pas responsable n'est qu'une nouvelle façon de tout ramener à lui, de flatter son ego. Je tente de l'imaginer, aveugle et bouche béante, comme un oisillon en train de quémander.

Grant s'essuie le visage avec un troisième mouchoir et se racle la gorge, s'apprêtant à faire une déclaration.

« Je dois aussi te dire quelque chose. Jules n'est pas à l'origine des problèmes avec Proteus. »

Je lui adresse mon expression « dis-moi-ce-que-je-ne-sais-pas-encore ». Et c'est alors qu'il me révèle tout.

› • ‹

Je ne sais pas ce que mon visage exprime à présent, mais Grant continue à parler, les yeux rivés au sol.

« J'ai téléchargé du code dans Proteus. Mais ce n'était pas… Je ne pensais pas… Rien de tout cela n'était censé se produire ! C'était juste destiné à ajuster les données, pour faire croire qu'il n'y avait rien là-dessous. Je… Il n'y a pas de moyen simple de te l'avouer, alors je vais juste tout te dire. J'imagine que c'est une bonne chose que tu ne puisses pas parler pour l'instant. »

Il tente faiblement de sourire. Je croise les bras et lui lance un regard noir ; il fixe de nouveau le sol.

« Tu te souviens de ces types déguisés en ours polaires qui occupaient le bureau de Niall ? »

Essaie-t-il de faire de l'humour ? Il ne me regarde toujours pas.

« Ils m'ont contacté, en ligne, par messagerie, peu importe comment. Ils m'ont envoyé des informations qu'ils avaient trouvées sur notre mission de prospection. Toutes ces choses, nous les savions déjà en quelque sorte, mais nous ne voulions pas l'admettre. Je pense que, dès le départ, nous avons tous les deux soupçonné une affaire louche, si nous devions être honnêtes avec nous-mêmes. Nous n'avions pas obtenu les permis nécessaires, notre équipage n'était pas au complet, l'état de ce navire laissait à désirer, ce genre de choses. Mais comme d'habitude, nous avons fait profil bas, trop soucieux de conserver nos boulots. On ne fait qu'obéir aux ordres, pas vrai ?

« Je suppose qu'ils savaient que j'étais déjà sensible à leurs idées. Venir ici en Arctique, pour bouleverser tout un écosystème que nous ne comprenons pas vraiment ? Une biosphère qui est déjà sur le point de s'effondrer ? Ils se sont montrés persuasifs, mais je leur ai dit que j'envisageais de démissionner de toute façon, ou du moins de trouver une excuse grâce à laquelle je pourrais éviter cette mission. Alors, ils ont changé de stratégie. Ils ne m'ont pas menacé, mais ils m'ont dit qu'ils avaient remonté la piste de grosses sommes d'argent jusqu'à un ensemble de sociétés-écrans, d'intérêts multinationaux, impossibles à tracer, concernant des individus vraiment effrayants. Le genre de personnes qui n'hésitent pas à s'attaquer de manière radicale à tous ceux se mettant en travers de leur route. Ils m'ont dit qu'il serait vraiment regrettable que ces individus tombent sur mon nom dans un tel contexte. Ils m'ont ensuite donné une clé USB. Je devais télécharger le programme qu'elle contenait dans notre système et… »

Je n'arrive pas à croire ce que j'entends. Grant grimace au son de ma main qui frappe les couvertures, puis poursuit :

« Et leur programme devait se contenter de brouiller les analyses, de créer une sorte d'écran de fumée d'erreurs en falsifiant les données. Rien de plus. Juste assez pour convaincre tout le monde que l'idée de réaliser des forages en Arctique ne serait qu'une perte de temps coûteuse.

« C'est donc ce que j'ai fait. Mais les erreurs se sont avérées bien plus importantes que prévu. Je ne sais pas pourquoi. J'ai essayé de désinstaller le programme, mais il ne se trouvait pas là où il aurait dû être enregistré. Il avait migré vers le code source et s'y était intégré. Je n'ai pas pu l'extraire. Je ne sais pas s'il était responsable de tout ce qui se passait, ou si c'était juste de la malchance ou des coïncidences, ou encore une combinaison des deux. Et puis, Max a ordonné que notre navire fasse un détour. Il est le seul à prétendre que le changement de trajectoire a été demandé par les dirigeants de son entreprise. D'ailleurs, il est le seul à pouvoir communiquer avec eux. Comment savoir s'il n'a pas tout inventé ? Ou s'il ne reçoit pas ses ordres de quelqu'un d'autre ? Je l'ai vu parler à Ilia, le Russe qui pilotait le canot de service quand Jules et toi êtes sortis. Quoi qu'ils se soient dit, leur discussion avait l'air assez animée. Et je ne fais pas confiance à Ilia non plus. Il y a quelque chose de pas net chez lui. Qu'est-ce que ces deux-là pourraient bien avoir à se dire ? (Grant courbe les épaules et soupire lourdement.) Je ne sais pas. Je n'en sais rien. Tout ça, c'est vraiment n'importe quoi. »

Il se tourne vers moi, son récit enfin achevé, et tente de me prendre la main, mais je la retire. Comment a-t-il pu être aussi idiot ? Pourquoi ne m'a-t-il rien avoué plus tôt ? Essayer d'impliquer Jules pour couvrir sa propre stupidité, c'est vraiment minable. Et maintenant, il jette le doute sur Max. Et sur Ilia aussi. Son histoire semble facile à croire, mais on dirait bien que Grant essaie de faire porter le chapeau à tous ceux qui se trouvaient avec lui quand les choses ont mal tourné. Comment puis-je accorder la moindre crédibilité à ce qu'il prétend maintenant ? Il finit par se lever.

« J'imagine que tu agiras comme tu estimes être le mieux. Mais tu dois comprendre que je n'ai jamais voulu que tout cela arrive. C'est comme si les événements s'étaient enchaînés de la pire manière possible. Personne n'aurait dû être blessé. »

Une fois Grant parti, je demeure allongée à regarder le plafond, les pensées se bousculant dans ma tête. Cela prend un certain temps, mais je finis par me calmer assez pour être absolument claire sur deux points. Tout d'abord, quelle que soit mon opinion sur Grant et son histoire, la seule priorité à court terme est de regagner la civilisation et d'amener Bjornsen à l'hôpital. Ensuite, peu importe les conseils de Ralf, je ne peux pas rester enfermée dans cette cabine plus longtemps, sinon je vais devenir complètement folle.

› • ‹

Quelqu'un, Ralf, je suppose, m'a débarrassée des vêtements que je portais au moment de l'attaque et je suis maintenant dans un pyjama pour homme en flanelle rayée. Il pue la sueur et le renfermé. Je réussis à enfiler un pantalon propre, mais je ne sais pas comment passer un vêtement par la tête sans abîmer les points de suture dans mon cou. Ralf a laissé une boîte de fournitures médicales dans ma cabine. Je fouille dedans et trouve un rouleau de gaze, que j'enroule soigneusement autour de mon cou, protégeant ainsi les points de suture, et que je noue dans mon dos. Je réussis ensuite à enfiler un pull par-dessus le haut du pyjama. C'est déjà une grande réussite.

Je bois un verre d'eau et décide qu'il est temps d'essayer mes cordes vocales. La première chose qui me vient à l'esprit est de dire « ne mettez pas ça sur le compte du soleil », mais cela me fait rire et le son qui sort de ma bouche ne ressemble pas à un rire, mais plutôt à un grognement.

› • ‹

Sur le pont, Grant demeure introuvable, probablement terré dans sa cabine. Tant mieux. Les écrans de Proteus se remplissent de messages d'erreur. Je bouge la souris sur la console de contrôle, mais le curseur n'apparaît pas. Les systèmes du navire tournent à vide et ne me prêtent aucune attention.

Jules se trouve dehors, sur le pont étroit qui fait le tour de la salle de commande. Je sors et le rejoins, heureuse de sentir à nouveau le vent sur mon visage, même s'il est si froid qu'il me pince la peau. Je prends aussi conscience de l'humidité de mes globes oculaires lorsque leur température de surface chute brutalement.

La visibilité est mauvaise. Le vent souffle en rafales intermittentes, charriant des flocons de neige et déplaçant les nappes de brouillard sans les dissiper. C'est une météo balbutiante et agitée. Le soleil n'est plus qu'une lointaine fusée éclairante.

Le chenal sur lequel nous tentons de naviguer est encombré d'un amas de glace en mouvement, à travers lequel le navire se fraye un chemin. Combien de temps peut-il encore supporter ces collisions répétées ? Jules et moi nous agrippons à la rambarde lorsqu'un morceau de la taille d'une voiture se détache de la proue à tribord. Sa main couvre la mienne et ses yeux s'arrêtent sur le bandage autour de mon cou.

« Tu as déjà le droit de te lever? » s'étonne-t-il. Il a l'air hagard, il est sur le point de s'effondrer, et ne perçoit pas l'ironie de sa question. Le vent soulève ses cheveux et les rejette en arrière. Sur ses tempes et autour du haut de son front, il y a une épaisse couche de cheveux blancs qui, j'en suis sûre, ne se trouvait pas là auparavant. Les responsabilités de commandant l'ont-elles fait vieillir prématurément?

J'approche ma bouche de son oreille, ne voulant pas forcer ma voix pour couvrir le bruit du vent. Je lui demande : « Qu'est-ce que je peux faire pour t'aider? »

Il lève la main pour toucher mon visage et je tressaille involontairement, même si je remarque que son geste est au ralenti, son bras flottant vers moi, sa main déjà en coupe, ses ongles longs et sombres. D'habitude, ses mains sont si belles et si propres. Je lève les yeux. C'est peut-être à cause de la lumière, de ce reflet argenté sur toutes les choses et qui accentue le contraste de ma vision. Les yeux sombres de Jules sont plus foncés que dans mon souvenir, les iris sont élargis et fortement mouchetés de noir. Son expression est à la fois tendre et féroce. Ses lèvres sont également sombres. Elles s'écartent, laissant apparaître la pointe d'une dent.

› • ‹

Je me réveille en sursaut dans la cabine, enveloppée de nuances de gris. Étais-je sur la passerelle avec Jules ou bien l'ai-je rêvé? Je me redresse et me frotte les tempes. Le temps est de l'eau, la mémoire est semblable à de la glace. Je passe mes jambes sur le côté du lit pour me mettre debout. Le sol est froid sous mes pieds nus.

Soudain, je prends conscience avec inquiétude qu'un bruit de raclement léger, mais régulier se fait entendre à l'intérieur de la pièce. J'allume la lampe de chevet et cligne des yeux lorsque la lumière jaillit. Une personne est assise derrière le bureau, dos tourné.

RÉCUPÉRATION DE DONNÉES

OCÉAN ARCTIQUE
ÉTÉ 2025

Grâce à la carrure des épaules et à la manière dont la lumière fait ressortir les reflets dorés des cheveux, je sais que c'est Jules. Je suis heureuse de le voir ; ce sentiment est si simple qu'il suffit pour apaiser ma confusion quant à savoir si je l'ai vraiment vu tout à l'heure sur le pont ou non.

Je demande : « Qu'est-ce que tu fais ? »

Il tient un petit couteau en argent dont la lame effilée a la forme d'une feuille de saule. Au début, on a l'impression qu'il creuse sa propre main, puis je me rends compte qu'il y a une autre forme qui suit les contours de ses doigts dans le creux de sa paume, vers la base de son pouce, puis de son poignet. Il est en train de sculpter une sorte de figurine. Elle semble humaine, dans une version d'art primitif.

« Une mauvaise représentation, je le crains, dit-il. Je n'arrive jamais à saisir l'expression du corps, la fluidité, la puissance et le mouvement que l'on retrouve dans les modèles originaux. »

Il me montre la figurine. C'est un ours, le cou tendu vers l'avant, les pattes avant balayant ses flancs, les pattes arrière droites, les orteils pointés, de sorte que tout le corps semble aérodynamique. Il semble voler, ou peut-être plonger. L'inclinaison de sa tête vers l'avant et son corps aplati me rappellent aussi la peau d'ours polaire épinglée au mur de la cabane de Grant au Svalbard. Jules poursuit ses explications :

« Les peuples anciens des régions septentrionales les sculptaient dans de l'ivoire de morse, des bois de caribou ou de la roche locale. Elles symbolisaient la capacité du chaman à quitter son corps et à voyager dans le monde des esprits, le plan astral, quel que soit le nom qu'on lui donne, avec les esprits des animaux qui l'assistaient. L'ours polaire était considéré comme un soutien ou un compagnon très important. »

Mon expérience récente des ours ne confirme pas vraiment leur caractère serviable ou leur bonne compagnie.

« Ils voyageaient ensemble jusqu'à la lune ou peut-être jusqu'au fond de la mer, où ils discutaient des problèmes à résoudre de la tribu. Et même, parfois, ils dansaient. Tiens. (Il me tend la figurine.) Je les sculpte dans du bois, c'est beaucoup plus facile à utiliser, mais peut-être que si j'avais la patience et le temps de les sculpter dans les matériaux appropriés, mon travail serait meilleur. »

Je retourne la figurine dans ma main. Elle est chaude au toucher, lisse sur le dessous, striée sur le dos avec la forme d'un squelette : vertèbres, côtes, bassin ; elle semble très voisine de la structure osseuse d'un homme.

Comme s'il lisait dans mes pensées, Jules conclut : « C'est la même structure de base. En le plaçant ainsi à l'extérieur de la sculpture, on voulait montrer que le chaman et l'ours pouvaient partager certaines caractéristiques. Le sorcier avec la peau d'ours, l'ours dans la forme humaine. »

Je m'apprête à lui rendre la figurine.

« Garde-le. C'est un cadeau. Il te portera sûrement chance. »

› • ‹

Je dors. Ou du moins, j'en ai l'impression. Je suis allongée, l'ours sculpté dans le creux de ma paume, examinant le grain du bois qui coule et s'enroule autour des os du squelette comme une rivière, comme le flux du temps. La façon dont il change d'allure, se rétrécit et revient en boucle, en touchant plusieurs points, établissant, puis rompant des connexions. Le temps nous fragmente en toutes les personnes que nous avons été, et aussi celles que nous deviendrons, défilant dans une galerie des glaces.

Je m'appelle Isobel. J'ai huit ans. Voici mon ours. Il s'appelle Boule de neige. C'est un très vieil ours. Regarde. Tu peux remarquer que sa fourrure est blanche, mais si tu l'écartes et que tu regardes en dessous, sa peau est noire. Il possède même les bons yeux. Ils sont orange foncé, très foncés. Avec une pupille noire. Tu vois ? Mon père me l'a acheté dans un magasin où l'on choisit la couleur, les vêtements et où ils fabriquent l'ours pendant que l'on attend. J'ai choisi une fourrure blanche, sans aucun vêtement. La dame a essayé de me faire choisir une tenue de ballerine ou une robe de soirée, mais je l'ai regardée fixement jusqu'à ce qu'elle arrête de parler. Lorsqu'ils placent le rembourrage, ils laissent un espace sur le devant et vous donnent un petit cœur de satin rouge : vous devez l'embrasser en faisant un vœu. Ensuite, ils mettent le cœur à l'intérieur et ils cousent le tout. Je l'ai donc embrassé, j'ai fait mon souhait, puis j'ai demandé à la dame d'enfoncer le cœur dans la gorge de Boule de neige pour qu'il puisse me parler. Et depuis, c'est ce qu'il fait.

› • ‹

Le temps s'écoule à nouveau vers l'avant, se mêlant au présent où je suis à moitié éveillée, tandis que quelqu'un dans une autre cabine regarde *La Petite Sirène* avec le volume à fond. Les draps sont mouillés. J'ai beaucoup trop d'oreillers et j'en jette quelques-uns par terre. La bande-son est rassurante, elle provient d'une époque plus sûre et moins compliquée. Cependant, tout cela est aussi pris dans les courants contraires sur lesquels nous naviguons, un autre débris qui dérive au hasard sur une mer déchaînée.

› • ‹

Je découvre avec horreur que je suis habillée en ballerine, avec un tutu rose duveteux et des collants brillants. Je regarde le tissu flotter et scintiller tandis que l'eau se déplace autour de mes jambes et prends conscience que je suis en train de danser sous la mer. Ce n'est pas un ballet. Une valse, peut-être. La musique change pour un vieux morceau de jazz sirupeux. Mon partenaire, l'ours, est maintenant interprété par Peter O'Toole (il gagnera sûrement un Oscar pour ce film) qui s'avère être un excellent danseur. Les poissons nagent autour de nous. Les ombres des baleines passent au-dessus de nos têtes. Des rubans d'algues flottent de manière décorative sur les bords de la piste de danse. Nous virevoltons en nageant, puis nous nous arrêtons au bar pour prendre un gin-tonic. Lorsque nous discutons, des bulles sortent de nos bouches.

« Ma chère, nous voulons tous en sortir vivants, bien sûr. Vous vous êtes très bien débrouillée jusque-là, je ne peux pas dire le contraire. Mais vous vous rendez compte maintenant que vous êtes allée trop loin, non ? » Il agite une olive sur une pique à cocktail avant de la déposer délicatement dans sa bouche et de l'avaler. « Venir ici était une erreur. Cet endroit n'est pas fait pour les gens comme vous. Nous avons mis des panneaux. Vous ne savez pas lire ? Cet endroit est totalement gelé, bon sang, comment aurions-nous pu être plus clairs ? » Il soupire, avec une lassitude extrême. « Bien sûr, nous vous avons tous entendus arriver bien avant de vous apercevoir. Vous faites un tel vacarme, avec tous ces coups de feu. C'est vraiment ennuyeux. Je ne m'entends plus penser. Et le bruit effraie tout à des kilomètres à la ronde. C'est vrai qu'au début, j'ai eu de la chance. Ce n'est pas difficile de piéger un phoque, qui n'est pas très malin, c'est plutôt de la graisse animée avec des yeux. Mais ils sont sacrément savoureux, c'est de la nourriture qui cale bien l'estomac. Ça vous tient aux côtes, comme disait ma mère. »

Il me prend la main et nous retournons sur la piste de danse. J'incline la tête en arrière et il se penche pour poser son visage contre mon cou. Sa fourrure est chaude et douce comme des plumes, et je sens sa respiration sur mon oreille. Des flocons de lumière tombent tout autour de nous, projetés par des boules de paillettes de glace. Nous virevoltons et remontons à la surface, et bientôt nous nous retrouvons hors de l'eau, puis nous survolons la Terre, qui se réduit à une bille bleu et blanc en dessous de nous. Nous sommes sortis de l'atmosphère et les points lumineux sont devenus des étoiles, des lunes et des planètes. Nous tournoyons autour d'eux, toujours plus haut, de plus en plus vite. Les points lumineux s'étirent en cercles concentriques que nous traversons dans une sorte de tunnel de lumière, vers le nord, toujours plus au nord, vers le centre, la cible dorée de l'étoile Polaire.

› • ‹

Jules se trouve ici. Je ne me souviens pas de son arrivée.

« Tu vas bien ? me demande-t-il en me serrant les épaules, un peu trop fort. Parle-moi.

— Quelle heure est-il ? »

Tout semble confus, sans logique.

Il me regarde avec une inquiétude floue, ce qui m'agace tellement que j'étreins son visage entre mes mains, puis l'embrasse sur la bouche pour m'en débarrasser. Ça semble fonctionner. Ses pupilles se dilatent et il m'embrasse à son tour. Nous serrons nos corps l'un contre l'autre, poitrine contre poitrine, et nous entamons un lent tango, dans le sens inverse des aiguilles d'une montre, dansant tout autour de la cabine, qui paraît beaucoup plus grande que l'instant d'avant. Les murs grisâtres s'effacent et scintillent comme un réseau capillaire de veines argentées, ou encore du granit jaspé de quartz. Nos jambes se frôlent à chaque pas, la force et la tension de nos corps à l'unisson, une sensualité puissante et partagée. Nous nous arrêtons de danser au même moment, avant de nous retourner comme un seul homme et de nous diriger vers le lit.

› • ‹

Ce n'est pas mon corps, c'est impossible. Depuis quand ai-je autant de peau ? Elle s'accumule en plis inutiles sur toute ma personne. C'est aussi lourd qu'une combinaison de survie, mais cela procure aussi une sensation opposée. La lourdeur se trouve à l'intérieur. Putain, je me sens si vieille. Je sens le temps qui s'est déposé sur mes os, comme du calcaire. Je porte un pyjama à rayures. Il sent mauvais. Un ours est assis sur le bord de mon lit.

« C'est toi, Boule de neige ? »

› • ‹

« C'est ça, allez, réveillez-vous. Encore un petit effort. »

Quelqu'un se penche sur moi, ses oreilles sont comme des anses de cruche. Je m'y accrocherais si je trouvais l'énergie de lever les bras. Ou peut-être pas. Il a l'air gentil. J'ouvre complètement les yeux. Ralf, bien sûr que c'est Ralf.

« Combien en avez-vous pris ? »

Il secoue le pilulier jaune en faisant un bruit de maracas.

« Seulement deux. »

Je me sens fragile. Tout semble trop intense et trop lumineux. Ma bouche a un goût horrible comme si une charogne s'y trouvait, ma voix est devenue un grognement rauque.

« Vous pouvez parler maintenant ! »

Ralf a l'air encore plus heureux que moi.

« Ouais. Reprenez vos cachetons, d'accord ? Je ne pense pas que je les supporte très bien.

— Vous êtes sûre ? (Son regard se pose sur ma blessure.) Ça doit être douloureux.

— Eh bien, cela ne me dérange pas tant que ça.

— D'accord, c'est vous qui décidez. »

Il empoche les pilules, l'air légèrement dépité. Je sais qu'il ne veut que mon bien.

« Je suis désolée, je ne voulais pas paraître ingrate. Merci de vous occuper de moi. (J'attrape sa main et la serre.) Je vous en suis reconnaissante.

— Pas de problème. (Il sourit et rougit un peu.)

— Comment va Bjornsen ? »

L'expression de Ralf s'assombrit.

« J'aimerais bien le savoir.

— Toujours inconscient ?

— Ça va, ça vient. Il n'est pas cohérent lorsqu'il est éveillé. Il délire ou bien reste apathique. Je n'ai pas d'équipement à bord pour surveiller ses ondes cérébrales, donc je ne peux pas vraiment savoir ce qui lui arrive. Il a une fièvre légère et son pouls est irrégulier. Si seulement nous pouvions nous extraire de cette banquise… »

DIAGNOSTIC

OCÉAN ARCTIQUE
ENCORE L'ÉTÉ 2025

Le chenal ouvert par le brise-glace a presque entièrement disparu. Je peux à peine le distinguer depuis le pont et me demande si mes espoirs ne sont pas trop déraisonnables. Chaque fois que je regarde en arrière, la voie est brièvement là, comme une image rémanente sur ma rétine, puis elle disparaît de nouveau.

La lumière arctique modifie les distances et la perspective. Un banc de brouillard bleu gris plane et obscurcit l'horizon à l'est. Alors que je l'observe, un énorme iceberg se profile, se déplaçant à grande vitesse, semblant hésiter avant de pivoter, puis de repartir dans le brouillard. Plus près du navire, la lumière se fait plus crue. Des formes de glace d'un blanc éclatant glissent sur l'eau noire, dans des déplacements complexes semblables à ceux d'un jeu d'échecs. Je suis sûre d'avoir presque saisi la logique d'ensemble lorsqu'un battement rapide me tire de ma rêverie.

Un nuage noir se dirige vers le navire, grossit rapidement avant de se diviser à la dernière minute et de s'écouler autour de nous comme une rivière. Des centaines de guillemots à miroir battent follement des ailes, en plein vol. Leurs corps sont d'un noir mat, avec des pattes rouges repliées en dessous. On dirait un flot de braises soufflées par le vent. Il n'y a pas de cris, seulement le battement des ailes, l'agitation de l'air tandis qu'ils plongent tête baissée vers l'horizon. Lorsque le dernier volatile est passé, je fais le tour du pont et scrute l'étendue derrière nous. Il n'y a que de la glace, de l'eau et du ciel à perte de vue, et plus je regarde, moins je peux les distinguer entre eux. Je ne remarque rien d'autre, mais je ne peux pas me défaire du sentiment que quelque chose nous suit à la trace.

› • ‹

« Aucun compas magnétique ne fonctionne dans ces contrées en raison de la faiblesse du champ magnétique. Nous ne pouvons pas nous fier au gyrocompas : il ne s'est pas stabilisé après tous les changements de cap et, sans données satellitaires pour corriger la déviation, nous ne savons pas dans quelle mesure il est faussé. Nous n'avons pas de radar non plus à cause de ce maudit ours et, pour couronner le tout, nous ne pouvons pas naviguer à l'aide des étoiles parce qu'il fait jour, tout le temps. »

Jules est trop fatigué pour cacher son impatience.

« Écoute, Isobel, j'apprécie tes efforts pour aider, mais, crois-moi, nous avons déjà fait le tour de la question.

— Il doit bien y avoir une solution. Nous avons sûrement un vieux sextant qui traîne quelque part…

— Nous pourrions nous orienter avec le soleil, explique Ralf, mais cela ne sert à rien si nous ne sommes pas sûrs de l'heure qu'il est. Nous savons que nous sommes proches du solstice d'été, car le soleil maintient une élévation constante, mais il est difficile d'être plus précis. Tout l'équipement numérique s'est détraqué après le… »

Il fait une pause pendant que nous détournons le regard. Nous n'avons pas encore trouvé de mot pour décrire ce qui s'est produit avant l'arrivée de l'ours. Le son, la sensation, l'incident, la chose, bref, ce qui s'est passé. Personne ne veut être le premier à utiliser un mot comme « désastre » ou « catastrophe ». Après tout, la plupart d'entre nous sont encore vivants et debout, alors ces mots ne sont-ils pas trop forts? Pourtant, je ne veux pas me risquer à être la première à exprimer l'opinion qu'ils sont loin de l'être.

Ralf s'éclaircit la gorge et poursuit ses explications :

« Nous avons tous des heures différentes, rien ne concorde. »

Je ne porte pas de montre. À terre, l'indication des heures est visible partout : sur les téléphones et les ordinateurs, elle marque chaque message, les chaînes de télévision et les stations de radio récitent constamment les mêmes chiffres, nous exhortant tous à ne pas perdre une seconde de notre temps productif.

Ici, on nous rappelle que ces nuisances omniprésentes constituent en fait un luxe. Pourtant, quelqu'un à bord doit bien avoir une montre mécanique à l'ancienne? Apparemment, non.

Mon estomac gronde. Depuis que les cuisines sont passées dans le périmètre occupé par l'ours, les stocks de nourriture encore accessibles sont strictement rationnés. À part une réserve apparemment inépuisable de soupe lyophilisée, il ne reste plus que de la viande. Quelques congélateurs en sont remplis. Il n'y a pas de fruits ou de légumes, ni même de riz ou de pain. Juste de la viande bouillie. Et il n'en reste pas beaucoup. Nous ne savons pas combien de temps il nous faudra pour regagner la côte, alors nous devons faire preuve de prudence.

Nous regardons un autre iceberg en train de nous dépasser, labourant la banquise, la retournant et ouvrant une voie d'eau libre dans son sillage.

« Nous pourrions nous glisser derrière l'un de ces icebergs et le suivre jusqu'au bout, dit Ralf. Ce serait une sorte de brise-glace assez efficace. »

L'iceberg se heurte à une épaisse crête de glace et une large plaque se détache à l'arrière. Le bruit du craquement, semblable à la détonation d'un fusil, résonne jusqu'à nous, puis la plaque bascule dans l'eau avec fracas. Nous regardons en silence la mer l'aspirer, puis la recracher en lançant des vagues agitées qui crépitent et se brisent sur les débris de banquise environnants.

« Ou peut-être que non, soupire Ralf.

— Hannes se trouve dans le poste de vigie depuis des heures, dit Jules. Il est probablement en train de devenir aveugle avec la réverbération sur la glace. Si tu veux nous aider, pourquoi n'irais-tu pas le relayer pendant un moment ? »

Je ne peux pas faire grand-chose avec le programme Proteus qui continue à baragouiner, enfermé dans une boucle de délire numérique, se mordant la queue. Je regarde les lignes de code vertes qui grouillent sur l'écran comme des poux et me gratte la tête.

« Oui, ce n'est pas une mauvaise idée. »

› • ‹

Je me fraye un chemin parmi les débris du mât de communication abattu sur le pont, le globe géodésique qui abritait la grande antenne radar s'est ratatiné comme un ballon de football dégonflé. Apparemment, avant qu'ils ne parviennent à l'enfermer, l'ours s'est livré à une véritable dévastation sur le navire, et ce que j'observe n'est qu'une partie des dégâts qu'il a réussi à infliger.

La conception des navires a heureusement évolué depuis l'époque où un tonneau était attaché au mât. Le nid-de-pie du *Polar Horizon* est une boîte métallique, de la taille d'une cabine de toilettes publiques, avec des fenêtres sur les quatre côtés. Il n'est assez grand que pour abriter une personne, alors je tape sur la vitre et me place sur le côté de la porte pendant que Hannes s'en extrait.

Il enlève sa capuche, ses cheveux blonds se gonflent d'électricité statique autour de l'énorme paire de lunettes à la teinte de cuivre qu'il arbore. Il les retire et me les tend.

« Vous en aurez besoin », dit-il en plissant les yeux alors que la lumière non filtrée l'aveugle. Ses paupières sont cernées de marques rouges provoquées par les joints en caoutchouc. Il a l'air fatigué et clairement secoué.

« Ne vous inquiétez pas trop pour la banquise, nous n'allons pas nous enfoncer trop profondément dans les zones encore d'un seul tenant. Vous devez plutôt faire attention aux icebergs. Notez par radio vos meilleures estimations sur les positions, directions et vitesses pour tous ceux plus grands qu'un lit double.

— D'accord, c'est compris.

— Et ne regardez pas trop longtemps dans la même direction, gardez vos yeux en mouvement. Cette lumière est bizarre. Elle peut vous jouer des tours, dit-il en clignant plusieurs fois des yeux comme pour effacer une image mentale indésirable.

— Quel genre de tours ? »

Il secoue la tête.

« Peut-être que je perds la boule. Ce n'est rien. Oubliez ce que j'ai dit.

— Non, vraiment. Quoi donc ?

— Avez-vous entendu parler de la *fata morgana* ? »

Je retourne les mots. Cela me dit quelque chose, mais je n'arrive pas à m'en souvenir.

« Non, je ne crois pas.

— Et les chevaliers de la Table ronde ?

— Bien sûr.

— C'est de là que vient le nom. C'est une sorte d'illusion d'optique, comme un mirage. Les gens pensaient que c'était de la sorcellerie. C'est lié à l'angle de la lumière qui traverse des couches d'air qui sont à des températures différentes. (Il s'arrête, ferme les yeux et enfonce ses pouces dans les orbites.) Oui, ça doit être à cause de ça.

— Qu'avez-vous vu ?

— Je ne suis pas le seul, répond Hannes, sur la défensive. C'est un phénomène bien connu. Ce que j'ai vu… Eh bien, cela ressemblait à une ville. Là-bas. Des tours et des flèches d'immeubles en rangs serrés. Très hautes, je ne sais pas, peut-être cinquante étages ? Tous ces édifices scintillent dans la lumière et semblent très réels. Je veux dire, on a vraiment l'impression qu'ils sont là.

— Toute la zone a été cartographiée. Même si nous nous écartons vraiment de notre route, il n'y a pas de terre émergée, et certainement pas de villes flottantes dans le coin.

— Je sais, je sais. C'est juste que c'était vraiment flippant. Ça avait l'air si réel. Mais ce qui m'a le plus marqué, c'est que… (Il me regarde attentivement pendant un instant.) OK, ça a l'air complètement dingue, mais on aurait dit pour de bon que…

— Quoi ? (Cette hésitation : ça n'est pas habituel chez Hannes.)

— On aurait dit que toute la ville était en feu. Comme si les bâtiments brûlaient. Et puis, il y avait ces sons, comme des gémissements ou des plaintes. C'était… comme je l'ai dit, c'était vraiment flippant.

— Probablement des oiseaux. (J'essaie de me montrer rassurante, autant pour moi que pour lui.) J'en ai vu de grandes nuées tout à l'heure. (Je ne lui mentionne pas le fait qu'ils ne faisaient aucun autre bruit que celui de leurs battements d'ailes.)

— Oui, sûrement, quelque chose du genre. Alors, de toute façon, dit-il en riant sans conviction, si vous voyez Manhattan en flammes, ne vous inquiétez pas. Ce n'est pas vraiment là. Essayez de vous concentrer sur ce qui est réel. C'est ça, votre boulot. »

Il m'adresse un simulacre de salut en descendant l'échelle à reculons.

› • ‹

Je m'enferme dans l'espace restreint et tente de me mettre à l'aise. La hauteur et le panorama ne me rassurent pas. La banquise semble infinie, je la regarde bouger, monter et descendre, comme le flanc d'un animal qui respire. En d'autres circonstances, le spectacle serait peut-être apaisant, mais ici et à cet instant, la respiration est saccadée, comme s'il s'agissait d'un animal blessé, acculé et donc dangereux. Les chenaux s'ouvrent et se ferment beaucoup trop vite, les plaques de glace se pressent les unes contre les autres en formant de nouvelles crêtes de compression ou s'enroulent entre elles avant de s'effondrer dans l'eau sous l'effet de leur propre poids. Je pense à la ville en flammes que Hannes pense avoir aperçue. Nous sommes venus ici pour explorer ce que nous croyions enfoui dans les profondeurs, mais nous n'arrivons pas à croire ce qui apparaît à la vue de tous.

Les heures passent dans un état de transe. Quelques icebergs rôdent non loin de notre route et je communique leurs positions par radio, essayant de nous tenir à l'écart des plus grands. Je ressens le léger balancement lorsque Jules ajuste précautionneusement notre cap ainsi que les secousses ponctuelles provoquées par l'impact des débris plus petits que nous considérons désormais comme acceptables.

Une forme se profile à la fenêtre latérale, puis un coup sec m'indique que quelqu'un est venu me relever. Je suis surprise de voir que c'est Grant. Il évite le contact visuel lorsque je lui remets les lunettes de protection tout en lui donnant les instructions. Je ne mentionne pas la *fata morgana*, estimant que puisque je ne l'ai pas vue par moi-même, je n'ai rien de particulier à signaler. Mais une partie de moi espère que Grant la verra dans toute sa terrifiante étrangeté et qu'il en chiera dans son froc. Ce n'est pas très charitable, mais c'est comme ça.

« Grant. À propos de…

— Oui ? »

Il me regarde avec espoir, croisant presque mon regard, le sien se posant quelque part autour de mon oreille gauche.

« Quoi que tu aies fait, quoi qu'il se soit passé ou non avec le système Proteus, nous devons travailler ensemble, d'accord ? Nous devons rentrer chez nous. »

Il acquiesce, le menton niché dans sa poitrine, et ses yeux croisent enfin les miens.

« D'accord.

— Bien. Mais tu sais ce qui va se passer quand on sera arrivés ? Je vais t'arracher les bras et te battre à mort avec les moignons en sang. C'est juste pour te prévenir. »

Je me détourne et redescends l'échelle, le laissant s'interroger si c'est une plaisanterie ou non.

PROTOCOLES

OCÉAN ARCTIQUE
2025

Je me dirige vers la cabine de Bjornsen, l'une des plus grandes du pont 7, située directement sous la passerelle. Je ne pense pas pouvoir l'aider en quoi que ce soit, mais je dois au moins lui rendre visite. Il doit s'ennuyer terriblement, tout seul, avec seulement Ralf qui passe de temps en temps pour prendre sa température. J'arrive dans le couloir qui sépare les deux chambres au moment où Max, qui occupe l'autre cabine de standing, est en train de fermer l'une des portes.

Il lève la main en guise de salut prétendument amical.

« Hé, vous ! (Max a manifestement oublié mon nom.) Le capitaine dort encore », dit-il en ajoutant « ah, les oies », alors que je pensais que ce tic lui était passé.

Je réalise qu'il est sorti de la cabine de Bjornsen, et non de la sienne. Max ne m'a jamais donné l'impression d'être particulièrement attentionné envers les autres.

« Compris. Je vais quand même passer le voir. »

Il s'écarte de mon chemin tandis que je me dirige vers la porte, puis me fige sur place. Puisqu'il se trouve là, je lui demande : « Avez-vous réussi à contacter le siège de votre entreprise ? »

Il hésite une fraction de seconde de trop avant de répondre : « Ah, non. Toujours pas pour l'instant. Aucune liaison.

— Nous sommes donc toujours coupés du monde ?

— Pour l'instant, oui. »

Il fredonne sans rien dire et se déplace en traînant les pieds. Il ne pourrait pas avoir l'air plus sournois, même s'il le voulait. Je me souviens des insinuations de Grant. Je n'y avais pas prêté beaucoup d'attention sur le moment, trop obnubilée par ma fureur contre ce dernier de s'être comporté en idiot. Mais peut-être qu'il n'avait pas simplement cherché quelqu'un, n'importe qui, pour lui faire porter le chapeau. Grant avait peut-être des raisons de se méfier de Max.

« Je peux essayer ? Il y a peut-être quelque chose à corriger dans les paramètres. » Je tends la main, tentant d'inciter Max à me remettre son portable.

Il fixe ma main et pince ses lèvres, mais n'esquisse pas un geste pour sortir le téléphone de sa poche.

« Avez-vous essayé de l'éteindre et de le rallumer ? »

Je plaisante en partie, mais il semble contrarié.

« J'ai tout essayé. De toute façon, il y a un protocole strict qui régit l'utilisation des portables de notre entreprise. Je ne peux autoriser quiconque à s'en servir. »

Juste au moment où je crois que Max ne peut pas se comporter encore plus comme un connard, il arrive quand même à me surprendre.

« Vous vous foutez de moi ? On est coincés ici, Dieu sait où, cernés par la glace, avec un capitaine gravement blessé, il y a un putain d'ours polaire qui occupe le pont 4, et vous vous inquiétez des procédures ? »

Il renifle et lâche ces mots : « Peut-être que si votre logiciel avait été plus adapté pour la mission, nous ne serions pas dans ce merdier. »

Je n'apprécie pas cette insulte. Proteus ne comporte pas de vice de conception, ou du moins il n'y en avait pas avant que Grant ne le bousille. Mais je ne veux pas me lancer sur ce sujet. Je ne vais pas raconter à Max la petite aventure de Grant en matière de sabotage industriel.

« Ou peut-être, dis-je du tac au tac, qu'on s'en sortirait mieux si vous n'aviez pas ordonné un changement de cap imprévu. Pour quelle raison d'ailleurs ?

— Le protocole m'interdit de…

— J'emmerde le protocole.

— Je n'ai pas à vous écouter. (Il essaie de s'éloigner, mais je lui barre la route.) Il faut que vous vous calmiez. (Son ton devient condescendant, sa lèvre supérieure se retrousse tandis qu'il pointe vers moi son nez maigre.) Vous devenez hystérique. Les femmes ne sont vraiment pas faites pour ce genre de mission, ah, les oies. »

Je ne saurais expliquer si c'est à cause de son machisme toxique, ou de son tic avec « les oies », mais cinq secondes plus tard, Max se retrouve sur le dos dans la coursive des cabines. L'un de mes genoux appuie sur son thorax osseux et mes mains sont serrées autour de sa trachée. Mon autre genou plaque son bras gauche sur le pont. Sa main libre s'agite, essayant de se défaire de ma prise, mais je la maintiens fermement.

Eh bien, voilà qui est intéressant, me dis-je en observant ses narines qui se dilatent, les veines de ses tempes visibles à travers sa peau fine. Sa bouche s'ouvre et ses yeux s'écarquillent plus que la normale, injectés de sang. Il me lance quelques coups de poing inefficaces à la tête et au corps. De la salive jaillit au coin de sa bouche.

Je l'immobilise sans le moindre effort. Il essaie de parler, mais je le regarde, plus curieuse de ses efforts que de ses paroles. Jusqu'à présent, j'ai détesté tout ce que j'ai entendu sortir de sa bouche ; je n'ai donc pas très envie de le laisser parler. Je m'étonne de me sentir si calme. Une rage meurtrière ne serait-elle pas plus appropriée ? Mais ce n'est pas du tout le sentiment que je ressens. Je me sens pragmatique, compétente, réaliste sur ce qui est en train de se passer. Une partie de mon esprit calcule déjà le poids de Max et la difficulté que j'aurais à déplacer son corps.

Nous clignons tous les deux des yeux lorsqu'un point rouge apparaît soudain sur sa pommette, roule sur son visage et descend vers son oreille en laissant une traînée ardente. Une autre goutte tombe près de ses lèvres, il bafouille et crache encore. Je me rends compte que le sang doit provenir de mon cou. J'ai encore oublié les points de suture. Max se cambre et se tortille comme un poisson échoué. Je me sens vaguement offensée à l'idée qu'il semble plus contrarié par mon sang qui coule sur lui que par le fait que je l'étrangle jusqu'à ce que mort s'ensuive.

Je retire une main de sa gorge et saisis son bras ballant par le poignet, je relâche ma prise autour de son cou juste assez pour qu'il puisse respirer. Il prend une grande inspiration, puis commence à parler. Je secoue la tête en dénégation et resserre encore un peu ma prise. Je veux bien le laisser vivre, mais je ne suis pas sûre de pouvoir écouter ses conneries de pleurnichard. Sa peau reprend une couleur normale et ses yeux paraissent moins désespérés. Il cesse de se débattre. À titre d'essai, je relâche la pression sur son cou, et cette fois, il n'essaie pas de parler.

« D'accord, c'est mieux comme ça. Maintenant, peut-être voudriez-vous éclaircir quelques points pour moi ? »

Il incline la tête en guise d'acquiescement.

« Pour qui travaillez-vous ?

— Pilgrim… »

Je bascule mon poids sur le genou posé sur sa poitrine et je penche mon visage près du sien.

« J'aimerais que vous réfléchissiez à votre situation actuelle. Souvenez-vous que je suis une femme hystérique. Il est donc tout à fait possible que mes ovaires me poussent à faire quelque chose d'irréfléchi si je pense que vous n'êtes pas honnête avec moi à cent pour cent.

— Je ne sais pas, souffle-t-il. Je vous le jure… (Il se tortille sous mon poids.) Si vous voulez bien me lâcher. »

Je le dévisage avec méfiance.

« Je vous le promets, insiste-t-il. Je vous dirai tout ce que je sais. »

Je retire mes mains et m'assieds à côté de lui, les jambes croisées.

Il reste allongé un moment, faisant un grand effort pour respirer, puis se met en position assise, le dos contre le mur, avant de faire un effort encore plus grand pour se racler la gorge.

« Le changement de cap, dis-je, interrompant son petit jeu pour se faire plaindre. D'où vient cette idée ?

— Je ne suis qu'un infime rouage dans tout ça. Je n'ai aucun pouvoir de décision. »

Je le fixe du regard.

« D'accord, poursuit-il. Le brise-glace. Tout tournait autour du brise-glace. Je ne sais pas pourquoi c'est leur objectif, et vous savez quoi ? Je m'en contrefous. Le changement de route était une manœuvre de dissuasion pour expliquer la perte de contact avec l'extérieur. Pendant ce temps, ils ont accéléré et ont navigué à travers la banquise dans la direction opposée. Je ne connais pas le cap exact qu'ils ont pris. Ce qui s'est passé ensuite (il roule des yeux), c'est à vous de le découvrir. Je n'en sais rien. Tout ce que j'avais besoin de savoir, c'était que nous serions capables de trouver notre chemin sans leur assistance. Il devait y avoir une route déjà tracée dans la banquise. Tout ce que nous avions à faire, c'était de la suivre.

— Mais ça ne s'est pas passé comme ça.

— Non, en effet. Mais ça aurait dû être le cas. Tout était prévu. Vérifié et revérifié.

— Mais c'est Pilgrim qui a affrété le *Koch* en premier lieu, pas vrai ? Pourquoi voudraient-ils dérober leur propre brise-glace ? Cela n'a aucun sens. »

Max écarte les mains en signe d'impuissance.

« Qui le sait ? Pilgrim est une entreprise énorme, plus vaste que vous ne le pensez. Il y a certaines parties de l'organisation…

— Quelles parties ?

— Je ne sais pas qui ils sont exactement. Il s'agit plutôt d'un réseau. Un réseau mondial. Il y a beaucoup de place pour les divergences d'opinion, j'imagine.

— On dirait qu'un énorme merdier se prépare.

— Je suis presque certain qu'aucun d'entre eux n'avait envisagé cela. Je n'ai aucune idée de ce qui est en train de se passer. Je veux me sortir de tout ça autant que vous. »

Je ne me fie pas à la série d'expressions faciales qui défilent sur le visage de Max et n'arrive pas à décider quelles parties de son histoire sont plausibles, si tant est qu'il y en ait, alors j'arrête de le fixer. Mon regard se pose sur la porte de la cabine d'en face.

« Jusqu'à quel point Bjornsen était-il au courant ?

— De rien du tout. Pour autant que je sache. C'est ce que j'essayais de découvrir. J'ai pensé qu'il pourrait peut-être m'éclairer.

— Et alors ?

— Il n'a plus vraiment toute sa tête. »

Max se frotte la marque que mes mains ont laissée sur son cou. Nous restons assis en silence pendant un moment.

« Ce que je ne comprends pas, c'est ce que vous y gagnez. Je veux dire, combien vous paient-ils ? En avez-vous vraiment besoin au point de risquer votre vie, de risquer nos vies à tous ?

— Ce n'était pas prévu qu'on en arrive là.

— C'est fou le nombre de personnes qui disent cela juste avant que d'autres ne soient blessées. »

Max semble perplexe.

« Qui…

— En fait, vous êtes comme des gamins. Vous ne réfléchissez jamais aux conséquences de vos actes.

— Je…

— Je veux dire, putain de merde, qu'est-ce qu'il y a dans vos crânes ? Quelque chose ? Ou rien du tout ? Est-ce que c'est juste un putain d'espace vide là-dedans ? »

Max se recroqueville contre le mur comme s'il voulait le traverser pour se mettre à l'abri de l'autre côté.

« Laissez tomber », dis-je dans un soupir.

Je gaspille mon souffle à force de m'énerver. Je ferme les yeux pendant quelques secondes et tente, avec un certain succès, de me détacher de tout ça.

« Juste par curiosité, pourquoi avez-vous besoin d'argent ? Votre famille a été kidnappée par des terroristes ? Votre petit frère a besoin d'une opération qui lui sauvera la vie ? Pourquoi ?

— Pour lancer un élevage d'opossums.

— Pardon ?

— Une fois rentré chez moi. Je trouverai un endroit sympa à la campagne, sur l'île du Sud. Il y a un gros marché pour la laine d'opossum. C'est un marché de niche, mais il se développe.

— Vous êtes sérieux ?

— Absolument. L'opossum, ou le mélange opossum-mérinos, est un produit de haute qualité, très durable, avec une excellente conservation de la chaleur. Et il est très agréable au contact de la peau, plus doux que le vison. Tenez, dit Max en soulevant le bord de son pull, révélant un peu de tissu blanc en dessous. Touchez. »

À moitié ébahie, je me penche et frotte le tissu entre mes doigts.

« L'opossum est un fléau écologique majeur en Nouvelle-Zélande. Il décime les plantes et les oiseaux indigènes depuis son introduction dans les années 1850. En plus d'être à la fois luxueuse et pratique, la laine d'opossum est également un produit très respectueux de l'environnement. Ce n'est pas une blague… »

Une fois que j'ai commencé à rire, je ne suis plus sûre de pouvoir m'arrêter. Il y a quelque chose d'effrayant, mais aussi de libérateur dans le fait d'ouvrir les vannes. Je ne sais pas combien de temps j'aurais pu continuer ainsi si la porte du pont supérieur ne s'était pas ouverte : Hannes vient de passer la tête à l'intérieur. Il nous regarde, mais ne s'arrête pas pour poser des questions.

« Vous deux, vous devriez peut-être venir jeter un coup d'œil », dit-il avant de disparaître à nouveau.

CRASH – SYSTÈME

OCÉAN ARCTIQUE

L'ambiance sur la passerelle est aussi tendue que lors du compte à rebours d'un lancement de fusée. Nous respirons à peine, la banquise s'est ouverte devant nous. De grandes plaques se balancent sur l'eau de part et d'autre, comme autant de portes offrant la possibilité de nous échapper. Nous nous tenons sur le seuil, ivres d'espoir, tandis que notre avenir se dessine dans l'embrasure.

Ralf donne un coup de poing dans l'air. « Oui ! Allez ! » crie-t-il, comme si son équipe venait de marquer un but.

Hannes tape dans le dos de Jules avec un large sourire d'une oreille à l'autre. Jules semble ébahi. Il croise mon regard et nous partageons un sourire hésitant.

La radio grésille et la voix de Grant nous parvient du nid-de-pie où il s'occupe toujours de la surveillance. « Vous voyez la même chose que moi ? » s'écrie-t-il.

Hannes s'empare du micro et y pousse des cris de joie, assez perçants pour décoller la cire des oreilles de Grant. Puis il jette le combiné et commence à étreindre tous ceux de l'équipage à sa portée. Je peux toujours entendre Grant parler à la radio et il y a quelque chose dans son ton, même brouillé par les parasites, qui attire mon attention et fait sonner l'alarme dans ma poitrine. Je ne peux saisir que des bribes de ses paroles : « Rapide… Hors du chemin… Impact dans cinq…

— Hé ! (Je crie aussi fort que possible dans la pièce.) Silence !

— Deux… »

Nous sommes tous projetés au sol alors que le navire penche vers l'avant. J'essaie de me relever, mais je suis lancée en arrière lorsque le pont s'incline brusquement. Tout le monde dévale la pente, se heurtant aux équipements, les corps s'entrechoquant, s'efforçant de trouver des prises auxquelles s'accrocher. La poupe du navire tire brusquement sur tribord, la proue s'abaisse et l'iceberg apparaît.

Il est presque aussi grand que nous et sa forme ressemble étrangement à la nôtre avec un arc pointu, une partie avant surélevée et une longue crête abaissée, comme s'il se foutait de notre gueule. Après avoir accompli son œuvre, il s'éloigne innocemment, comme s'il n'était en rien responsable du chaos qu'il a provoqué.

Nous nous relevons tant bien que mal. Jules a la lèvre fendue, un mince filet rouge coule sur son menton. Hannes se frotte l'épaule et marmonne des jurons. Nos contusions ne tarderont pas à apparaître, mais pour le reste, nous semblons tous à peu près intacts. Ce qui est plus que ce que l'on peut dire du navire.

Jules et Ralf se précipitent sur le pont et inspectent la poupe. Lorsqu'ils reviennent, leurs visages sont figés et sinistres.

« Le pont arrière a été lourdement touché. Que quelqu'un descende dans la salle des machines ! Vérifiez que tout le monde va bien et évaluez l'étendue des dégâts.

— Ah, merde. Non, non, non… »

Les protestations de Hannes se bousculent et s'entremêlent dans un gémissement de consternation. Mais il n'est pas en train de se lamenter sur les dégâts subis par le navire, il scrute l'extérieur.

La glace se remet en mouvement. Le sillage de l'iceberg qui vient de passer, les courants changeants ou une combinaison des deux ont modifié le sens de la dérive de la banquise.

Jules lance des ordres brefs à l'équipage pour tenter de manœuvrer le navire vers le passage en train de se refermer, mais au moins l'un des gouvernails est endommagé. Des bruits de grincements et de claquements s'élèvent des entreponts et les moteurs tournent à fond. Le navire semble se vautrer sur l'eau, il se déplace et tire sur tribord. En l'espace d'une demi-heure, nous sommes pris au piège dans une longue lagune en forme de feuille, bloqués par la glace dans une parcelle d'eau libre, dans la pupille d'un œil qui semble vouloir bientôt se refermer.

Nous coupons les moteurs. Si l'un des gouvernails fausse son hélice, l'utiliser pourrait causer encore plus de dégâts. De toute façon, nous ne pouvons plus aller nulle part.

› • ‹

L'une des cales inférieures prend l'eau, lentement mais sûrement. Elle a été isolée du reste du navire pour éviter que nous ne coulions, ce que personne n'ose mentionner, car cela reviendrait à en reconnaître la possibilité. D'ici quelque temps, la glace bougera à nouveau, ou quelqu'un à terre commencera à se poser des questions et un autre brise-glace sera envoyé pour nous libérer.

Les heures passent et s'étirent, le temps s'égare et la torpeur s'empare de l'équipage. Les conversations s'étiolent. Notre frénésie initiale s'est calmée pour laisser place à un abattement d'ivrogne. Nous nous replions tous sur nous-mêmes. L'isolement de cet endroit, notre situation précaire s'insinuent entre nous. Nous sommes tous absolument seuls, hermétiquement enfermés dans nos corps.

› • ‹

La banquise grogne, elle gronde et fait craquer ses articulations, s'apprêtant à nous écraser. Jules et moi nous tenons sur le pont, prenant des quarts avec les jumelles, à la recherche d'une issue dans la glace. Notre bassin en forme d'œil fait partie d'une série d'ouvertures le long de ce qui ressemble à une crevasse, mais qui est en réalité une jonction de bords imparfaite, longue de plusieurs kilomètres, s'étendant devant et derrière nous jusqu'à l'horizon.

Le soleil nous contemple depuis un ciel bleu layette, parsemé de nuages rose pastel. Je respire par la bouche. Quelque chose s'est rompu dans les entrailles du navire, libérant la puanteur des eaux usées ; celle-ci plane dans l'air ambiant comme une malédiction, maintenant que le vent est tombé.

Mon attention est attirée par un mouvement dans l'un des bras d'eau libre ; je braque les jumelles dessus en ajustant la mise au point pour obtenir une vision plus nette. Des pointes dressées, regroupées de façon surréaliste, percent la surface de l'océan et agitent l'eau. Mon esprit évoque aussitôt la possibilité absurde d'un oursin monstrueux qui se balancerait et roulerait juste sous la surface, mais les pointes se croisent et s'entrechoquent, leurs angles sont aléatoires. Peu à peu, je me rends compte que des formes sombres se bousculent en dessous des pointes, une cacophonie nous parvient. Des crissements et des grincements bizarres se mêlent à de brusques expirations d'air. Je passe les jumelles à Jules.

« Des narvals, dit-il après un instant.

— Qu'est-ce qu'ils font ?

— Ils sont en train de mourir, probablement. Cela dépendra si la glace se met à bouger de nouveau. Cela se produit même dans des conditions normales. Les chenaux s'ouvrent dans la banquise, puis se referment. Parfois, les animaux se retrouvent piégés trop loin de l'eau libre. C'est ce qu'on appelle un *savssat*. Un cadeau pour les chasseurs, s'ils se trouvent au bon endroit et au bon moment. »

Nous restons là un moment à écouter les sons aigus de la détresse des cétacés qui font le contrepoint au grincement profond de la glace. Il n'y a plus qu'une dizaine de mètres de mer de part et d'autre du navire et la banquise se rapproche.

« Ce navire est assez solide pour résister à la pression de la glace, n'est-ce pas ? Si elle se referme complètement sur nous ?

— Normalement, oui. Mais avec ces courants… (Jules fait une imitation terne d'un de ses haussements d'épaules à la française) la glace qui bouge de façon si imprévisible et les dégâts que nous avons déjà subis, on ne peut être sûr de rien. »

› • ‹

Une panne électrique se produit. Un court-circuit dans le système causé par l'eau s'infiltrant par la coque. Sans électricité, pas de chauffage ni d'éclairage sous les ponts, ce qui nous oblige à emprunter les couloirs sombres en étant équipés de torches. L'ours, lui au moins, sera plus à l'aise avec la chute des températures. Le givre se répand à l'intérieur du navire, recouvrant tout d'une couche d'un blanc étincelant.

Sans électricité, la viande restante dans les congélateurs ne peut plus être cuisinée. Je ne me suis pas encore résolue à en manger, mais la plupart des autres membres de l'équipage l'ont déjà fait, rongeant et suçant des morceaux congelés, leurs lèvres et leurs dents s'assombrissant de sang à mesure que la viande se ramollit.

La lutte contre la montée des eaux dans la cale se poursuit, mais nous en sommes réduits à écoper manuellement à tour de rôle après l'arrêt des pompes électriques. Il devient évident que nous ne sommes pas en train de gagner la partie contre l'océan. Lentement, très lentement, le navire commence à gîter sur les flots. Nous sommes en train de couler.

Les éléments naturels s'affrontent pour savoir lequel d'entre eux, de la glace ou de l'eau, nous achèvera en premier.

› • ‹

Sans les canons à air ou les moteurs, il n'y a plus que le bruit de la glace et des animaux. Les narvals n'étaient qu'un début. D'autres mammifères ont suivi. Chacun dans son propre *savssat*, chantant son propre chant de mort : il y a la baleine, le phoque, le morse. Tout ce qui pouvait vivre ici est en train de mourir. À la limite de mon niveau d'audition, un autre son me fait dresser par réflexe les cheveux sur la nuque. Cela doit être un effet acoustique bizarre causé par les longueurs d'onde des cris combinés des animaux qui résonnent à travers la glace, mais on dirait bien une meute de loups. Des hurlements.

Même dans ma cabine, j'entends cette terrible musique à travers les cloisons. Toujours vêtue de mon manteau et de mon chapeau, je m'enveloppe dans des couvertures et me concentre sur l'écriture. Personne ne lira jamais ce récit, mais je continue quand même à l'écrire.

Parfois, j'imagine que j'entends une ligne de basse avec des pas lourdauds sous les notes plus aiguës des cris des animaux mourants. L'ours, piégé sur le pont du dessus, fait les cent pas. Des empreintes de pattes apparaissent dans la glace. L'ours s'arrête juste au-dessus de l'endroit où je suis couchée sur le côté, en train de parachever les pages de mon journal. J'entends le cliquetis et le grincement des griffes si proches à travers le plafond tandis qu'il s'allonge et se recroqueville pour s'endormir. Sa posture imite la mienne. Mon souffle fait écho au sien. Nos rêves tournoient comme de la neige en train de tomber et s'amoncellent en couches superposées.

QUATRIÈME PARTIE

VII

Je touche à peine le sol. L'adrénaline me propulse dans les couloirs, et je suis à peine consciente des virages que je prends ou même de mes propres pas. D'une manière ou d'une autre, je finis par retrouver le chemin de la bibliothèque.

Dès l'entrée, l'ambiance apaisante, consolatrice s'enroule autour de mes épaules comme un châle. Je lutte contre cette sensation. Je ne veux pas me laisser bercer une fois de plus par la passivité. Mais j'ai besoin de me calmer, au moins un peu. Mon cœur cogne contre mes côtes et je doute de pouvoir aligner une phrase cohérente, et encore moins de poser à Alex les bonnes questions pour tenter de comprendre. L'ours, les archives de l'équipage du *Polar Horizon*, mon journal. Comment ces éléments s'imbriquent-ils les uns dans les autres ? Est-il au moins au courant de cela ?

Je m'oblige à faire une pause, à m'asseoir sur une marche de l'une des grandes échelles mobiles et à tenter de freiner mes pensées. Je me concentre sur le souvenir de la respiration de l'ours, je ralentis la mienne jusqu'à ce qu'elle s'accorde, les deux rythmes s'imbriquant l'un dans l'autre. L'ours inspire tandis que j'expire.

› • ‹

Dans la partie la plus courte de la bibliothèque, en forme de L, Alex et Clyde sont assis avec deux autres hommes, l'un avec une queue-de-cheval, l'autre avec une moustache soigneusement taillée. Les deux, probablement des scientifiques, sont vêtus de T-shirts noirs usés. Tous les quatre sont concentrés sur un appareil posé sur la table entre eux. Alex lève les yeux à mon approche.

Je commence à dire : « Nous devons… »

Il lève un doigt, m'intimant poliment le silence, puis sourit et me fait signe de m'asseoir. Je me tiens derrière une chaise vide.

« Écoutez. Je…

— S'il vous plaît.

— Mais ce…

— Ce ne sera pas long. »

Il reporte son attention sur la table. Je m'assieds, avec l'impression d'avoir de nouveau six ans, interrompant des discussions d'adultes. Je suis furieuse de n'avoir pas réagi, mais je me dis aussi qu'en donnant une tape sur ce doigt impérieux, pour attirer l'attention d'Alex, je ne l'aurais sans doute pas rendu très coopératif. Les autres remarquent à peine ma présence. Je croise les bras. Je peux attendre encore un peu.

Je regarde de plus près l'objet posé sur la table. C'est une sorte de jeu. Un damier circulaire est maintenu dans un support, comme sur une ancienne mappemonde. À l'intérieur du support se trouvent deux cerceaux de cuivre gravés de symboles et d'échelles : il y a les phases de la lune et d'autres indications que je ne reconnais pas sur le moment. Les pièces sont disposées de part et d'autre du plateau. Elles doivent être aimantées. Une série de cases est sombre, d'un bleu vert irisé comme de l'huile sur de l'eau ; l'autre est d'une couleur jaune rouge vive comme le soleil ; au centre, il y a une étoile à quatre branches d'un blanc jaunâtre.

Clyde fredonne faiblement, il tend l'une de ses longues mains et déplace une pièce d'un côté à l'autre du plateau, puis actionne une petite roue en laiton qui fait pivoter l'ensemble. En tournant, les cases se déplacent également, glissant les unes autour des autres, entraînant avec elles leurs pièces : loup, hibou, morse, phoque, renard, tous sculptés dans une matière pâle ressemblant à de l'os. Une partie des pièces est de couleur crème, l'autre de couleur foncée, avec une tache brun rougeâtre amoncelée dans les rainures. Chaque figurine porte sur son verso un squelette sculpté en relief.

Chaque fois que je pense avoir enfin saisi les règles du jeu, quelqu'un tourne la roue pour mettre en mouvement toutes les pièces et je suis à nouveau désorientée. Les deux scientifiques prennent des notes. Il y a quelques figurines humaines parmi les animaux, sculptées dans le même style et un matériau identique. L'une d'elles semble être en train de prier, une autre effectue une danse.

J'ai observé assez longtemps. J'attends que le plateau soit immobile, puis j'y plonge la main et j'en retire une pièce. Tous les regards se tournent vers moi en même temps. Je retourne la figurine pour l'examiner. Mis à part le matériau dans lequel elle est sculptée et l'ajout d'une base circulaire pour la faire tenir debout, celle de l'ours ressemble exactement à la figurine que Jules m'a offerte sur le *Polar Horizon*. Son aspect est ramassé, fluide, comme si l'animal était prêt à s'envoler.

Tout cela n'est-il qu'un jeu pour eux? Ils se divertissent avec leurs théories et leurs expériences, appelant cela de la « recherche ». Northolt, l'ensemble des installations, n'est rien d'autre qu'un immense jeu : les couloirs qui se reconfigurent du jour au lendemain, révélant de nouveaux puzzles et de nouvelles pièces, le tout faisant partie d'un dispositif plus vaste, englobant la ville d'Avie et même au-delà. Tous ces lieux où la vie s'agite désespérément pour tenter de survivre dans les hauteurs, tandis que les bas-fonds sont encombrés des ossements des noyés. Tout semble tourner dans des orbites qui se dégradent au fil du temps, pendant que ce groupe de chercheurs étudie les débris des épaves, compte les cadavres et prend des notes.

Je laisse une vague de vertige m'envahir, puis tente de rassembler mes pensées, en serrant mon poing sur la figurine sculptée.

« Je pense qu'il est grand temps que vous me donniez des réponses. »

Le cercle de leurs visages, leur détachement blafard, me répugne. Mais qu'est-ce qui rend ma propre passivité jusqu'à présent plus excusable? En ce moment, j'ai l'impression désagréable d'être leur complice.

« Et quelles sont donc les questions pour lesquelles vous aimeriez obtenir des réponses? (Clyde semble amusé par ma sortie.)

— Absolument toutes. Je veux connaître le plan d'ensemble. Si vous en avez un. J'ai tout toléré jusqu'à présent, mais c'est fini. Je supposais que vous saviez ce que vous faisiez. Mais le savez-vous vraiment? Qu'est-ce que vous essayez d'accomplir exactement? (Je regarde l'appareil sur la table.) J'en viens même à me demander si vous n'êtes pas simplement en train de jouer. »

Les hommes échangent un regard.

« Ne soyez pas stupide, dit le connard avec la queue-de-cheval. Comme l'a dit Einstein : Dieu ne joue pas aux dés avec l'univers. »

Je le regarde avec froideur. « Que Dieu nous vienne en aide s'il s'avère que Dieu, c'est vous. »

Le sourire de l'homme se fige.

« Vous allez me dire ce qui se passe, oui ou non ?

— Nous nous demandions quand vous alliez poser la question », dit Clyde.

Cet air suffisant ne lui va vraiment pas. Je résiste à l'envie de l'effacer de son visage, peut-être en même temps que certaines de ses dents.

« Vous êtes ici depuis suffisamment longtemps. (Il me sourit d'un air détaché.) Votre curiosité naturelle a dû s'émousser, j'imagine. »

Cette pique me fait mal.

« Ce n'est pas facile quand vous vous retrouvez à l'extérieur. La curiosité n'est pas toujours quelque chose d'utile.

— Vous vous contentez de faire ce qu'on vous dit ?

— Ce n'est pas ça. C'est juste… que j'essaie de rester en vie. »

Alex intervient : « Bien sûr. S'il vous plaît, ne prenez pas les commentaires de Clyde à titre personnel. Il peut être incroyablement dépourvu de tact. »

Il lance un regard exaspéré vers Clyde. Le scribouillard pédant à la moustache griffonne sur son bloc-notes, ses yeux se posant tour à tour sur nous, comme un simple spectateur. Alex se racle la gorge.

« Vous avez sans doute du travail à faire, vous deux. »

Les hommes semblent déçus, mais ils rassemblent leurs affaires et quittent la table, se dirigeant docilement vers la sortie. Lorsque la porte se referme, Alex se tourne à nouveau vers moi.

« Nous ne vous avons pas donné toutes les informations dès le départ parce que, tout d'abord, pour la plupart des personnes, notre approche semblerait extrêmement douteuse. Nous ne voulions pas vous effrayer. En second lieu, même si vous aviez accepté de participer à nos expériences, le fait de connaître le résultat escompté aurait pu affecter les résultats.

— Un peu de connaissance constitue un danger…

— Comme dans le principe d'incertitude, poursuit Alex en interrompant Clyde, le simple fait d'observer affecte le résultat. On pourrait même dire qu'il en est la cause. Nous devions préserver l'incertitude de vos actes. Enfin (il marque une pause, fixant le mécanisme du jeu), nous n'avons pas encore une vue d'ensemble de la situation. (Il effleure l'un des cerceaux de cuivre et le fait glisser en arc de cercle. Le métal émet un doux murmure en passant au-dessus de son jumeau.) La compréhension se fait par étapes, pas d'un seul coup. Parfois, il faut accomplir de grands bonds, mais la plupart du temps, il faut avancer à petits pas, garder l'esprit ouvert et se contenter d'attendre. »

Un esprit ouvert ? Je pense à l'ours, à la couronne d'électrodes et aux fils tordus vissés dans son crâne rasé.

« À quoi sert l'ours dans tout ça ?

— On va au labo ? » demande Clyde à Alex, qui opine.

› • ‹

Le trajet est beaucoup plus court que dans mon souvenir. Est-il possible que les couloirs de Northolt se reconfigurent vraiment ? Ou peut-être que Clyde et Alex suivent une route plus directe que celle que j'ai empruntée au hasard de mes pérégrinations.

Nous arrivons bientôt à l'endroit où la lumière d'un vert profond s'infiltre sur les bords de la porte. Clyde nous fait entrer. Le fait de ne pas être seule cette fois-ci n'empêche pas mon corps de libérer un cocktail contradictoire de réactions chimiques et émotionnelles. En premier lieu, une peur fondamentale, primitive, de me retrouver à proximité d'un grand carnivore, même s'il est hors d'état de nuire, et ensuite, au second plan, une sorte étrange de compassion horrifiée, une souffrance. Les deux réactions se bousculent, bouleversant mon paysage mental déjà passablement ébranlé.

Le cercueil de verre de l'ours – j'ai du mal à l'imaginer d'une autre façon – est bien là, un fait solidement établi, et non, comme je commençais à le craindre, le fruit de mon imagination ou un détail morbide issu d'un rêve.

Clyde appuie sur un interrupteur pour allumer le plafonnier ; la luminosité chasse les ombres, mais se réfléchit sur le dôme de verre, obscurcissant complètement l'intérieur et son occupant. Il tire une chaise jusqu'à l'un des terminaux, s'assied et commence à taper à toute vitesse sur le clavier. Un écran s'anime et affiche une interface avec une ligne de commande qui défile, chargeant apparemment un programme. Des lignes de code vertes s'écoulent vers le haut, la bordure à droite de l'écran ressemble à un littoral déchiqueté sur une carte, avec des caps et des baies. Son apparence me rappelle la routine de démarrage du système Proteus. Le froid m'envahit par vagues successives. Vingt ans. J'ai passé vingt ans à dériver sur l'océan sombre bordant ces deux rivages.

« Voici certaines des données que nous avons recueillies sur vous », dit Clyde en sortant une liasse de papiers d'un dossier et en me les tendant.

Je feuillette les images familières de lignes et de bandes ombrées, semblables à des couches de roches sédimentaires qui, selon Clyde, représentent les strates mémorielles.

« Que font mes résultats dans le laboratoire des expériences avec l'ours ?

— Et voici les analyses que nous avons recueillies auprès de Boule de neige.

— Boule de neige ? »

Mon esprit tressaille. C'est une intrusion soudaine dans mon enfance. Je ne leur ai jamais donné la permission de fouiller dans mes souvenirs personnels. Mon cœur semble battre dans ma gorge. Je déglutis, me disant qu'il ne doit s'agir que d'une coïncidence, ne voulant pas montrer que je suis bouleversée.

« Vous avez dit Boule de neige ? »

Clyde sourit.

« Certains d'entre nous pensaient que l'ours devait avoir un nom. *Ursus maritimus* semblait un peu formel et le fait de se référer constamment à lui en tant qu'"ours" paraissait, eh bien, un peu froid. (Le souffle de Clyde s'élève en vapeur dans l'air alors qu'il parle.) Et comme notre planète a dégringolé dans ce que certains pourraient appeler l'enfer, un peu de légèreté semblait bienvenue… »

Je ne mords pas à l'hameçon.

« Bref, poursuit-il, si vous observez ces relevés, vous remarquerez que la composante temporelle y est totalement absente. »

Je m'empare des pages d'analyses. On y retrouve les mêmes lignes et bandes en nuances de gris, mais au lieu d'être compressées en couches superposées, elles tournoient autour de la page, en boucles et en cercles. Une partie ressemble à des remous dans l'eau, une autre à de la fumée, quelques cercles concentriques rappellent les anneaux de croissance d'un tronc d'arbre abattu. Les notations sous les images ne me disent rien. Plus je regarde les analyses, plus je perçois des motifs et des associations, sans toutefois parvenir à déceler l'absence que Clyde semble croire évidente.

« Quel est le sens de tout ça ?

— Cela indique que chez les animaux, ou du moins chez cet animal, la mémoire n'existe pas parce qu'il n'y a pas de construction linéaire du temps. Tout est dans le présent. Tout ce qui s'est passé, se passe, se passera se passe encore. C'est fascinant, vous ne trouvez pas ? »

J'acquiesce par pur réflexe.

« Évidemment, avec Boule de neige, nous n'avons pas l'avantage de la communication verbale et, pour autant que nous le sachions, il n'a jamais tenu de journal intime. (Clyde émet un petit rire indulgent.) Alors, pour commencer, nous avons dû établir un modèle que nous pourrions analyser. Laissez-moi vous montrer quelque chose. »

Clyde se lève de son terminal et ouvre un tiroir profond contenant un casier de plateaux en plastique blanc. Une vapeur épaisse s'en échappe et tombe sur le sol en volutes lentes. Il retire le plateau supérieur et fouille dans une collection de sacs de congélation étiquetés, puis en choisit un qui renferme quelque chose de sombre et sanguinolent.

« Le sac est scellé, dit-il. Bien sûr, nous ne pouvons rien sentir tant que c'est congelé, mais Boule de neige a un système olfactif bien supérieur au nôtre. Regardez. C'est vraiment trop cool. »

Il se dirige vers le haut du cercueil de verre, me faisant signe de le suivre – ce que je fais à contrecœur –, et appuie sur un bouton situé sous la table. Il y a un sifflement d'air comprimé lorsqu'une partie du dôme se rétracte, juste assez pour exposer à l'air libre le museau de l'ours. Clyde saisit le tube respiratoire de ses deux mains et le retire. Il y a un bruit de succion humide et les dents de l'ours claquent.

« C'est bon, dit-il, il peut respirer sans ventilation artificielle pendant de courtes périodes. »

Ensuite, il place le morceau de viande de phoque congelée juste devant le museau noir. Rien ne se passe. Il retourne à son terminal et pianote sur le clavier. Une série de lumières scintillent dans une sorte de code morse complexe, juste au-dessus du crâne de l'ours. Une narine tressaille. Ou bien est-ce mon imagination ? Les deux narines s'ouvrent en grand, aspirant l'air. Je recule d'un pas.

« Ne vous inquiétez pas. C'est tout à fait sans danger », dit Clyde.

Je reste à ma place. Sans danger, mon cul.

Un grognement, l'haleine de l'animal projette deux jets de vapeur dans la pièce comme le ferait un dragon. Je penche la tête pour mieux observer, sans m'approcher davantage. Une ondulation parcourt les lèvres noires de l'ours qui se mettent à briller d'un éclat humide. Un puits de bave visqueuse s'accumule dans sa mâchoire inférieure, puis s'écoule entre ses crocs pour former une flaque sous le menton.

Je déglutis, soudain consciente d'avoir trop de salive dans ma propre bouche, toute gluante autour de mes gencives et de mes dents, enrobant ma langue. Elle est épaisse et froide, avec un goût infect. Je ne peux plus supporter d'observer tout ceci.

Je crie : « Arrêtez! Arrêtez! »

Un malaise m'a saisie. Clyde me regarde d'un air perplexe, mais retire la viande de l'ouverture, saisit une poignée de serviettes en papier et essuie la flaque de bave, tout en bougeant sans ménagement la mâchoire de l'ours d'un côté à l'autre.

À l'autre bout de la pièce, une imprimante s'active et commence à cracher du papier. Clyde s'enduit les mains de désinfectant et les frotte l'une contre l'autre. Je songe moi aussi à me laver la bouche avec ce produit. À quoi peut bien servir cette saloperie de test de Pavlov que Clyde vient d'effectuer?

« Si vous examinez les relevés, vous pouvez voir la réponse à cet endroit. »

Clyde indique une pointe irrégulière dans une forêt de lignes. « Nous avons recueilli des centaines de mesures de stimulus-réponse et…

— Quoi? (Je le regarde fixement.) Combien de fois avez-vous fait cela?

— Oh, beaucoup de fois. (Il semble fier de lui.) Nous avons recensé toutes les espèces de phoques arctiques. Le phoque annelé, le phoque barbu, le phoque du Groenland, le phoque à capuchon et le phoque à rubans. Nous avons aussi le morse, le béluga, qui a été difficile à analyser, les crustacés, les poissons. Puis il y a les ressources terrestres de nourriture comme le bœuf musqué, le renne, les petits rongeurs, le gibier d'eau, les œufs, le varech, les baies. Et il ne s'agit là que des réponses à la sensation de faim. Il y en a beaucoup d'autres. Nous fournissons le stimulus, comme vous venez de le voir, puis nous enregistrons le résultat. Si nous rassemblons les données et comparons ensuite…

— Quel type de stimulus?

— La faim, comme dans ce cas. Et, bien sûr, la douleur. Ou l'excitation sexuelle. Cette dernière est un sujet compliqué pour Boule de neige. Bien qu'il soit de sexe masculin, qu'il ait la corpulence nécessaire et qu'il possède des testicules et un pénis, il a aussi une vulve et ce qui semble être un vagin rudimentaire. Mais il lui manque la plomberie interne. Utérus, ovaires, trompes de Fallope, tout ce qui existe chez les femmes. (Le regard de Clyde s'attarde sur mon ventre.) Bien sûr, vous connaissez tout ça…

— Passons à autre chose, dis-je en levant la main pour le faire taire.

— L'une des réactions qui nous a posé le plus de problèmes à reproduire est la peur. L'ours polaire ne possède aucun prédateur naturel. Nous avons essayé l'odeur d'un autre mâle adulte, mais cela a stimulé son agressivité plutôt que la peur. Du moins, c'est ce que nous pensons. (Il se gratte la tête.) Quoi qu'il en soit, nous avons construit un modèle de données assez complet, ce qui nous a permis de découvrir quelque chose de bien plus intéressant. Nous avons obtenu des résultats très encourageants avec la psilocybine.

— Donc, en plus de le stimuler avec toutes ces sensations comme la faim, le sexe, la douleur et la peur, vous lui injectez en même temps des champignons hallucinogènes dans le cerveau ? »

Je regarde l'ours et ressens un nouvel élan de pitié. Comment doit-il se sentir dans sa tête ?

« Ce sont des substances étonnantes, explique Clyde, qui illuminent son cerveau comme un sapin de Noël. »

Il me sourit, puis soupire en constatant que je ne partage pas son enthousiasme. J'ai l'esprit en ébullition et je me réjouis du silence momentané pour tenter de mettre de l'ordre dans mes pensées, mais je ne sais par où commencer. Alex vient s'asseoir à côté de moi. Il rapproche sa chaise et nos genoux se touchent presque.

« Je sais que cela semble cruel, admet-il doucement, avec un vrai regret dans sa voix. Mais ce que nous essayons d'accomplir, c'est de créer une sorte de lien. Un lien qui n'a jamais été établi auparavant. Si nous y parvenons, cela pourrait tout changer.

— La fin justifie les moyens, dis-je, les yeux rivés sur le cercueil de l'ours, sans souhaiter qu'Alex prenne cela pour une vraie question.

— Oui, répond-il aussitôt. Sans aucun doute. (Il est clair qu'il est absolument persuadé par ce qu'il dit.) Notre hypothèse est que… »

Clyde nous interrompt depuis l'autre côté de la pièce, sans même se retourner pour nous regarder :

« Ne me mettez pas dans le même sac que vos idées à la noix. Je suis un scientifique. Un vrai. Avec une blouse blanche et tout.

— Mon hypothèse, poursuit Alex en ignorant sciemment Clyde, est que l'esprit animal, dans ses états conscients et inconscients, est capable d'accomplir une sorte de voyage dans le temps. »

Il ferme les yeux pour contrer un grognement méprisant de la part de Clyde, puis continue : « Une façon de gérer le temps, de naviguer à travers lui, que l'esprit humain, avec toute son ingéniosité extrême, ne peut accomplir qu'en rêve. Si nous arrivions à trouver un moyen de reproduire le schéma temporel que nous avons recueilli lors de vos sessions de souvenirs, d'en filtrer les parasites, de le synchroniser avec le modèle de l'esprit de Boule de neige, alors nous pourrons réaliser ce que les humains ont toujours rêvé de faire, ce que nous devons maintenant accomplir : nous serons capables de changer le passé. »

Clyde ne fait aucun commentaire.

› • ‹

De retour dans ma chambre, je m'allonge sur mon lit et examine la figurine de l'ours. Je l'ai trouvée dans ma poche à mon retour du laboratoire, la sculpture en os réchauffée par la chaleur de mon corps. La forme de l'ours, les lignes qui capturent l'instant exact de l'envol, juste entre l'impulsion et l'acte en lui-même.

Je me souviens d'avoir lu que, dans tout ce qui vole, machine ou animal, le vol est une propriété latente. Les écrous, les boulons, les plumes, les os : aucun d'eux ne peut voler de façon isolée. Mais si on les assemble de la bonne manière…

Je passe le bout de mes doigts sur le squelette en relief de l'ours et essaie de me représenter si tout ce que je sais désormais, ce qu'on m'a dit et ce que j'ai observé au laboratoire, bref, si tous ces éléments se combinent eux aussi de la bonne manière.

VIII

Cela prend beaucoup de temps et j'ai souvent l'impression de faire fausse route, de revenir sur mes pas, de tourner en rond.

Et puis, au détour d'un virage, alors que j'ai presque abandonné la partie, je tombe dessus : la sortie. Un panneau encastré dans un vieux mur de pierre, situé sur l'envers de la cheminée du refuge délabré qui mène au complexe principal de Northolt. De l'autre côté se trouve le monde extérieur, le monde bien réel et actuel.

Le lecteur de carte que j'ai utilisé, ou tenté d'utiliser, à l'entrée est inaccessible de l'autre côté. Je scrute les murs à la recherche d'une serrure ou d'un mécanisme de contrôle et trouve un clavier dissimulé dans un interstice de la maçonnerie.

J'essaie quelques schémas prévisibles, puis je passe à des suppositions plus spécifiques – les six premiers chiffres de pi, la date à laquelle le *Polar Horizon* a quitté le Svalbard –, mais j'en viens rapidement à frapper des séquences aléatoires. Je pourrais continuer ainsi pendant des années sans jamais trouver la bonne combinaison. Je ne sais même pas combien de chiffres sont nécessaires.

De frustration, je donne un coup de pied dans le mur et un morceau de pierre de la taille d'un poing se détache et s'écrase sur le sol. Parfois, la force brute représente la seule solution. Je ramasse la pierre et l'abats avec force sur le clavier. Des étincelles jaillissent et le panneau de la porte s'élève de quelques dizaines de centimètres avant de s'arrêter. Je me faufile dans l'étroite ouverture qui se trouve en dessous, remerciant en pensée Jules pour ce lointain conseil.

La cheminée en pierre située au-delà du panneau n'a pas coulissé complètement, mais je me faufile dans l'ouverture sans réfléchir davantage – alors que le bout de mon nez effleure la pierre rugueuse – à ce qui se passerait si elle se refermait avant que je ne me sois dégagée.

Une fois en sécurité, je jette un coup d'œil autour du petit refuge, respirant le mélange d'odeurs de vieilles pierres, de terre et de bois mouillé. Une forme sombre est recroquevillée contre le mur près de la porte. Je reste immobile le temps que mes yeux s'habituent à l'obscurité. Quoi que ce soit, cette chose est recouverte de draps poussiéreux. Je tire sur le tissu lourd et crasseux. Un éclat de chrome, un guidon. Ma moto. Quelqu'un a dû la rapporter de l'endroit où je l'avais laissée dans la clairière. J'enlève le reste de la bâche et fais rouler la moto par la porte.

Le ciel est dégagé, les premières lueurs du matin éclairent le ciel à l'est. Je vérifie la charge de la batterie : elle est presque à plat. Heureusement, le chemin du retour vers Avie est presque entièrement en pente. Je peux descendre en roue libre sur la majeure partie du trajet et, de toute façon, je n'abandonnerai pas ma moto. Je ferme les yeux, j'adresse une prière silencieuse dans le vide et appuie sur le bouton de démarrage. Il se passe une atroce seconde de silence, puis mon cœur bondit en entendant le ronronnement du moteur qui s'anime.

Autour de moi, les arbres tournoient en signe d'alarme muette. Sont-ce des arbres réels ou des reflets ? Peu importe. J'accélère à travers la clairière, en direction de la route d'accès. Vais-je réussir à retracer l'itinéraire sans le GPS qui m'a permis de parvenir jusqu'ici ? Quelqu'un va-t-il essayer de me suivre ? De me ramener contre mon gré ? Si je retourne à Avie, je ne peux pas savoir ce qui m'y attend. Il y a peu de chances que ce soit quelque chose de favorable.

Mais je me projette déjà. Pour l'instant, ni le point de départ ni celui d'arrivée n'ont d'importance. Tout ce qui compte, c'est d'être en mouvement.

Je plonge entre les arbres, déplace mon poids d'un côté, pose mon genou de l'autre et penche la moto dans le premier virage. Sous ma roue arrière, la terre et les pierres jaillissent en arc de cercle.

IX

Je peux sentir l'odeur du camp et de la ville en putréfaction avant de les apercevoir, des émanations sulfureuses étirant leurs tentacules puants jusqu'à l'orée de la forêt. Tout est identique à mon souvenir, mais en pire. En plus sale, plus malodorant, plus délabré, plus désespéré. Je traverse la zone industrielle et passe à côté d'immeubles de bureaux. Ils sont de plus en plus nombreux à être abandonnés, les clôtures d'enceinte arrachées et foulées au sol, les fenêtres brisées. On aperçoit la lueur vacillante des feux de camp à l'intérieur.

Le camp principal s'est agrandi depuis que je l'ai traversé à l'aller. Je m'enfonce dans le brouillard jaunâtre, parsemé de lumières blafardes. Il y a de plus en plus d'abris branlants, bricolés avec les matériaux disponibles : du bois de récupération, des plaques de tôle ondulée, des pans de toile et de plastique qui s'agitent au vent. Les bruits sourds de l'activité humaine tourbillonnent dans la vapeur : un bébé qui pleure, des voix qui s'élèvent, quelqu'un de saoul qui chante, un chien qui aboie, puis s'interrompt brusquement.

Dans le vieux centre-ville, la puanteur est atroce. J'ai perdu ma capacité à en faire abstraction, mais je sais que si je demeure ici, ne serait-ce qu'un jour ou deux, mon esprit la filtrera à nouveau. Cette idée m'irrite. Et si je voulais continuer à la sentir ? Et si je ne voulais pas oublier à quel point cela pue ?

Je contourne un amas de poutres pourries dans la rue, débris de l'effondrement de l'un des nombreux lofts improvisés qui ont poussé sur les toits ces dernières années. Des fragments d'humanité sont coincés entre les échardes. Un chiffon de tissu fleuri, une liasse de papier pâteux qui devait être un livre, un peigne en plastique rose auquel il manque des dents.

Mes chances de trouver un endroit sûr où loger sont minces, voire squelettiques. Brodrick doit depuis longtemps avoir reloué mon ancienne chambre à quelqu'un d'autre, ou bien l'a subdivisée pour doubler ses revenus. Je pourrais peut-être trouver un point de chute dans l'un des entrepôts à l'est de la ville, mais même ces espaces dangereux sont souvent envahis de personnes n'ayant nulle part où aller. Je pourrais peut-être récupérer quelques morceaux de bâche et me faire un abri. C'est alors que je décide, en réfléchissant aux options qui s'offrent à moi, de tout envoyer en l'air.

Je freine brusquement, j'enfonce le talon de ma botte dans le macadam fissuré, je fais demi-tour avec la moto et prends la route à gauche qui mène au Lachlan's. J'ai encore un peu de crédit dans ce rade et j'ai soudain envie de reconfigurer le contenu de mon crâne. Il y a beaucoup trop de déchets là-dedans, de vilaines choses que je n'ai même pas mises là intentionnellement. J'ai envie de les briser, de tout casser, de jeter les morceaux par la fenêtre, de mettre le feu à ce qui reste.

Je contourne le parking. Laisser quelque chose à cet endroit revient à y accrocher un panneau indiquant « Volez-moi ». J'avance sur le terrain accidenté jusqu'à l'arrière du bâtiment et me glisse derrière les poubelles, où j'attache la moto par les deux roues et le cadre à une rambarde.

L'intérieur du pub est calme, avec une musique douce et sourde, le cliquetis des boules de la table de billard dans la pièce annexe, des conversations en sourdine et des rires timides de groupes d'habitués disséminés dans la salle principale.

Maisie se trouve derrière le bar. Elle hausse les sourcils en me voyant, mais saisit un verre et le remplit avant que je n'arrive jusqu'à elle. Je la remercie d'un signe de tête et le bois cul sec. La brûlure lourde de l'alcool m'arrache la gorge et me fait monter aux yeux des larmes chaudes et piquantes. Putain, c'est un truc du tonnerre. Ça m'a tellement manqué. Je fais un geste pour demander qu'elle me resserve. Maisie s'exécute, mais ne me quitte pas des yeux.

« Quoi ? »

Elle se penche sur moi, place une main noueuse sous mon menton et regarde longuement mon visage, frotte une mèche de mes cheveux entre ses doigts. « Où étais-tu donc passée ? » Elle me prend l'épaule et la serre. « Tu as l'air différente. » Ses doigts s'enfoncent dans la chair de mon bras. « Toute propre et en bonne santé. » Je ris, assez longtemps et en sourdine pour que Maisie arrête d'être indiscrète. Elle soupire, secoue la tête, ramasse le balai appuyé contre le mur et retourne affronter les lattes poussiéreuses du plancher. Je prends mon verre et la bouteille, puis déniche une table dans un coin sombre de la salle.

› • ‹

La télévision est toujours suspendue de travers, le Public Herald rediffusant de vieilles émissions de téléréalité, qui constituent désormais une sorte de fantasme, tant elles sont éloignées de la réalité actuelle. Par intervalles, les lettres familières PHUK s'affichent à l'écran, une à une, pour se rejoindre dans un petit scintillement de poussière d'étoiles.

J'ignore l'écran et me concentre sur la boisson. Ça ne marche pas vraiment. J'avale une autre gorgée et attends. Rien. Maisie aurait-elle dilué le gin ? Il a le même goût que d'habitude : de l'essence mélangée à de l'alcool brut et un soupçon de nettoyant pour toilettes parfumé au pin. Mais l'effet voulu n'est pas là. J'ai besoin que cette porte familière s'ouvre, que cette chaleur relaxante se répande dans mon cerveau, en adoucisse les contours, liquéfie progressivement mes soucis, mais rien ne se passe. La porte reste fermée. Je fixe le verre, comme si la boisson elle-même pouvait m'offrir une explication ou des excuses. Nous étions si proches, nous avons passé ensemble des années : est-ce que ça ne compte pas ? Il me faut quelque chose sur laquelle je peux compter et, avec l'alcool, ça devrait être le cas. Comment peut-il m'abandonner ainsi ? Et juste maintenant, alors que j'en ai le plus besoin ? Quel enfoiré.

Le liquide vacille dans mon verre, des éclats de lumière orange et rouge scintillent à la surface et grimpent sur les rebords. Je ferme les yeux quelques secondes, lève la tête, puis réalise qu'il ne s'agit que d'un reflet de l'écran de télévision.

PHUK diffuse encore ce qu'ils appellent pour plaisanter des actualités entre les multiples rediffusions. Il n'y a aucun moyen de savoir si les nouvelles sont récentes ou un tant soit peu véridiques. De toute façon, les histoires sont toujours orientées dans un sens ou dans l'autre. Lorsque les forêts boréales ont brûlé il y a un an, dans un grand incendie qui a ravagé l'Amérique du Nord et la Sibérie, ils ont présenté cela comme une bonne nouvelle. Selon la version officielle, la nature s'efforçait en quelque sorte de rétablir l'équilibre, le brûlis allait reconstituer le sol, favoriser une nouvelle pousse des végétaux et, en fin de compte, faire baisser le niveau des eaux. Certaines personnes y ont même cru, ne voulant pas ou ne pouvant pas faire face à la réalité.

Comme même les journaux télévisés sont rediffusés à intervalles de plusieurs semaines ou même de mois, j'imagine que les flammes qui remplissent l'écran sont celles d'un vieux programme. Je les regarde fixement et avale un autre verre de gin. Toujours rien. Nada. Que dalle. Ça craint. Est-ce que tout ce qu'ils ont bricolé dans ma tête à Northolt m'a enlevé ma capacité à me bourrer la gueule ?

La télévision fait un plan large et un zoom arrière. Au-dessus des flammes se dressent des tours, et non des cimes d'arbres ; on aperçoit des piliers noircis de métal tordu et de verre entourés de fumée et de feu, dont les fondations disparaissent dans l'eau.

« Peux-tu monter le son ? »

Maisie, qui essuie les tables à proximité, ne lève même pas les yeux.

« Naaan, le haut-parleur est toujours en panne.

— Où cela se passe-t-il d'ailleurs ? »

Elle se redresse, son dos craque.

« Tu n'as pas entendu ? »

Je secoue la tête. Maisie jette un coup d'œil à l'écran.

« C'est Canary Wharf. De vieilles actualités. Le quartier a brûlé pendant une semaine entière. Ils ont dit qu'il n'y avait personne dans les environs, qu'il était déserté depuis des années. Mais je n'en sais rien. Un défaut électrique a apparemment déclenché l'incendie, les vents l'ont propagé. Il n'y a pas de quoi s'inquiéter, ont-ils dit. Mais n'est-ce pas toujours le cas ? »

Je soulève la bouteille et le verre, alors qu'elle se penche pour essuyer ma table, faisant tourner le chiffon humide, déposant un motif brillant d'écailles qui se chevauchent sur le bois sombre.

« Même eux ne peuvent pas espérer que les gens avalent ça, dit-elle.

— Quoi ?

— Toutes ces coïncidences. Tant d'endroits différents dans le monde entier qui, tout à coup, ont des problèmes d'électricité alors que le courant a été coupé depuis des années. »

Je n'ai jamais entendu parler de tout cela. Je ressens un pincement au cœur en voyant à quel point cette nouvelle dévastation ne me surprend pas.

« Quels autres endroits ?

— J'ai entendu dire que la tour d'Azerbaïdjan avait brûlé en premier, ainsi que tout ce qui se trouvait sur les îles Khazar, mais qui sait ? La tour Burj Khalifa s'est consumée comme une chandelle, celles de Shanghai, de Moscou, et Manhattan, bien sûr. On dit que le One World Trade Centre est toujours en train de brûler. Bien sûr, ils ne montrent pas tout sur le

Public Herald, mais les nouvelles circulent. C'est toujours le cas, en fin de compte. Tu en veux une autre ? »

Maisie regarde la bouteille sur la table, qui est presque vide, à mon grand étonnement. Elle n'était pas pleine au départ, mais c'est quand même beaucoup d'alcool en trop peu de temps. Ou du moins, ce serait le cas si l'alcool avait un quelconque effet.

« Ouais, vas-y », dis-je en me retenant d'exiger qu'elle m'apporte la version non diluée cette fois-ci. Maisie peut vite se vexer, et être encore plus prompte à réagir en conséquence. Et comme je ne vois pas d'autre endroit où aller que dans son bar, je n'ai vraiment pas envie de l'énerver. En plus, j'espère qu'elle me laissera dormir ici ce soir.

› • ‹

Je regarde les flammes se déchaîner sur l'écran en équilibre, les bâtons calcinés des gratte-ciel comme des chandelles noires en train de fondre. Ce qui reste de l'Ancien Monde fête l'anniversaire de sa mort. Faites un vœu et soufflez sur les bougies.

Où ai-je déjà vu cette photo ? Il y a quelque chose qui m'intrigue dans cette image. Est-ce quelque chose que j'ai vu de mes propres yeux, ou est-ce que je l'ai rêvé, ou encore lu ? Est-ce l'idée de cette image, de ces grands bâtiments émergeant de l'eau, envahis par les flammes, qui renvoie à une image similaire déjà archivée dans l'un des recoins de ma tête ? Comme ce jeu de mémoire qui consiste à associer des cartes illustrées. J'étais douée pour cela.

J'ouvre la nouvelle bouteille que Maisie a laissée sans dire un mot sur ma table, je m'en verse deux doigts et avale cul sec.

Si je soufflais les bougies du gâteau d'anniversaire du monde, quel vœu ferais-je ? Si faire un vœu n'était pas une chose futile et puérile, je pourrais souhaiter que le monde retourne à une autre époque, avant que tout ne parte en vrille. Mais quelle époque choisirais-je ? Avant la débâcle et tout ce qui s'en est suivi, ou plus loin dans le passé, quand le Grand Nord était encore un mystère impénétrable, ou plus loin encore, avant que l'humanité ne décide que les mystères n'existent que pour être résolus, exterminés, le dernier d'entre eux traqué jusqu'à l'extinction. Ou encore, avant que nous ne brûlions le premier arbre, faisant passer notre besoin de chaleur avant sa vie. Avant que nous ne soyons devenus si voraces.

Il n'y a pas de point unique dans le temps qui garantirait que tout ce gâchis ne se reproduise pas. Remontez les aiguilles d'une horloge, laissez-les filer et elles finiront par vous rattraper. Peu importe la vitesse à laquelle vous courez. Je pourrais souhaiter qu'il existe une forme différente de temps. J'avale un autre verre. J'aimerais pouvoir ne pas me soucier de tout ça.

› • ‹

Lorsque j'ouvre les yeux, ils tombent sur un champ de fleurs. Sur un fond de jade, des marguerites multicolores et criardes, de minuscules soleils et étoiles pulsatiles, s'ouvrent et se ferment comme des yeux. À chaque fois qu'un œil s'ouvre, on entend le bruit de quelque chose qui se brise et chaque petit son s'ajoute au chant assourdissant de la destruction alors que le monde s'effondre.

« Izzy ? Tu es réveillée ? »

La forme de la tête et des épaules d'une personne efface partiellement les fleurs et réduit leur volume sonore. Mon immense gratitude pour cet acte de miséricorde est un gargouillis : « Gnaah. »

La forme s'éloigne. Je gémis, roule sur le côté et enfouis ma tête dans l'oreiller. Tout me fait mal. Chaque partie de mon corps semble essayer de s'éloigner des autres. Mes muscles se tordent et des crampes me saisissent. Je me tortille et tremblote comme une limace sur laquelle on a versé du sel.

« J'espère que ça en valait la peine », dit une voix qui me semble familière, mais que je n'arrive pas à situer pour l'instant.

› • ‹

Le temps passe. Les univers se dilatent et se contractent. Les fleurs s'ouvrent et se ferment. Les mondes éclosent et se fanent. Peut-être ne font-ils ni l'un ni l'autre, ou les deux à la fois. Puis la même voix se fait entendre à nouveau.

« Tiens, bois ça si tu peux. Ça te fera du bien. »

J'ouvre un peu les yeux et aperçois une tasse en émail ébréché fumant sur une caisse de bière renversée. Le thé est amer et me brûle la gorge lorsque j'avale, mais cela ne me dérange pas.

« C'est mieux ? »

Je lève les yeux, le bruit blanc dans ma tête commence à s'atténuer. Où est-ce que je suis, putain ? Je fais le tri dans les images qui s'entremêlent dans mon esprit. La dernière chose dont je me souviens, c'est d'être assise au Lachlan's, à regarder le monde brûler, en train de boire. De boire beaucoup. Et l'ivresse ne vient pas.

Mon hôte fredonne et s'affaire autour d'un réchaud de camping installé au milieu d'une sorte d'abri. Une armature de bois et de métal, des couvertures et des sacs de couchage tendus et cloués aux murs et au plafond, du papier bulle et des feuilles de plastique visibles dans les interstices. Au-dessus du lit est accrochée une couverture avec des motifs floraux si lumineux qu'ils semblent radioactifs. Je suis assise sur un lit bas, semblable à un lit de camp, bricolé à partir de palettes de bois. Des bouts de lino dépareillés sont posés sur un sol en terre battue. La silhouette se tourne et me sourit.

« Grant, c'est toi ? Qu'est-ce que c'est que ce bordel ?

— Heureux de te revoir aussi, dit-il en me tendant un bol en plastique rempli d'une sorte de soupe. C'est bon, je n'essaie pas de t'empoisonner. Tu as déjà essayé hier soir toute seule. Si tu peux survivre à une cuite comme ça, tu peux supporter ma cuisine.

— Mais comment… »

Il me fait signe de boire.

« Je t'ai trouvée sous la table de billard au Lachlan's hier soir. Totalement inconsciente. Maisie n'était pas très contente. Elle a dit que tu délirais, que tu voulais un truc comme une carte des étoiles avec des boules de billard, puis tu as déclenché une bagarre quand personne n'a voulu danser avec toi. Tu as frappé un pauvre type à la tête avec une queue de billard juste avant de t'évanouir. »

Je ne me souviens de rien de tout ça. Je mâche un morceau de quelque chose de non identifiable et l'avale. Maisie s'en remettra, elle a connu bien pire.

« Le type va s'en tirer ?

— Ne t'inquiète pas pour lui. Pour être honnête, c'était un vrai connard. Tu lui aurais probablement fait la même chose en étant sobre. Et si ce n'était pas toi, quelqu'un d'autre l'aurait fait.

— J'étais sobre. »

Grant se met à rire.

« Izzy, tu as descendu une bouteille et demie du gin de Maisie. C'est un miracle que tu sois encore en vie. Tu n'étais pas sobre du tout, hier soir. »

Il a probablement raison, mais je ne me souviens de rien entre le moment où je me suis sentie très contrariée de ne pas être ivre et celui où je me suis réveillée ici. Ce n'est pas comme si je n'avais jamais perdu connaissance auparavant. Mais d'habitude, il y a quand même une partie amusante pendant mon ivresse avant que cela ne se produise. Le souvenir d'un sentiment de puissance et de désinhibition, ou même le frisson de se rappeler soudain un détail d'une action en particulier ayant provoqué ce sentiment. Mais cette fois, il n'y a rien dont je me souvienne. Je me sens flouée.

Nous nous asseyons en silence et terminons notre soupe. Grant sort les bols et on entend de l'eau qui gicle d'une borne-fontaine, puis sa voix s'élève pour saluer quelqu'un. Une femme lui répond, il y a des rires, le babil d'un jeune enfant. Plus loin retentit le bruit d'un ballon de football et de petits pieds qui courent. Je me lève prudemment et m'étire. Je ne me sens pas si mal que ça. Grant sourit encore lorsqu'il soulève le volet de la lourde bâche en plastique qui fait office de porte et revient à l'intérieur.

« Je devrais aller chercher ma moto.

— Elle est assez en sécurité là où elle se trouve pour l'instant.

— Je ne veux pas te déranger. Merci pour la soupe et tout le reste, mais je dois y aller.

— Ne sois pas idiote. Assieds-toi et détends-toi. À moins que tu ne sois en retard pour une réunion importante ?

— Eh bien, pas vraiment, j'imagine. »

En fait, je n'ai nulle part où aller et n'ai pas la moindre idée de ce que je ferai ensuite. Cette envie de bouger est probablement un moyen d'éviter de trop penser à mon absence de but. Je me rassieds sur le bord du lit d'enfant. Me détendre va être difficile.

« Qu'est-ce qui s'est passé avec ton boulot ? demande Grant.

— Mon boulot ?

— Northolt. Tu as accepté leur contrat, pas vrai ? »

Boulot. Contrat.

Mon séjour à Northolt a tellement dérapé au-delà de ces mots et du monde normal et ordonné qu'ils impliquent que cela semble incongru désormais. Comme des chaussons de danse sur un ours polaire. Je me demande dans quelle mesure Grant sait ce qu'ils trafiquent là-haut. Il a lui aussi participé à leur projet, même s'il a été cantonné à la partie qui n'a pas abouti. Maintenant que je suis partie, vais-je moi aussi être incluse dans cette catégorie ? Juste une autre impasse, une expérience ratée. Alex ferait probablement une déclaration superflue sur le fait que l'échec a plus de valeur que le succès. Pour la première fois depuis mon réveil, je me concentre vraiment sur Grant. Je remarque qu'il s'est rasé les cheveux.

Il me voit le dévisager, passe une main sur sa barbe et sourit d'un air contrit.

« Les poux. Il n'y a rien d'autre à faire, pas vrai ?

— Ça te va plutôt bien », dis-je en résistant à une envie impérieuse de me gratter la tête.

Quand il s'est penché en avant, j'ai aperçu quelque chose.

« On dirait du daim gris. Touche-moi ça », dit-il.

Je tends la main et il penche à nouveau la tête en avant. Je ne me suis pas fait des idées, c'est bien ça. Il y a trois zones chauves parfaitement rondes, chacune un peu plus grande qu'une brûlure de cigarette, à l'arrière et sur les côtés de sa tête. La peau à l'intérieur des cercles est rose, avec un tissu cicatriciel irrégulier. Une image du crâne rasé de Boule de neige, de sa couronne d'électrodes jaillit dans mon esprit. Je touche l'une des cicatrices de Grant, j'ai l'impression que des épingles et des aiguilles en métal froid picotent mon propre cuir chevelu.

S'apercevant que je ne me contente pas d'examiner sa coupe de cheveux, Grant s'assied à nouveau, en prenant manifestement conscience du choc qui se lit sur mon visage.

« Ils ne m'ont rien fait faire que je n'avais pas accepté au préalable. Les cicatrices paraissent plus impressionnantes qu'elles ne le sont. Ce n'était rien de spécial à l'époque. Je n'ai même pas eu mal.

— Mais ils… Je veux dire, pourquoi les as-tu laissés faire ?

— Honnêtement, Izzy, cela ne posait aucun problème, dit-il en riant. J'ai été payé, sans parler de quelques mois à être logé et nourri. Et tu dois reconnaître que c'est plutôt confortable là-haut. »

Je hausse les épaules en signe d'assentiment.

« Mais je l'aurais fait de toute façon.

— Sérieusement ?

— Ouais. Sérieusement. Je ne sais pas ce qu'ils t'ont dit… »

Le battant de la porte s'ouvre et une boule de bowling coiffée d'une casquette pénètre dans l'abri et se rue sur Grant.

« Eh bien, si ce n'est pas le capitaine Chaos que voilà ! » s'écrie Grant en soulevant l'enfant sur ses genoux. Le garçon remonte ses lunettes de natation éraflées sur le sommet de son crâne et me fixe de ses yeux bleu gris à l'air sérieux.

« C'est mon amie, Izzy, continue Grant. Elle est venue me rendre visite. »

Le capitaine Chaos descend du genou de Grant, s'approche et me donne un coup de poing dans le bras, ce qui est surprenant. Est-ce pour vérifier que je suis bien réelle ? Je lui renvoie la politesse, tout aussi fort, et il réfléchit un instant avant d'esquisser un sourire où certaines dents manquent. Il est petit et râblé, avec des cheveux blond sale, parsemés de taches comme du maïs fauché. Un vieux minipod vert citron est attaché à son poignet, l'écran carré éteint. Nous échangeons encore quelques coups de poing et des pincements muets avant qu'il ne ressorte de l'abri.

« Alors, Izzy, dit Grant en riant, que veux-tu faire quand tu seras grande ? »

Je rougis d'un coup. J'ai toujours considéré Grant comme un enfant. Je me frotte le bras et fais une grimace.

« Ça va me faire un bleu.

— C'est un bon garçon. Il a perdu ses parents il y a quelques années, mais il s'en sort plutôt bien. Les enfants plus âgés s'occupent surtout des plus jeunes. Nous veillons tous les uns sur les autres. C'est indispensable, vraiment. »

Je ne sais pas quoi répondre à cela. Le silence s'étire entre nous.

« Tu vas rester un peu ? »

L'idée paraît séduisante, mais elle ressemble aussi à une échappatoire. Un sentiment bourdonne autour de ma tête comme un insecte pris au piège : j'ai l'impression d'avoir oublié une mission importante à accomplir au lieu de m'attarder ici.

« Je ne suis pas sûre, je…

— Reste un peu. Quelques jours. Reprends des forces. Nous n'avons pas besoin de discuter tout de suite. »

Je suis surprise de voir à quel point je suis soulagée d'entendre Grant dire cela. Je pensais que je voulais tout savoir, tout comprendre. Mais est-ce vraiment le cas ? Je ne suis plus sûre de rien. Je pousse un soupir.

« D'accord. Merci.

— Très bien. Et à présent (Grant se lève et frappe dans ses mains), sans vouloir te vexer, tu sens la vieille merde. Viens, je vais te montrer où tu peux te laver. »

X

Le refuge communal, situé à cinq minutes de marche à travers un labyrinthe de maisons délabrées, est beaucoup plus grand que celui de Grant et semble être une construction plus permanente. Il est construit avec des troncs d'arbres et de grosses branches, poncés et astucieusement assemblés, et il y a un vrai plancher à l'intérieur.

Une casserole bouillonne sur un poêle à bois, émettant des bouffées de vapeur aromatique qui montent en tourbillonnant vers la bouche d'aération au plafond. Des personnes de tous âges se trouvent là, une douzaine ou plus, la plupart d'entre elles étant occupées à préparer à manger ou à dresser la table. Quelques regards curieux s'attardent sur moi, mais personne ne pose de questions. Quelque chose en moi commence à se détendre et à relâcher la tension.

« Qui a dormi dans mon lit ? »

Les plus petits enfants couinent et ricanent lorsque Grant lève les bras et se lance, les membres raides et en grognant, à la poursuite du capitaine Chaos et de quelques autres gamins. Ils grimpent à l'échelle sur une plate-forme surélevée et plongent sous une pile de couvertures, leurs cris soudain étouffés.

Deux enfants plus âgés installent des chaises, leurs mouvements sont fluides et ils se coordonnent entre eux d'une manière qui les fait paraître plus âgés que leur âge biologique, qui doit se situer autour de douze ans. Ils affichent cette différence, un certain calme propre à ceux qui sont nés après la catastrophe. Par exemple, ils n'utilisent pas les termes « avant » et « après » comme des raccourcis, car ils n'étaient pas là à cette époque. Ainsi, la distinction n'existe pas dans leur esprit comme pour les personnes plus âgées. Ils possèdent au contraire une sorte de grâce, même si elle se paie par leur incapacité à regretter ce qu'ils n'ont jamais connu.

Nous nous asseyons tous ensemble. La table devient rapidement bruyante et je me permets le luxe de rester à l'arrière, comme un passager presque silencieux des discussions animées et des rires qui m'entourent. Quelqu'un me tend un bol de pâte orangée, des champignons frits, des feuilles vertes et un morceau de pain noir pour accompagner le tout. C'est délicieux. Lorsque j'habitais dans le centre d'Avie, il y a une éternité de cela, avant mon séjour à Northolt, je me tenais à l'écart et je pensais que la vie dans le camp était encore plus rude, plus difficile qu'en ville, mais ce n'est peut-être pas forcément le cas. Peut-être que cela dépend des compagnons que l'on a.

Le capitaine Chaos est perché sur un tabouret en face, balançant ses jambes et discutant avec quelqu'un sur son minipod. Mais cela paraît impossible. Même s'il disposait des batteries adéquates et qu'il pouvait les recharger, les réseaux mobiles sont hors service depuis des années. Je m'efforce d'entendre ce qu'il dit, mais cela ne ressemble pas à des mots, dans aucune des langues que j'aie jamais entendues. C'est une série de sifflements graves, de bourdonnements et de clics, comme un tuner de radio qui recherche une station parmi les parasites.

À ma droite, un garçon longiligne que j'avais d'abord pris pour une personne âgée à cause de ses cheveux blancs se penche près de moi. Un fin duvet blanc recouvre sa lèvre supérieure. Ses sourcils et ses cils sont également blancs, mais il n'est pas albinos, ses yeux ont la couleur des bleuets.

« Son père en a bricolé quelques-uns pour qu'ils fonctionnent comme des talkies-walkies. Ils jouaient tout le temps avec, dit-il.

— Est-il persuadé qu'ils fonctionnent toujours ?

— Qui sait ? Peut-être qu'il peut vraiment s'en servir, hein ? (Il rit affectueusement.) Qui le sait, putain. Au moins, ça occupe ce petit bâtard. »

Une fois les enfants couchés, la discussion prend une tournure bien plus sérieuse. Il est décevant, mais pas vraiment choquant, de constater que l'atmosphère de paix et de sécurité reste finalement fragile. Les raids de bandes organisées sont de plus en plus fréquents et destructeurs. Ils traversent les abords du camp sans prévenir, tels des fronts de tempête, laissant derrière eux les débris et les cadavres. Les pillards s'emparent de tout ce qu'ils peuvent utiliser : nourriture, matériel, individus. Les jeunes peuvent être employés de toutes sortes de façons, les femmes aussi ont leur utilité. Les hommes, ainsi que les vieillards et les malades, posent plus de problèmes qu'ils n'en valent la peine et sont soit abandonnés – battus à mort, mais encore vivants –, soit tués sur place, selon l'importance des problèmes qu'ils peuvent poser. Certains habitants ont mis en place des tours de garde et des systèmes d'alerte pour laisser aux gens le temps de s'éloigner ou de se cacher lorsqu'un raid menace, mais l'organisation est difficile au sein d'une population aussi mouvante et ces efforts échouent plus souvent qu'ils ne réussissent.

Je suis reconnaissante pour cette compagnie agréable, pour la distraction momentanée alors que mes pensées continuent d'être attirées de façon magnétique, comme l'aiguille d'une boussole, vers les collines, vers Northolt, toujours vers le nord.

› • ‹

Bien plus tard, au petit matin, un brouillard froid serpente près du sol, lorsque Grant et moi retournons à son abri. Nous enroulons des couvertures autour de nos épaules. Grant allume le poêle et fait chauffer une bouilloire.

« Alors, est-ce qu'on peut parler du sujet tabou à présent? dit-il en me tendant une tasse de son thé terreux.

— Je pense qu'il s'agit plutôt d'un ours. Et toi? »

Grant rit doucement.

« Tu vas me dire ce qui t'est arrivé là-haut? »

Je lui retourne la question.

« Dis-moi d'abord ce qui s'est passé pour toi.

— Moi? Oh, eh bien (il passe une main sur son cuir chevelu, comme pour vérifier que les cicatrices sont toujours là), disons que ça n'a pas marché. Je n'avais pas les bonnes ondes cérébrales ou quelque chose du genre. Je n'ai pas vraiment compris ce que ce grand type…

— Clyde?

— Oui, c'est lui. La moitié du temps, je ne comprenais pas ce qu'il racontait. Il avait l'air très déçu que mes résultats soient si médiocres. Moi aussi. Cela faisait un moment que je travaillais pour Alex. J'étais désolé de le décevoir.

— Qu'est-ce que tu faisais pour eux avant (je fixe le sommet de son crâne) qu'ils te perforent la tête?

— Des trucs. Tout ce qui était utile. Obtenir des fournitures. Des informations. Tu sais déjà que j'ai retrouvé le reste de notre équipage pour eux.

— Tu as dit que tu avais pisté tout le monde. Je ne me souviens pas que tu aies mentionné le fait que c'était pour le compte d'Alex.

— Ah, non ? Eh bien, je ne t'aurais pas caché ça exprès. Je n'avais aucune raison de mentir. Merde, Izzy, on a tellement bu ce soir-là que je ne sais pas si l'un de nous deux peut être absolument sûr de ce que l'autre a dit. Ce n'était pas un bon moment pour moi. J'avais perdu… » Il baisse les yeux, enfonce l'un des talons de sa botte dans le sol et fait une rainure désordonnée dans la terre battue.

« J'ai perdu un ami. Quelqu'un qui comptait beaucoup pour moi. J'étais dans un sale état, je buvais beaucoup trop. Tu sais ce que c'est.

— En effet. »

Nous restons assis en silence pendant un moment. Je ne tiens pas à m'immiscer dans sa douleur. Chacun a ses propres blessures, pas besoin d'aller les renifler. Je pense aux documents compromettants sur lesquels je suis tombée à Northolt. Je suis partie avant d'avoir eu l'occasion de poser directement la question à Alex ou à Clyde.

« Sais-tu ce qu'il leur est arrivé ensuite ? Au reste de l'équipage ?

— Sûrement la même chose que pour moi. (Grant fronce les sourcils.) Ils sont retournés faire ce qu'ils faisaient avant. Ou bien ils sont partis ailleurs.

— Tu en es sûr ? Es-tu toujours en contact aujourd'hui avec l'un d'entre eux ?

— Non. À quoi penses-tu ? Tu crois qu'il leur est arrivé quelque chose là-haut ? Allez, Izzy, les gens de Northolt sont supposés être les gentils.

— Tu le penses vraiment ?

— Ce qu'ils essaient de faire, ce n'est pas pour leur profit personnel ou pour avoir du pouvoir, ils essaient vraiment d'améliorer la situation, de remettre les choses en ordre. Je sais que tout cela semble un peu dingue, et je ne prétends pas que je comprends tout, mais au moins ils essaient. »

Une grande partie de moi veut partager les certitudes de Grant, mais elles sont trop simplistes, une foi presque enfantine. Ce mot en F m'a toujours semblé être une astuce, un tour de passe-passe intellectuel. C'est de bonne guerre si cela vous suffit, mais je n'ai jamais réussi à tomber dans le panneau, quelle qu'en soit la forme. Le Bien et le Mal ? Rien n'est aussi tranché.

« Qui est derrière eux ? Northolt est tentaculaire, avec tous les laboratoires, les équipements et les gens qui y travaillent. Qui paie pour tout ça ?

— Personne ne le sait. (Grant sourit devant ma perplexité.) Tu te souviens de ton ami Daniels ?

— Ne sois pas ridicule. Daniels n'était pas…

— Pas lui personnellement. Je veux dire des gens comme lui, avec les compétences nécessaires pour siphonner les ressources lorsque le monde s'est effondré. Beaucoup de choses se sont évanouies au milieu de la confusion. Tu peux aussi le transposer au niveau des gouvernements, des entreprises et des organisations. Comme Pilgrim, par exemple.

— Ce ne sont certainement pas les gentils de l'histoire.

— Même eux ne peuvent plus tout contrôler aujourd'hui, même s'ils en ont certainement profité à l'époque. L'ensemble du système industrialo-capitaliste est un tonneau percé, d'où l'argent s'écoule par des millions de trous. Chez Northolt, il y a des gens qui savent comment le récupérer, ni vu ni connu. Et même si quelqu'un s'en apercevait, que pourrait-il faire ? Les traîner en justice ?

— On dirait que tu veux les faire passer pour des Robin des Bois.

— Est-ce que ce serait si difficile à croire ?

— Oui, Grant, c'est le cas. Car Robin des Bois est juste une connerie de conte. Totalement imaginaire. Ce genre de truc n'arrive pas dans la vraie vie. Et même si c'était le cas, je doute sérieusement que les joyeux lurons de Robin aient jamais torturé des animaux.

— Ils ne le torturaient pas.

— Ça y ressemblait pourtant.

— C'est un ours, Izzy. Et si un seul ours suffisait pour empêcher le monde entier de sombrer ? »

Je regarde ma tasse vide d'un air maussade. Je ne répondrai pas à cette question. Ce n'est pas une vraie question au sujet d'une situation réelle. Ce n'est qu'une stupide fiction avec une voix off comme dans les séries américaines, et Grant veut absolument y croire parce qu'il ne peut pas supporter la réalité.

« Et depuis quand es-tu devenue une protectrice des droits des animaux ?

— Ce n'était pas seulement à cause de cela. C'était l'ensemble, toute l'organisation. Tout semblait sacrément tordu. Je ne sais pas. J'avais besoin de partir.

— Donc, tu as démissionné ? Sans finir le boulot ? (Le ton de Grant change soudain.) Merde, Izzy. Je n'arrive pas à croire que tu aies été aussi impulsive, aussi égoïste. »

Il frappe sa chope vide sur la caisse de bière, se lève et fait les cent pas autant que l'espace exigu le lui permet. Il se tourne sans cesse vers moi, paraît sur le point de déclarer quelque chose, puis s'arrête et reprend sa déambulation, comme s'il n'arrivait pas à trouver la bonne insulte.

« Bon sang, Grant. On n'est pas dans une bande dessinée. Nous n'avons pas vingt-quatre heures pour sauver la Terre. Le monde est déjà foutu, et nous avec. Ce n'est pas ma faute ni la tienne. »

Il revient vers moi à grandes enjambées, en pointant un doigt accusateur.

« C'est exactement le genre de connerie égoïste qui nous a tous plongés dans ce pétrin. Personne n'est prêt à admettre que ses propres actions ont de l'importance. C'est toujours la faute de quelqu'un d'autre.

— Tu ne peux pas te sentir responsable pour le monde entier de toutes les erreurs, de toutes les mauvaises choses qui s'y trouvent. Cela ne sert à rien et n'est utile à personne.

— Peut-être pas, en effet. (Grant s'assied lourdement.) Mais te laisser aller comme tu le fais, comme si tout cela n'avait rien à voir avec toi, ne sert à rien non plus, pas vrai ? »

Nous sommes dans une impasse. Nous nous taisons et évitons de nous regarder. Au bout de quelques minutes, Grant s'allonge sur le lit, fait glisser un sac de couchage éventré sur lui, puis me tourne le dos. Je pose ma tasse vide, abandonnant à contrecœur le souvenir de chaleur qu'elle contenait, et ramène les bords de la couverture sur mes épaules.

Je regarde la bougie qui vacille et écoute la respiration de Grant jusqu'à ce qu'elle ralentisse et devienne profonde. À l'extérieur, la température baisse et le vent se lève, faisant grincer et bruisser l'abri. Je sais qu'il a raison au sujet du contexte général, mais je ne vois pas en quoi cela change quoi que ce soit. Nous sommes là où nous devons être.

Lorsque le sommeil me gagne, je me glisse dans le lit à côté de Grant. Il grommelle tout en dormant, mais se décale pour me faire de la place et ne rechigne pas à ce que je me rapproche de lui.

XI

Dans les jours qui suivent, je donne un coup de main pour réparer et entretenir les abris. Ce travail semble sans fin. Chaque jour, les résidents du camp s'acharnent à réparer avec un refus obstiné de laisser advenir l'effondrement total. C'est un changement pour le moins bienvenu. Aller chercher des objets et les emporter, voilà des corvées utiles présentant des bénéfices évidents et immédiats pour les personnes qui se trouvent ici, à qui je peux parler et que je peux aussi toucher. Pas de jeux intellectuels. Pas de passé ni de futur. Seulement le présent.

Je travaille toute la journée et tombe la nuit comme une pierre dans un puits de sommeil. Je fais toujours des rêves. Je me réveille encore plusieurs fois par nuit, cherchant frénétiquement un point de référence pour savoir où et quand je me trouve. Pourtant, le sommeil, qui dure parfois pendant deux ou trois heures d'affilée, demeure une sorte de cadeau. Les pièces éparses de mon esprit se rassemblent, les rouages et les ressorts se remettent en place, le mécanisme se recompose, cherchant à se souvenir de lui-même, de la façon dont il est censé fonctionner.

› • ‹

Les vivres arrivent par intermittence dans les trains gérés par le gouvernement, mais il n'y en a jamais assez pour tout le monde. Certains jours, je quitte le camp pour aller chercher de la nourriture avec Adam, qui reprend son nom civil lorsqu'il ne porte pas sa cape. Personne ne peut être un héros en permanence.

Nous sortons de la ville par le sud-est, en passant devant l'hôtel Coylumbridge, en prenant soin de rester hors de vue du Hilton, désormais occupé par des membres d'un des gangs les moins menaçants. Il s'agit d'une bande plutôt inoffensive, des motards et des ivrognes qui assouvissent généralement leurs tendances violentes ou destructrices au sein de leur propre clan, mais inutile de nous offrir comme des cibles alternatives.

L'ancien chemin forestier serpente agréablement vers le Lairig Ghru et les montagnes. Les sommets couronnés de neige s'élèvent vers les nuages blancs et massifs, et il est difficile de dire où finissent les montagnes et où commence le ciel. De temps à autre, le soleil effectue une percée et tombe sur les alentours, illuminant d'un blanc éclatant la couche de neige qui s'accroche aux crêtes. Les rayons sinuent le long des vertèbres des montagnes d'un gris vert foncé, exposant ainsi les squelettes de ces bêtes recroquevillées et assoupies. L'animal enterré, la terre qui recouvre l'animal.

Nous contournons un autre campement de remorques, de camionnettes et de tentes miteuses et pénétrons dans la forêt de Rothiemurchus. Des branches noueuses se tordent en tous sens, avec des angles bizarres, elles sont recouvertes d'une dentelle de lichen gris pâle à l'extrémité de chaque brindille. Le sol de la forêt est jonché de branches et de troncs à terre, qui s'enfoncent avec une lenteur imperceptible dans les amas de végétation pour y être réabsorbés. L'odeur de décomposition est si forte qu'on pourrait la goûter.

Adam s'élance ici et là, d'un pied léger, découvrant des buissons de myrtilles, en ramassant des poignées poisseuses pour les verser dans son sac de toile. Je n'ai aucune idée de là où se trouvent les collets à lapins et les autres pièges posés dans le sous-bois touffu ; j'avance avec prudence, en tentant de repérer les taches jaunes des girolles. Adam revient en courant avec une bestiole grise à la main, qu'il brandit fièrement. C'est un écureuil, enfin disons la plus grande partie d'un écureuil, les trois quarts peut-être. Il manque la queue et une patte arrière, l'os n'est plus qu'un crayon blanc brisé qui dépasse de la chair noircie. Adam me sourit et m'indique d'un signe de tête que je dois le mettre dans mon sac.

« Vraiment ? »

Il fronce les sourcils et incline le corps de l'écureuil, puis le frappe légèrement contre un arbre à proximité pour me montrer qu'il est encore raide et donc relativement frais.

« D'accord, très bien. Je te crois sur parole. »

Je lui tends le sac pour qu'il le dépose et décide de faire l'impasse ce soir sur le ragoût.

L'ancienne forêt cède la place à une parcelle de pins plantés pour l'exploitation. Les rangées uniformes ont été coupées de façon désordonnée pour récupérer du bois de chauffage et du bois d'œuvre. La lumière du jour descend en rayons verticaux à travers les zones dégarnies. Ailleurs, les arbres sont devenus énormes et leur canopée s'élève à plus de quinze mètres. Les troncs se dressent dans des mares d'ombre, serrés épaule contre épaule comme des employés de bureau qui auraient la malchance d'être coincés dans un ascenseur en panne et qui fixeraient le ciel en priant pour que l'ascenseur reparte.

La silhouette d'Adam, qui court, vacille entre les barres noires et ressemble à une série d'images dans un ancien jouet optique, perdant peu à peu ses dimensions, son petit corps trébuchant et flou comme un rêve ou un souvenir. Tant d'enfants sont nés après les bouleversements. Peu d'entre eux ont été conçus volontairement par leurs parents. Une contraception fiable est devenue très difficile à obtenir et, étant donné la corrélation bien établie entre les conditions de vie merdiques et la quantité de sexe nécessaire aux gens pour compenser, les résultats étaient plutôt prévisibles. J'ai toujours considéré que le risque était trop grand. Me résoudre à l'abstinence a été le prix à payer pour garantir ma tranquillité.

À l'orée de la forêt de pins s'offre à nouveau le panorama sur les montagnes. L'échelle de fer du funiculaire est posée sur le flanc du Cairn Gorm. Grant a indiqué que le gouvernement est en train de construire une sorte de forteresse dans l'ancienne station. Ils ont réquisitionné le funiculaire qui fonctionne en permanence, transportant le personnel et les matériaux au sommet. Un bon choix d'emplacement, certainement inexpugnable pour des hordes d'assaillants ou la nature. Je ne leur envie cependant pas leur sécurité. Si la mer monte suffisamment pour justifier ce transfert, ils finiront leurs jours à la tête d'un monde submergé, attendant de mourir de faim ou d'être noyés à leur tour, comme tous les autres. Tout ce que leur pouvoir leur permettra d'obtenir, c'est un peu de répit pour contempler la mer s'emparer des cols de montagne, leurs sommets se transformer en îles, et la chaîne montagneuse tout entière devenir un archipel voué à disparaître sous les flots.

Adam tire sur ma manche. Ses préoccupations sont plus urgentes que mes sombres rêveries.

« D'accord, tu as raison, il est temps de rentrer. Cet écureuil ne va pas cuire tout seul. »

› • ‹

L'ancien Grant aurait boudé pendant des jours après notre dispute au sujet de Northolt, mais cette nouvelle version de lui s'avère plus pragmatique. Plus personne n'a le temps de s'apitoyer sur lui-même.

Il se fait tard. Les étoiles sont cachées par les nuages et l'obscurité a envahi le campement. Grant et moi nous blottissons autour d'un petit feu à l'entrée de son abri, et nous parlons d'Alex.

Grant a appris à le connaître bien mieux que moi, en découvrant comment cet ancien spécialiste de l'environnement est devenu un activiste, ainsi que ses intérêts pour des sujets aussi divers que le chamanisme ou la physique quantique. Au fil des ans, il a emmagasiné des connaissances sur des disciplines disparates, les hybridant comme un docteur Moreau amateur de théories. À cette pensée, j'entends un grognement et un claquement de dents de l'ours qui se tapit toujours à l'arrière-plan de mon esprit, en train de suivre mes pensées. Cela me rappelle soudain qu'Alex a fait bien plus qu'expérimenter des idées abstraites.

« C'est un génie avec un esprit encyclopédique, déclare Grant. Et il n'exclut aucune hypothèse *a priori*.

— Ou bien il n'arrive pas à se décider sur leur pertinence.

— S'il était là, il dirait qu'il fait de son mieux pour éviter ce genre d'écueils.

— J'imagine que oui. »

Je n'arrive toujours pas à trancher si je trouve cette attitude inspirante, exaspérante ou tout simplement terrifiante.

« Tu te souviens de notre retour à Ny-Ålesund ?

— Dans les grandes lignes. »

Cette journée n'a jamais été notée dans mon journal et n'a pas pu être réenregistrée, numérisée, filtrée et donc rejouée. Elle n'existe que dans les vestiges oubliés de ma mémoire organique – peu fiable – et présente toujours une part de risque, comme un étang qui n'est que partiellement gelé.

› • ‹

C'était notre dernier jour sur le *Polar Horizon* et nous nous étions réveillés dans un silence étrange : les cris des animaux mourants, le gémissement et le craquement de la glace qui se refermait sur nous, tout cela s'était arrêté. Le silence soudain nous a attirés comme par enchantement sur le pont.

La mer dégagée brillait comme de l'argent. Pas d'animaux. Pas de glace. Personne n'osait parler, ne voulait rompre le charme. Je me suis demandé si c'était un rêve, si nous étions en réalité tous en train de mourir, chacun d'entre nous isolé dans sa cabine, tous faisant le même songe.

Deux choses se sont produites en même temps. Le programme Proteus a semblé reprendre vie : les disques durs se sont mis à cliqueter, les lumières à clignoter tandis que les écrans se sont allumés pour afficher des salves de données. Jules a levé le bras, puis a pointé son doigt : « Regarde. »

J'ai vérifié une nouvelle fois sur l'écran du pilote, désormais pleinement opérationnel. Nous étions de retour à notre point de départ, aussi proche qu'il l'était possible. L'archipel du Svalbard se profilait à l'horizon.

À l'approche du port de Ny-Ålesund, nous n'avons pas beaucoup parlé. Un sentiment persistant d'irréalité s'attachait à tout ce qui nous entourait, comme l'impression d'avoir franchi une frontière invisible et que le monde dans lequel nous retournions ne serait peut-être pas celui que nous avions connu. Peut-être trouverions-nous une espèce d'ours intelligents à sa tête et, en tant que seuls humains ayant survécu, nous serions dès notre arrivée marqués, puis étudiés, soumis à des expériences et enfin disséqués.

Les formes qui se déplaçaient sur le quai semblaient plutôt humaines et, à mesure que nous nous rapprochions, nous nous sommes détendus, admettant enfin que nous étions de retour pour de bon. Quant à savoir si le monde était exactement comme nous l'avions quitté, c'était une question à trancher plus tard.

Bjornsen est sorti du navire sur une civière, toujours délirant de fièvre, en criant quelque chose en norvégien. En m'asseyant avec lui sur le bateau, j'avais commencé à reconnaître certains mots qui se répétaient sans cesse. *Tid, kart, isbjorn, brutt* – le temps, la carte, l'ours polaire, brisé –, comme me l'a expliqué l'un des membres de l'équipage norvégien. Mais lorsque j'ai demandé ce que Bjornsen disait exactement à propos de tout cela, le marin a détourné les yeux et secoué la tête. « Cela n'a aucun sens, a-t-il marmonné. Je crois qu'il a vraiment perdu la tête. »

La chef de station, une petite femme musclée aux cheveux gris acier et avec une expression « ne-venez-pas-m'emmerder » sur le visage, a jeté un coup d'œil à Bjornsen. Elle a ensuite lancé des ordres brefs pour que l'avion qui était sur le point de décoller pour retourner à Longyearbyen obtienne l'autorisation d'effectuer un vol plus long vers Tromsø. Lorsque

Ralf a objecté que Bjornsen avait besoin de soins médicaux urgents et devait être transporté à l'hôpital de Longyearbyen, celui-ci s'est heurté à un refus catégorique.

« Ils ne disposent pas des installations nécessaires pour traiter un cas comme ça. Il ne peut pas rester ici. Il est interdit de mourir au Svalbard : c'est la loi.

— J'ai réussi à le ramener jusqu'ici. Il n'est pas question qu'il clamse maintenant », a répliqué Ralf. Mais la chef de station n'était manifestement pas du genre à changer d'avis.

« Bon, s'il n'y a pas d'autre choix… D'accord. Mais je l'accompagne. »

Nous avons regardé l'avion transportant Bjornsen et Ralf disparaître dans le ciel avant de nous attaquer au problème suivant.

Même l'inébranlable chef de station a pris la mouche lorsque nous lui avons parlé de l'ours. Après avoir ravalé leur incrédulité, les scientifiques ont plus ou moins pris le relais, sous la houlette de l'équipe russe qui s'occupait déjà de marquer et d'étudier la population locale d'ours. La solution de l'abattre fut d'emblée écartée. Nous devions trouver un moyen de le faire sortir vivant du navire, et en toute sécurité.

« Pourquoi ne pas le laisser partir et se débrouiller tout seul pour retrouver son chemin dans la nature ?

— Ce n'est pas très judicieux si l'on considère à quel point il risque d'être désorienté. Et affamé, aussi.

— Nous pourrions diffuser du gaz tranquillisant par le système de chauffage du navire.

— Trop difficile de déterminer le bon dosage. »

Il a finalement été décidé que l'une des issues du pont 4 serait dégagée et que, lorsque l'ours sortirait, la chef de station lui tirerait dessus avec une fléchette tranquillisante. L'ours serait ensuite transporté dans une partie inhabitée de l'île, puis marqué et relâché. Un hélicoptère était déjà en route depuis Barentsburg.

J'avais observé les scientifiques, avec leurs vestes imperméables aux couleurs vives et leurs bonnets chauds ; je les avais considérés comme un groupe homogène, et non comme des individus, mais maintenant que je sondais ma mémoire, j'essayais de les distinguer les uns des autres. Celui-là en particulier, avec ses yeux si sombres.

› • ‹

Grant lance dans le feu quelques débris d'un snowboard cassé. Ils sifflent et crépitent, laissant échapper une fine fumée âcre lorsqu'ils s'enflamment. Des ombres se déplacent à la périphérie de l'âtre lumineux. Le visage familier me revient soudain en mémoire. Cette expression curieuse sur le visage qui oscille entre l'intensité et le détachement, l'inconnu n'a pas de barbe, mais porte à l'oreille gauche une fine boucle d'argent.

« Alex se trouvait là ?

— Il n'était alors qu'un jeune chercheur. Mais oui, c'est là que tout a commencé. »

Une autre pensée s'agite dans l'ombre de mon esprit, se rapprochant de la lumière.

« L'ours n'a pas été relâché, pas vrai ?

— Non. Mais, au départ, ce n'était pas la décision d'Alex. Il a été emmené dans un centre de recherche animalier en Sibérie. Quelques années plus tard, le gouvernement russe a décidé de fermer ce centre et tous les animaux devaient être euthanasiés. Mais à ce moment-là, Alex a commencé à avoir ses propres idées à ce sujet. Il s'est débrouillé pour que l'ours soit transféré dans son laboratoire privé. »

La pensée progresse de l'obscurité vers la lumière.

« Il s'agit du même ours ? (Grant acquiesce.) Mais ce n'est pas possible. C'était il y a plus de vingt ans et cet ours était déjà plus âgé qu'il n'aurait dû l'être, à supposer que Bjornsen avait raison en prétendant que c'était le même animal que celui qui les avait attaqués, lui et son frère, des années auparavant. Tout cela est impossible.

— Et comment es-tu si sûre de ce qui est possible et de ce qui ne l'est pas ?

— Non, ce n'est pas…

— Izzy, tu dois abandonner tes anciennes façons de penser.

— Si tu parles de bon sens et de logique, alors, non, je pense que je vais continuer à m'y fier, mais merci du conseil.

— À une époque, les gens étaient persuadés que la Terre était plate. Le bon sens et la logique peuvent fluctuer. Nous devons nous adapter, nous aussi. »

Je me gratte la tête. Je sens tous les souvenirs et les pensées qui grouillent dans mon esprit et démangent mon cerveau.

« Ne me demande pas de t'expliquer comment ils ont réussi à le faire. Sans doute grâce à une sorte de stase cryogénique partielle. Clyde a parlé d'une technique avec laquelle ils ont ralenti le vieillissement cellulaire du corps de l'ours, jusqu'à un rythme si réduit qu'ils l'ont en quelque sorte soustrait à la ligne temporelle. »

Mon cerveau reste bloqué comme un disque dur surchargé, des centaines de gigaoctets de données partant dans des directions différentes, des lignes de code en conflit générant des lots d'erreurs. La démangeaison dans mon crâne devient exaspérante.

« Reste tranquille. »

Les yeux de Grant sont fixés sur la racine de mes cheveux. Il tend la main. Je lui demande : « Qu'est-ce que c'est ? »

Il tient quelque chose de pincé entre son pouce et son index.

« Tu ne vas pas aimer ça. »

Il laisse tomber une tache sombre sur la paume de sa main et la tend pour me la montrer. Elle est renversée sur le dos, les pattes en l'air.

« Putain ! »

Je me penche, enfonce les doigts dans mes cheveux et les secoue violemment à partir du cuir chevelu. Plusieurs poux tombent à mes pieds.

« Merde !

— Il n'y a qu'une chose à faire, dit Grant en donnant un coup de pied dans la terre pour recouvrir le feu. Si Madame veut bien s'asseoir ? »

Il tend un bras pour m'indiquer l'abri.

› • ‹

Il se sert d'abord de ciseaux, une vieille paire rouillée qui ressemble plus à des cisailles, arrachant des morceaux de cheveux aussi près de l'os que possible sans me scalper. Les boucles auburn s'empilent entre nos pieds. De temps en temps, un pou tente de s'extirper du tas et j'éprouve une satisfaction mesquine à écraser chacun d'entre eux, maculant le lino de petites taches sanglantes.

Grant s'assied et admire son travail.

« Cela te rajeunit de plusieurs années. »

Je me sens stupidement vulnérable, mes oreilles et mon cou à nu. Je passe mes doigts sur les touffes inégales qui demeurent.

« Je n'ai pas encore fini. »

Il se lève et revient une minute plus tard avec un bol d'eau et un rasoir à l'ancienne qu'il pose sur la caisse de bière.

« C'est la seule façon d'être sûr de s'en débarrasser. »

Il serre les lèvres, essayant de sembler sérieux.

« En plus, ça te donne l'air d'une collabo française après la Libération. »

La sensation de la lame qui râpe les os de mon crâne provoque des picotements sous ma peau.

Lorsque tous les cheveux ont disparu, Grant effleure du bout des doigts l'arrière de ma tête, la partie « occipitale », puis la couronne s'étendant vers le visage, celles « pariétale » et « frontale », enfin le bas et les côtés, celles « sphénoïde » et « temporale ». Ses pouces exercent une pression douce à partir de mes tempes et autour de mes oreilles. Il répète le mouvement et je ferme les yeux en retenant mon souffle alors que la sensation électrostatique s'intensifie. Ma tête ressemble à un générateur de Van de Graaff. Après quelques minutes, la pression diminue progressivement alors que Grant retire ses mains.

J'ouvre les yeux et la réalité reprend ses droits. Je me sens plus légère, avec une sorte de conscience augmentée, me faisant ressentir chaque petit courant d'air dans l'abri qui volette autour de ma tête. Tous mes sens semblent comme nettoyés et aiguisés.

Grant me prend les mains et me remet debout.

Je lui demande : « Où as-tu appris à faire ça ?

— Un petit truc qu'Alex m'a montré. »

Grant esquisse un sourire. Il enfile un bonnet de laine sur ma tête et l'enfonce sur mes oreilles.

› • ‹

Quelques jours plus tard, de retour en ville avec Adam, je remarque qu'il y a plus de gens dans la rue que d'habitude, seuls ou en petits groupes, tous se dirigeant dans la même direction. Il doit y avoir un train qui arrive. Peut-être des approvisionnements en nourriture. Je demande à Adam de retourner au camp sans moi. Avant même que je ne me rende à Northolt, les distributions de nourriture commençaient à devenir chaotiques.

À l'origine, la distribution était basée sur un système de tickets, un peu comme pour un rationnement. Lorsque ce système s'est effondré, des soldats ont été envoyés avec les trains pour organiser des files d'attente sommaires et décourager les émeutes. Mais il fallait arriver pile à l'heure et être prêt à défendre sa place. J'aurais préféré faire du troc au marché noir, mais cela nécessite d'avoir du temps. Pour l'instant, j'aime l'idée de rentrer au camp avec un tribut en bonne et due forme. De quoi payer ma place. Un sac de riz ou de farine, des conserves de légumes. Quelque chose de plus substantiel qu'un sac de baies ou un écureuil mort et rigide.

Le quai est bondé, les gens se poussent déjà avant de savoir où les soldats vont placer la file d'attente. Nous entendons le convoi avant de le voir prendre le virage, le grondement lent du moteur, le grincement du métal, le cliquetis des wagons couverts. Les trains de marchandises sont désormais lourdement blindés. Le blindage de l'avant de celui-ci a été vandalisé avec de la peinture rouge. Alors que le train se rapproche en grondant, le graffiti prend la forme d'une bouche, un large sourire de clown, surmonté de minuscules dents triangulaires. Des volutes de brume s'y accrochent et s'en échappent comme de la fumée. Les fenêtres au-dessus sont des fentes noires.

Les gens se bousculent jusqu'au bout du quai lorsqu'ils réalisent que le train n'a pas assez ralenti pour stopper net. Je pense même qu'il ne va pas s'arrêter du tout. Les portes de l'un des wagons couverts à l'arrière du convoi s'ouvrent et quelques sacs sont projetés sur le quai, mais le train continue d'avancer, prend de la vitesse, puis disparaît.

À l'endroit où les sacs ont atterri, on entend un juron : « Putain de merde ! » Les sacs ne contiennent pas de riz. Ni de farine. Nous allons déposer les cadavres dans la salle d'attente de l'ancienne gare. Le chauffeur, un ingénieur et quatre jeunes soldats. Tous égorgés.

› • ‹

« Le train ne s'est pas arrêté », je ne leur dis rien de plus en revenant au camp. Quelqu'un d'autre leur donnera bientôt des détails, puis tout le monde pourra spéculer sur l'identité des responsables : les gangs, les mercenaires, un bataillon véreux de l'armée. Aucune discussion ne changera quoi que ce soit, n'effacera ces actes. Je ne veux pas en parler, ni même y penser. Mes mains ne cessent de trembler. Je me couche le ventre vide.

Mes rêves sont déchiquetés, glacés, hérissés de crocs.

Je me retrouve dans la bibliothèque de Northolt. Dans cette version du rêve, les murs tapissés de livres s'étendent devant moi, à perte de vue.

Je cherche Alex, mais je n'arrive pas à atteindre l'endroit où la pièce fait un angle. Les livres bruissent et chuchotent à mon passage, marmonnant entre eux. Ils ne veulent pas que je le retrouve. J'essaie de courir, mais ne fais que ralentir. Tant de livres. Et aucun d'entre eux n'a réussi à faire la moindre différence. Ensemble, ils ne constituent que la lettre de suicide, sophistiquée et trop longue, que l'humanité s'est adressée à elle-même. Les mots s'agitent et se chevauchent à l'aveuglette dans leurs cages sombres.

Je sais qu'Alex se trouve là, juste dans le coin, je ressens un besoin urgent de lui dire quelque chose. Ou bien est-ce une question que je veux lui poser ? Je ne sais plus très bien, mais je me dis que je me le rappellerais si seulement je pouvais enfin lui mettre la main dessus, si je pouvais apercevoir son visage.

La pièce se rétrécit et les livres commencent à laisser filtrer des ombres entre leurs pages et à se mélanger, leurs tranches s'estompant et se confondant jusqu'à ce qu'ils se glissent dans des murs qui se referment, de plus en plus étroitement, et je me précipite alors dans un couloir, un passage serré qui se dérobe sous mes pieds.

Des peaux d'animaux sont épinglées sur les murs.

Au début, je pense qu'il s'agit de peaux d'animaux. Mais ce n'est pas le cas, elles sont humaines. Fendues par le milieu, pelées et aplaties, présentées comme des peaux d'ours avec les têtes encore attachées, les cheveux peignés dans le dos, les visages inclinés vers le haut, les bouches ouvertes montrant leurs dents, et doucement d'abord, puis de plus en plus fort, un cri horrible retentit.

XII

Je suis de nouveau dans l'abri de Grant. Au campement.

Rien de tout cela n'était réel. Alors pourquoi est-ce que j'entends encore le gémissement et le fracas de la glace qui se brise, les cris désespérés des animaux pris au piège ?

Je me redresse et pose mes pieds sur le sol, j'essaie de m'ancrer plus fermement dans l'instant présent, mais les sons ne disparaissent pas. Ils se rapprochent et se heurtent aux murs de l'abri. Je regarde autour de moi : pas de Grant en vue. Une lumière rouge scintille dans l'entrebâillement de la porte et je sens une odeur de fumée. J'enfile à la hâte mes bottes et tire la bâche vers l'arrière.

C'est le chaos. Les gens courent en tous sens, plusieurs abris sont en feu et un épais smog m'arrache des larmes. Je les essuie avec ma paume, puis plisse les yeux dans la brume orange sale.

Leurs silhouettes se détachant sur un rideau de flammes, deux hommes, le visage strié de noir, démantèlent un abri à coups de gourdin et fouillent les décombres à coups de pied, sans doute à la recherche d'objets de valeur. La vague de destruction semble se diriger dans cette direction. Je m'éloigne de la porte de l'abri de Grant et me réfugie dans l'ombre, espérant que les hommes ne m'ont pas aperçue.

Quelqu'un se bat avec eux, tentant de protéger ce qui reste de sa maison. Le plus grand des pillards saisit la silhouette plus menue par la tête et lui imprime une brusque torsion. C'est incroyable qu'un son si léger puisse se propager aussi distinctement à travers ce chaos, mais j'entends le claquement avec une clarté absolue. Le pillard jette le corps de côté et commence à mettre à sac l'endroit que sa victime essayait de défendre. Ne trouvant rien, ils se rapprochent de ma cachette. Je me fais discrète et me dirige vers le nord, aussi vite que possible entre les ombres et les débris, jusqu'à me retrouver hors de vue.

› • ‹

À l'endroit où devrait se trouver le refuge communal, il n'y a qu'un amas de bois éclaté et tordu. On dirait qu'il a implosé. Certaines des poutres porteuses sont encore entières, mais pliées vers l'extérieur comme les os d'une énorme cage thoracique vide. Comment ai-je réussi à dormir alors que tant de destruction se déchaînait ? Les débris sont éparpillés tout autour et piétinés dans la boue. Je scrute les décombres, mais ne remarque aucun corps.

Un léger bruit me parvient et je m'efforce d'en retrouver l'origine à travers le chaos. Je finis par me diriger jusqu'à une bâche maculée de suie et en soulève délicatement le bord. Le garçon aux cheveux blancs est recroquevillé sur le côté, serrant d'une main Adam contre sa poitrine. Dans l'autre brille la lame d'un couteau. Je recule et lève les mains, les paumes ouvertes en signe d'apaisement. Une lueur de reconnaissance apparaît dans son regard et il baisse son arme. Adam ne lève pas les yeux, mais poursuit son étrange flot d'électricité statique qui lui sert de langage, le débitant dans son minipod, qu'il tient tout près de sa bouche.

« Il est blessé ? Et toi, tu vas bien ? Qu'est-ce qui s'est passé ? »

Le garçon ignore mon torrent de questions, comme si les réponses n'avaient aucune importance.

« Je vais m'occuper de lui », dit-il platement, et je ne doute pas qu'il le fera. Mais je ne peux pas les abandonner.

« Tu ferais mieux de venir avec moi.

— Pour quoi faire ?

— Nous pourrions trouver un endroit sûr… »

Nous savons tous les deux que ce lieu n'existe pas.

« Nous allons rester ici jusqu'à ce qu'ils soient partis, dit le garçon. Tu devrais y aller. »

Il ramène la bâche sur leurs deux corps, en faisant doucement taire Adam. Le murmure des crachotements statiques sortant de la bouche de l'enfant diminue de volume, mais ne cesse pas totalement.

Je m'éloigne de quelques pas, avant de faire demi-tour. Je me sens mal de partir, mais je sais qu'il a raison. Pourquoi venir avec moi ? Qu'est-ce que je sais qu'il ne connaît pas déjà ? Quelle est mon utilité ?

Je me fraye un chemin à travers les décombres. Il doit bien y avoir quelque chose que je peux faire, une façon d'aider quelqu'un. Où est Grant, putain ?

Après des heures de recherche dans les ruines, en évitant les groupes de pillards, je reconnais enfin une paire de bottes qui dépasse d'un tas de bois effondré. J'écarte les planches fumantes. Il est allongé face contre terre, un bras loin du corps dans un angle anormal, et les jambes coincées sous une lourde poutre que je parviens à faire basculer de côté avec beaucoup d'efforts. Je l'aide à se retourner et à s'asseoir. Son visage est incrusté de sang et de saletés ; il affiche une grimace de douleur et du sang coule du coin de sa bouche.

« Ah, merde, Grant. Est-ce que ça va ? Tu peux bouger ? »

Il tousse et une fine goutte de sang s'échappe de ses lèvres.

« J'ai connu mieux, dit-il en prenant une faible inspiration. Quelques côtes cassées sans doute, et je crois que mon épaule est déboîtée. Tu t'y connais en secourisme ?

— Hum. Pas suffisamment pour…

— Chut. Contente-toi de tenir mon bras droit et de tirer dessus. (Il lève les yeux vers moi avec impatience.) Je ne peux pas le faire tout seul.

— Et si je le casse ?

— Ça va bien se passer. »

Je soulève le bras de Grant par le poignet et le redresse sur le côté. Il gémit en serrant les dents.

« Bon, maintenant, appuie ton pied contre quelque chose et tire d'un coup. »

Mes mains commencent à glisser quand je sens les os se remettre en place.

« Ah, saloperie », aboie Grant.

Après qu'il a repris son souffle, je lui parle d'Adam. Il acquiesce et se lève, se pressant une main sur les côtes.

« Je vais aller les chercher. Tu ferais mieux de partir.

— Non, laisse-moi t'aider, je peux…

— Izzy, écoute-moi. Si ces brutes reviennent, ils nous tueront probablement tous, voire pire. La meilleure chose que tu puisses faire, c'est de partir le plus loin possible.

— Mais je ne… Je veux dire, où ça ? Je n'ai nulle part où aller.

— Si, tu en as un », dit Grant.

Il est sur le point de développer son idée lorsque nous entendons des voix et des bruits de destruction qui arrivent vers nous. Nous n'avons pas le temps de nous cacher.

« Au sol, ordonne-t-il, fais la morte. »

Je m'aplatis dans la boue et Grant s'allonge en travers de moi. Des pas passent tout près. Deux hommes, peut-être plus. Il y a des cris rauques et des rires, et, entre ces bruits, j'entends un gémissement misérable. J'ouvre un œil, juste un peu. Ils ont une fille avec eux. Ils lui ont lié les poignets et la traînent derrière eux. J'ai dû tressaillir, car je sens Grant peser plus fermement sur moi. Le groupe avance et nous restons là, les yeux fermés, respirant à peine jusqu'à ce que nous soyons sûrs qu'ils sont assez loin.

Grant me serre brièvement, avec maladresse, dans ses bras. Il halète de douleur lorsque ses côtes se déplacent de nouveau. Il me fixe dans les yeux.

« Tu dois partir, Izzy. Va-t'en maintenant. Allez ! »

XIII

Ce n'est pas la peur. Ni la volonté de survivre. C'est une pulsion animale aveugle qui surpasse ces deux sentiments pour atteindre quelque chose d'absolu et de viscéral.

Je traverse le camp, j'entends les cris des blessés et des mourants, je vois les éclats des maisons, je vois la fumée, le feu et les ruines. Tout est en train de brûler. Même en ville, des flammes orange dansent dans les baies vitrées des vieux bâtiments en pierre. Je me faufile entre les groupes d'individus qui déambulent en tous sens à travers les rues, portant des sacs et des enfants, traînant des charrettes à bras.

Je ne m'arrête pas, je ne réfléchis pas. Le sang bat dans ma tête au rythme de chaque pas. Je ne craque pas avant d'être de retour dans la forêt.

› • ‹

L'air a un goût aigre et la fumée soufflée par le vent dérive jusqu'aux sous-bois en filets de toiles d'araignée. Je me penche en avant, les mains sur les genoux, le cœur battant à tout rompre contre mes côtes, comme s'il demandait à jaillir.

Je tousse et je crache. La salive gluante pend de ma lèvre en un filet ininterrompu jusqu'au sol, jusqu'à ce que je crache une fois de plus et le rompe. Mes jambes tremblent, mais je me mets à marcher rapidement, effrayée à l'idée que si je ne maintiens pas mes muscles en mouvement, ils se relâcheront complètement.

Ce qui se passe là-bas au camp est plus qu'un raid opportuniste. Son ampleur dépasse tout. Tout en marchant, je fais le tri entre les explications possibles, aucune hypothèse ne convenant mieux qu'une autre. Les gangs dominants ont pu unir leurs forces et décider, pour des raisons tordues qui leur sont propres, d'incendier toute la région et de s'emparer des ressources restantes, ainsi que du contrôle de la ligne de chemin de fer. Ou bien l'incendie a commencé de la même façon que lorsque les gratte-ciel du monde entier se sont mis à brûler, la nature reprenant ses droits sur notre planète. Les pillards ont réagi de la seule manière qu'ils connaissent, en attaquant les plus faibles qu'eux. Mes soupçons à l'égard du gouvernement, ou de l'une de ses émanations opérant localement, surgissent de nouveau. Tout cela est peut-être leur œuvre, soutenue par une armée ou une milice. Maintenant qu'ils bâtissent leur forteresse sur le Cairn Gorm, ils ont peut-être décidé de nettoyer toute la région, de se débarrasser de toutes ces foules encombrantes qui campent à leurs pieds. Cela ne me surprendrait pas de leur part.

J'essuie la sueur de mon front avec ma manche. Mes vêtements me collent à la peau, alors je m'arrête de marcher, je passe mon pull par-dessus ma tête et le noue autour de ma taille. À travers les branches tordues et couvertes de lichen, la lumière décline, la courte journée se termine déjà. Sur le ciel qui s'assombrit, la canopée pâle de la forêt se balance comme un récif corallien blanchi et calcifié.

Le bruit de l'agitation humaine est loin derrière, mais la forêt n'est pas silencieuse. Les arbres eux-mêmes gémissent faiblement. Je pose ma main sur l'écorce craquelée d'un vieux bouleau. Elle est chaude au toucher et une vibration distincte part de l'arbre jusqu'à ma paume. Je m'accroupis et pose une main à plat sur le sentier. Lui aussi est anormalement chaud. Comme fiévreux.

L'épuisement commence à me gagner, mais je continue. Le terrain s'élève régulièrement en une série de crêtes avec de longues montées et des descentes plus courtes, telles des vagues qui m'emportent. Je franchis la crête suivante, puis redescends dans une vaste pinède. Ici, le sol est plus doux, la terre sèche est recouverte d'aiguilles de pin. De petits nuages de poussière, ou plutôt de fumée, jaillissent de sous mes bottes à chaque pas.

Alors que la nuit se referme sur les troncs, la température monte. Des lueurs rouges jaillissent d'entre les arbres. Quelque chose brûle à proximité. Puis je réalise que ce que je vois entre les arbres n'est rien d'autre que de nouveaux arbres, dont les troncs sont veinés d'une lueur rouge qui pulse à travers les fentes de leur écorce. Les arbres semblent se réchauffer de l'intérieur. J'observe, médusée, une langue de flamme semblable à un serpent sortir de l'une de ces fentes et lécher l'écorce de l'arbre, le faisant trembler, puis tomber en une gerbe d'aiguilles desséchées.

Au lieu de recevoir de l'eau et des nutriments vitaux, les arbres aspirent le feu, se nourrissant, réduits à l'impuissance, de leur propre destruction. Rien ne peut arrêter ce phénomène. Parce que c'est ainsi que les arbres sont conçus. Parce que c'est ainsi que fonctionnent leurs racines. Ils ne peuvent pas plus choisir d'agir différemment que de s'envoler.

› • ‹

Je me dirige vers un terrain dégagé, espérant un air plus frais, et j'émerge de l'orée du bois en même temps qu'un couple de cerfs qui se met à couvert sur ma droite. Ils tournent la tête dans ma direction, un jeune cerf et une biche, leurs silhouettes se découpant sur le ciel. La lueur de la forêt dore leurs flancs et souligne de rouge les bois du cerf, comme une couronne de feu. Il y a un long moment d'immobilité pendant lequel les animaux et moi nous observons, puis, comme sur un signal invisible, ils s'enfuient ensemble, bondissant sur le flanc de la colline, disparaissant dans la nuit.

Je progresse maladroitement dans les bruyères et les ajoncs souples jusqu'à un pin solitaire et m'y appuie. Ses racines noueuses s'accrochent à un affleurement rocheux avant de disparaître dans le sol. Jusqu'à présent, il ne semble pas avoir été contaminé par la fièvre qui s'empare de l'ensemble de la forêt. Je m'accroupis dans une fente naturelle de la roche et m'assieds, le dos soutenu par une énorme racine, la tête reposant sur un coussin de mousse. Le pivot doré de l'étoile Polaire fait tournoyer le ciel au-dessus de moi, les autres constellations n'étant visibles que par moments, à travers des trouées dans les nuages bas de fumées. Des flocons de cendre se dispersent et virevoltent dans le vent. Des débris de l'incendie. Une neige funèbre. Au loin, j'entends le croassement des corbeaux freux et des choucas des tours délogés de leurs perchoirs.

Je recule dans ma cachette, tandis qu'une profonde lassitude s'installe en moi. Je suis assez lourde pour m'enfoncer dans le sol et être engloutie à l'instant même ; je m'en fiche, je n'aurai pas la force de lutter. Tout est fini. Tout arrive trop tard. Je suis tellement fatiguée de toutes ces destructions. Je ferme les yeux. Que tout brûle ou soit submergé. Que ce soit fini, pour de bon. Que l'on fasse place nette.

Si seulement cela pouvait être aussi simple.

› • ‹

Lorsque je me réveille, le matin est déjà bien avancé, mais il fait encore nuit. Les maigres rayons du soleil ne parviennent pas à pénétrer la fumée dans l'atmosphère et la colline baigne dans un crépuscule artificiel, éclairée d'en bas par la lumière des feux encore allumés.

Je m'extirpe des rochers et des racines et m'étire. Ma colonne vertébrale craque et les muscles de mes jambes sont douloureux, mais j'ai déjà connu pire. Que va-t-il se passer à présent ? J'ai parcouru tout ce chemin sans penser à ce qui m'attend, à ma direction ou à mon but, et je réalise maintenant que je suis arrivée à mi-chemin de Northolt. Quelque chose m'y attire. Que je le veuille ou non, je ne peux ignorer l'attraction magnétique que je ressens au plus profond de mes os, comme si chaque atome de mon être se tordait, alignant ses électrons et ses positrons selon des lignes préétablies. Je dois aller au nord et je n'ai pas besoin de boussole. J'en suis déjà une.

› • ‹

Je reste le plus possible à l'écart de la forêt, sur des terrains dégagés où il n'y a pas beaucoup de combustible pour alimenter le feu. Toute la journée et le lendemain, j'ai suivi la force qui m'attire vers le nord, sans ressentir ni faim ni soif, mais en buvant l'eau s'écoulant de brûlis chaque fois que je rencontre un filet qui serpente à flanc de colline. L'eau est brune, pleine de terre et de brindilles et a un goût de cendrier. Bien que tous les brûlis se soient étendus et approfondis ces dernières années sous l'effet de la fonte des glaciers d'altitude, le volume d'eau n'atténue pas les incendies.

Enfin, le troisième jour, je traverse une dense zone boisée, m'écorchant le visage et les mains sur des branches sèches, et j'émerge dans la clairière où se dresse Northolt. La structure n'est plus aussi subtilement invisible qu'auparavant. Entre les reflets des arbres et des rochers, l'extérieur miroite d'une lumière sanglante qui se réfléchit en facettes scintillantes autour de la clairière. Ce qui se passe dans toute la zone, dans le monde, se produit aussi ici et maintenant.

Je me dis que je pourrais faire demi-tour et repartir, mais je sais que je ne le ferai pas. Je me gratte le cou, là où un filet de sang a coulé d'une coupure sur ma tempe ; ma peau est chaude et crasseuse du voyage, la démangeaison suit la ligne de l'ancienne cicatrice.

XIV

Je me dirige vers l'intérieur en traversant le refuge, la cheminée est toujours coincée à mi-course, là où je l'ai laissée il y a des semaines de cela. De l'autre côté, l'air est chaud et humide. L'éclairage de secours projette une lumière rouge sur tout. À mesure que je pénètre dans le réseau de couloirs et que je m'y enfonce, j'ai l'impression que Northolt est un être vivant, un animal géant incrusté dans le flanc de la colline, et que je me déplace dans ses veines et ses artères. Je ne sais pas si je suis l'infection ou le remède. Le corps ou l'anticorps.

La même boussole qui m'a fait traverser les collines jusqu'à Northolt me guide à présent comme un phare directement vers le laboratoire où repose l'ours. L'animal est là, comme depuis toujours, congelé dans son cercueil de verre, respirant lentement, entouré de petites lumières clignotantes. Il représente le calme dans l'œil de la tempête.

« Isobel ? C'est vous ? »

Clyde surgit de derrière l'unité cryogénique, les yeux écarquillés et l'air nerveux. Il me fixe en se mordillant la lèvre. Avec mon crâne rasé, le sang et la crasse du voyage, je dois avoir l'air d'une source potentielle de problèmes.

« Comment êtes-vous arrivée ici ?

— La porte était ouverte.

— Mais, ce que je veux dire, c'est… Vous êtes de retour. »

Est-ce de l'émotion dans la voix de Clyde ? Certainement pas.

« Qu'est-ce qui vous est arrivé ?

— Ne vous occupez pas de moi. Vous savez ce qui se passe à l'extérieur ? »

Il est fort possible que les derniers soubresauts de l'espèce humaine échappent totalement à Clyde. Ce dernier fait un effort manifeste pour se ressaisir.

« Ah, oui, oui, tout est parti en vrille, hein ? Et bien plus vite que nous ne l'avions prévu. Un mauvais timing, en quelque sorte. Ah ! »

La voix de Clyde est légèrement hystérique et son regard ne cesse de glisser sur sa gauche.

Je fais le tour du cercueil de verre. Alex est assis à un bureau équipé d'une console. Sa tête est penchée vers l'avant, son menton touche presque sa poitrine.

« Qu'est-ce qui se passe ici ? »

Ses cheveux sont mouillés et plaqués sur son front. Je les repousse. Des électrodes sont collées sur ses tempes et il y a une perfusion dans son bras. Je lui secoue l'épaule.

« Alex. »

Rien.

« Alex ! Réveillez-vous ! »

Clyde se dandine d'un pied sur l'autre à côté de moi.

« Ce n'est vraiment pas une bonne…

— Taisez-vous, Clyde, dis-je, sans tenter de réveiller Alex. Bordel, qu'est-ce que vous êtes en train de lui faire ?

— Rien qu'il ne m'ait demandé. Nous tentons un transfert temporel. C'était son idée. »

Je remarque que les fils des électrodes d'Alex traînent sur le bureau et sont branchés sur un ensemble de connecteurs à la base de l'unité cryogénique de l'ours.

« Inutile de m'en dire plus. C'est sans danger, n'est-ce pas ?

— Non. Ce n'est pas vraiment le cas.

— Alors pourquoi le faites-vous ?

— Croyez-moi, je ne le voulais pas. Mais Alex a insisté. Il a dit que nous devions essayer une dernière fois.

— Dans quel but ?

— Le transfert temporel s'empare de la conscience humaine, en fait plutôt une copie, mais peu importe, et la place dans le champ cérébro-temporel de Boule de neige. Cela fonctionne, dans une certaine mesure. Nous avons déjà réussi le transfert avec d'autres sujets. Mais la précision pose un problème. Nous ne pouvons pas contrôler le moment exact où la conscience humaine émergera ou si elle sera compatible avec la version animale propre à Boule de neige. Surtout dans des situations provoquant des réactions extrêmes. La peur, la faim, le sexe, tout cela pose des problèmes de contrôle. »

Une trace de bave coule sur la lèvre inférieure d'Alex et s'écoule du bout de son menton. Il gémit. Sa bouche s'ouvre et se ferme, ses lèvres fléchissent et se retroussent sur ses dents. Il essaie de dire quelque chose.

« Hhhhuuu… huh… hunng… rrrr.
— Oh, bon sang! s'exclame Clyde, ce n'est pas bon du tout.
– Pouvez-vous arrêter cela? »

Clyde commence à manipuler les commandes de la console, à pousser des cris d'exaspération, à appuyer plus fort sur les boutons alors que les grognements et les gémissements d'Alex deviennent de plus en plus désespérés.

« Faites quelque chose! »

Alex commence à s'adapter. Son corps tressaille et de l'écume s'accumule aux coins de sa bouche tandis que ses dents se mettent à grincer. Clyde tire d'un coup sec sur les fils de l'unité de base. Le corps d'Alex devient rigide et s'affaisse vers l'avant. Je le rattrape avant qu'il ne tombe de la chaise et le remets droit. Sa respiration est rapide, ses yeux papillotent, puis se referment.

Clyde m'écarte pour prendre le pouls d'Alex.

« D'accord. (Il enlève les électrodes de son front.) Il lui faudra peut-être un moment pour récupérer. En supposant que… »

Il examine la perfusion d'Alex, cherche une nouvelle poche, l'accroche au support à perfusion et commence à les permuter.

« En supposant quoi?
— Il y a des risques. Il y a parfois des traces résiduelles dans le néocortex, une sorte de boucle de rétroaction négative qui compromet la relation spatio-temporelle…
— Clyde! »

Il finit de changer l'intraveineuse, jette le sac vide dans une poubelle et referme bruyamment le couvercle avant de se tourner vers moi.

« Parfois, les sujets d'expérience ne reviennent pas toujours comme ils étaient auparavant. »

Pendant que nous attendons qu'Alex reprenne conscience, ou du moins s'il en possède encore une, j'interroge Clyde sur leurs précédentes tentatives de transfert temporel. Il me révèle qu'ils ont essayé avec plusieurs membres de l'équipage du *Polar Horizon*.

« Tout cela est pleinement volontaire, je vous le promets, dit Clyde. Mais les résultats n'ont pas été à la hauteur de nos espérances. Rien n'a changé, voyez-vous? Ou plutôt, rien de significatif.
— Comment savez-vous ce qui est…?
— Je veux dire par là qu'il n'y a rien d'essentiel concernant le déroulement de l'exploration. Nous devons perturber le calendrier de la prospection

de l'époque de manière à en modifier le résultat, en réinitialisant la chaîne d'événements qu'elle a déclenchée.

— Alors, si vous pouvez faire ça, tout redeviendrait comme avant? Et nous ne nous trouverions pas ici en ce moment? »

Clyde vérifie qu'il n'y a pas de bulles d'air dans le tube de perfusion.

« C'est un peu plus compliqué que ça, mais oui, c'est à peu près l'idée.

— Pourquoi n'avez-vous pas essayé avec moi?

— À cause de vos scanners.

— Qu'est-ce qu'ils ont?

— Rien du tout. Ils étaient exceptionnels. Les plus tridimensionnels que nous ayons jamais pu récupérer. Nous espérions que si nous en obtenions assez, nous n'aurions plus eu besoin d'un volontaire humain.

— Mais je suis partie avant que vous n'en ayez suffisamment.

— En fait, nous n'aurions pas eu le temps, même si vous étiez restée.

— Nous pourrions le faire maintenant.

— Nous n'en avons plus le temps. Comme je viens de le dire.

— Non. Je veux dire, avec ça. (Je montre l'ours et les électrodes débranchées.) Vous pourriez me connecter. »

Clyde se gratte l'oreille et observe Alex, comme s'il espérait qu'il prenne le relais, mais il est toujours inconscient.

« D'accord. Je vais tout vous dire. Vous devez savoir que vos scanners ont aussi indiqué une grande sensibilité aux lésions en tous genres. Il est fort probable que vous ne surviviez pas. »

Alex s'agite et ouvre les yeux. Il est sonné, mais semble avoir conscience de là où il se trouve et de qui nous sommes, pour autant que nous puissions en juger.

« De quoi vous souvenez-vous? lui demande Clyde.

— Il y avait un phoque », murmure Alex, puis il secoue la tête et s'essuie la bouche.

› • ‹

Il ne s'agit pas d'une situation de vie ou de mort. Il ne s'agit pas d'un choix : nous devons prendre les deux options. L'une est toujours imbriquée dans l'autre, séparée seulement par le fil du temps.

Je me trouve ici, j'ai été attirée jusque-là pour éviter de l'être de nouveau. Je dois accomplir cela pour ne pas avoir à m'exécuter encore une fois. Si cela fonctionne, tout cela deviendra inutile.

« Vous êtes certaine de vouloir faire ça ? demande Alex.
— Dois-je en être sûre ?
— Non.
— Alors, c'est bon. »

Le dôme de Boule de neige coulisse complètement vers l'arrière. Clyde appuie sur un bouton et il y a un bourdonnement sourd lorsque le mécanisme de basculement s'enclenche, ce qui lui permet, ainsi qu'à Alex, de soulever et de rouler l'ours sur le côté pour me faire de la place. J'ai une idée de la façon dont cela devrait se passer, de ce qui serait le plus approprié, mais je ne sais pas d'où elle provient. Je grimpe sur la table, j'enfonce ma colonne vertébrale dans la poitrine de Boule de neige, puis je soulève sa lourde patte avant et la pose sur mon épaule. Le sommet de ma tête s'insère exactement dans le creux de son cou et le passage de son souffle ronronne sur mon crâne.

Cela commence déjà. Le temps et la mémoire se contractent et se dilatent, s'effondrent l'un dans l'autre et explosent, faisant tous deux partie du même cycle, prenant de la vitesse, gagnant en puissance.

Alex me tend les pages de mon journal. Je m'y accroche fermement. C'est mon point d'ancrage, ma libération à venir.

Clyde fixe les électrodes sur mes tempes. L'électricité surgit et crépite. Non loin d'ici, tout brûle déjà. Une lumière rouge vacille sur le pas de la porte, puis s'avance dans la pièce. Les flammes se frayent un chemin au plafond, rampent sur le sol et grimpent le long des murs.

Nous restons là où nous sommes, là où nous étions, là où nous n'avons jamais été et aussi là où nous serons pour toujours, lovés l'un contre l'autre, les échines accolées l'une à l'autre, flottant sur une mer gelée.

Les pages de mon journal s'enflamment et les mots ne sont pas écrits, l'histoire n'est pas racontée. Des flocons blancs de cendre tourbillonnent dans le courant ascendant, comme de la neige.

Je ferme les yeux et me laisse aller.

REMERCIEMENTS

Always North a initialement été écrit comme une nouvelle, publiée dans le magazine *Gutter* au printemps 2011. Sans cet acte de foi dans cette première expérimentation, *Always North*, le roman, n'aurait sans doute jamais vu le jour.

Ce livre a connu un long et étrange voyage, mais il a finalement trouvé sa véritable maison chez les merveilleuses personnes d'Unsung Stories. Leur mépris évident des frontières entre les genres ainsi que des conventions du secteur de l'édition réussit à rendre le monde littéraire plus intéressant.

Merci à mes amis, à ma famille et à mes confrères écrivains dont la persévérance et le soutien arrivent à surmonter les obstacles. Vous saurez vous reconnaître.

TABLE DES MATIÈRES

Achevé d'imprimer en avril 2025
par Smilkov
Imprimé en UE